# Rheinherz

**Band 6 der Düssel - Krimis**

**von**

***Jörg Marenski***

ISBN 9783735758231

Originalausgabe

veröffentlicht über BOD Books on Demand GmbH
Norderstedt

2014



Umschlaggestaltung: Jörg Marenski

Motiv: Elbsee Hilden

Autorenfoto: Nina Fokken, Art Design Fotografie

Printed in Germany

Herstellung und Verlag:
BoD - Books on Demand, Norderstedt

# *Vorwort*

Zunächst meinen Dank an meine Ratgeber: Dieter Falk für den Einblick in das Thema Casting-Shows, meinem Bruder Rainer für polizeilichen Background, Holger Hillebrand (Polizeifliegerstaffel NRW), Petra und Eva für das Vor-Lektorat und last but not least den vielen anonymen Schülern und Lehrern, die mir die Realität an deutschen Schulen nahe gebracht haben!

Noch kein Buch hat es mir so schwer gemacht wie RHEINHERZ! Lag es daran, dass das Thema im Verlauf der Entstehung real so nah an mich herantrat, dass ich teilweise erschrak, was mein Kopf sich erdachte und die Realität dann zeigte? Oder ist es die Zeit der Recherche, in der ich feststellen musste, dass es bei dem Thema Mobbing an Schulen eine riesige Wand des Schweigens gibt? Tatsache ist und bleibt, dass 24 weiterführende Schulen auf meine Bitte um ein Gespräch überhaupt nicht reagiert haben und selbst das Schulministerium sich trotz mehrfacher Anfrage nicht einmal zu einer Absage herabließ.

Hätte ich Kinder, wäre es mir wichtig zu wissen, dass da ein Notfallplan existiert, wie man AKTIV in Mobbingfällen agieren kann. Aber so erinnert mich das Verhalten der Verantwortlichen mehr an das der in diesem Falle gar nicht so weisen Affen: nichts sehen, hören, sagen! Dieses „Gesetz des Schweigens“ gehört aus meiner Sicht durchbrochen

Was bleibt, ist ein ungutes Gefühl in der Magengegend – denn nicht jedes Mobbingopfer wird zum Amokläufer, aber JEDER Amokläufer hatte eine Mobbing-Vorgeschichte. Lassen sie uns gemeinsam dafür sorgen, dass Erfurt und Winnenden nicht vergessen werden!

# Prolog

Ludwig Rother war ein wenig verkatert. Der gestrige Abend war wohl doch ein wenig zu heftig für den 54jährigen gewesen. In seiner Stammkneipe hatte er mit anderen Fußballenthusiasten mal verzweifelt, mal begeistert das Spiel der Fortuna angesehen und war am Ende des Abends voller Wut und voller Altbier nach Hause gewankt. 0:3 gegen Bielefeld ... auf eigenem Platz! Welch eine Schmach! Nicht einmal sein Lieblingsspieler „Lumpi“ Lambertz konnte die Sache mehr rausreißen und dieser hatte am Ende des Spiels wutentbrannt den Getränkecontainer eines Sponsoren zu Klump getreten.

Rother war also dementsprechend sauer und seine Kopfschmerzen taten ein Übriges, seine Laune auf dem Tiefpunkt zu halten. Jetzt stand er vor dem Tor der Anlage, die sich die Seglergemeinschaft Hilden mit anderen Sportclubs an den Ufern des Elbsees in Hilden teilte. Ächzend quälte er sich aus seinem uralten Scirocco heraus, den er zu einer Zeit erstanden hatte, als sein Bauch noch kleiner, die Wünsche aber immer größer waren. Er hing an der Rostlaube und hielt sie so gut instand, wie es ihm möglich war. Rother schloss das schwere stählerne Schiebetor auf und fuhr durch bis zum Ende des Platzes, an dem sich das Vereinsheim der Seglergemeinschaft befand. Er hatte für einen zweijährigen Turnus die Aufgaben eines „Zeugwartes“ übernommen und er nahm diesen Job, wie an sich jede ihm übertragene Aufgabe, sehr ernst. Der Mann stieg die wenigen Stufen hinauf zum Versammlungsraum, öffnete diesen und schob direkt die großen Terrassentüren auf, um kräftig durchzulüften. Rother würde diesen Morgen kaum ohne sein spezielles Suchtmittel, einen extrem starken Kaffee, überstehen und deshalb schaltete er den neuen Kaffeevollautomaten an. Gurgelnd begann dieser seine Tätigkeit und verbreitete sofort diesen angenehmen Duft von frisch gemahlenem Kaffee.

Nach der ersten Tasse fühlte er sich bedeutend wohler und setzte seinen Rundgang über das Gelände fort. Gelegentlich bückte er sich stöhnend und hob das eine oder andere herumliegende Papierstück oder eine ausgedrückte Zigarettenkippe auf. Kopfschüttelnd wunderte er sich über die Nachlässigkeit mancher Clubmitglieder, hatte er doch bei der letzten Versammlung nochmals ausdrücklich um mehr Sauberkeit auf dem Gelände gebeten. Aber vielleicht waren es auch Gäste gewesen, die erfahrungsgemäß etwas lockerer mit den Clubregeln umgingen.

Rother trat an das Ufer heran und sah den im flachen Wasser spielenden Elritzen zu. Das morgendliche Sonnenlicht glitzerte wie Diamanten auf den kleinen Wellen. Wie gut täte jetzt ein schnelles Bad im See, wenn nur nicht die Naturschutzregeln wären, die das Baden strikt verboten. Und Ludwig Rother hielt sich an solche Regeln.

Seufzend stapfte er über den mit Holzplanken ausgelegten Weg hin zu den Pontons, die den Schiffsanleger bildeten. In einer Reihe lagen dort die ordentlich vertäuten Segelboote, die mit einer Persenning abgedeckt waren. Sanft schwangen die Masten im leichten Wind hin und her. Rother schritt langsam Boot für Boot ab, prüfte kurz die Vertäuung und ging dann bis zum Rand des Anlegers. Mitten in seinem letzten Schritt stockte er und kniff die

Augen zusammen. Er blinzelte wegen des gleißenden Sonnenlichtes, aber es war keine Sinnestäuschung. Dort hinten, fast am Ende des Elbsees, befand sich eine kleine Insel, die ebenfalls unter Naturschutz stand und deren Betreten strengstens verboten war. Dort befand sich, leicht schräg liegend, ein Segelboot. Er konnte es aufgrund der Entfernung nicht genau erkennen und rannte daher zurück zum Vereinsheim, um sich einen Feldstecher zu besorgen. Mit diesem zurückgekehrt, stellte er die Okulare scharf und sog zischend den Atem ein. Er erkannte das dunkelgrün-beigeweiße Segelboot sofort. Nur einer im Club hatte so eine extravagante Bemalung für seine Jolle gewählt: Jonathan Eckström, der etwas esoterisch angehauchte Sonderling, der aber immer zuverlässig und hilfsbereit war.

Merkwürdig ... das Großsegel war gesetzt und man konnte genau erkennen, dass das Boot im Wind schwojte und sich nicht um einen Fixpunkt drehte. Damit lag es ganz sicher nicht vor Anker. Es schien, also wäre das Boot im flachen Gewässer vor der Insel auf Grund gelaufen. Wieder stapfte Rother zum Bootshaus zurück, um dort den Schlüssel für das einzige motorbetriebene Boot zu holen. Es handelte sich um ein kleines, viersitziges Elektroboot mit Namen „Jenny“- das einzige Zugeständnis der Behörden an den Schulungsbetrieb der Seglergemeinschaft.

Er checkte sicherheitshalber den Ladezustand der Batterie, bevor er den Motor anließ, die Taue löste und das Boot vom Steg abstieß. Lieber wäre ihm natürlich eine schnellere Fahrt gewesen, wie mit den Schlauchbooten der Feuerwehr, die hier gelegentlich irgendwelche wilden Camper von der Insel abholten - ein teures Vergnügen, denn so ein Einsatz kostete 1.500 €.

Rother kam dem grün-beigeweißen Segler immer näher und erkannte, dass sich niemand an Deck befand. Ob sich das Schiff im Sturm der gestrigen Nacht losgerissen hatte? Quatsch, dann hätte man das Segel doch nicht gesetzt23. Jemand hatte also gezielt das Boot hierher gesegelt. Nur: warum zum Teufel hatte der dann nicht ordentlich Anker gesetzt anstatt das Boot hier auf Grund laufen zu lassen? Mittlerweile war er der havarierten Jolle so nahe gekommen, dass er das Schwert leise über den Kies im untiefen Wasser schaben hörte. Das einzige Geräusch, das die morgendliche Stille störte. Er ließ den Blick durch den Feldstecher über das Ufer schwenken, konnte aber keinen Lagerplatz oder ein Zelt oder eine Feuerstelle entdecken. Er drosselte den Motor des Elektrobootes und ließ sich langsam an den Rand der „Belladonna", so der Name des Bootes, gleiten. Er hielt sich am Heck fest und blickte in das Boot. Kein Mensch zu sehen! Die Tür zu der kleinen Kajüte war verschlossen, aber die Dachluke stand sperrangelweit auf. Der Boden vor dem Ruder war mehrere Zentimeter hoch mit Wasser bedeckt, wahrscheinlich vom Regen der vergangenen Nacht. Rother zog sich mit der „Jenny" an der Reling des Seglers entlang zu den Kajütfenstern, um dort einen Blick hinein zu werfen. Das erste Fenster war mit einem dunkelgrünen Vorhang verhängt, das zweite jedoch erlaubte freie Sicht ins Innere. Angestrengt starrte der Mann in den Raum, hielt dann den Atem an und fiel rücklings in sein Boot zurück. Er schob mit Wucht den Schieberegler für die Geschwindigkeit bis zum Anschlag hoch und legte das Ruder in Richtung des Stegs um. Die Fahrt dauerte dem Mann viel zu lange. Immer wieder hieb er mit der flachen Hand auf den Motor ein und brüllte ihn an, als wäre er ein lebendiges Wesen. „Mach schon, du Drecksbock ... schneller ... mach voran ... wehe, du Scheißding verreckst mir jetzt!"

Als er angelegt hatte, sprang er mit erstaunlicher Behändigkeit aus dem Boot und rannte die Stufen zum Bootshaus hoch. Seine Kopfschmerzen, seine schlechte Laune, das Ergebnis des Fortuna-Matches ... all das war jetzt vergessen - vergessen aufgrund des Bildes, das sich in sein Hirn eingebrannt hatte und das er nie mehr in seinem Leben würde vergessen können. Aus seiner Jacke an der Garderobe kramte er sein Handy hervor und rief zuerst die Polizei und dann den ersten Vorsitzenden des Clubs, Ingo Seubert, an: „Ingo ... komm schnell her ... nein, du MUSST ... das Boot vom Eckström ... treibt an der Insel ... ein Mädchen ... da drin ... ein Messer in der Brust ... ja, Polizei ist verständigt ... ich hab nichts angefasst ... gut, bis gleich!" Mit zittrigen Fingern drückte er an der Kaffeemaschine auf den Knopf für einen doppelten Espresso, den er mit einem Schluck herunterstürzte. Dann fiel ihm die Tasse aus den zitternden Händen und zersprang klirrend auf dem Boden.

# Kapitel 1

Ächzend erhob ich mich aus meinem Stuhl und humpelte zur Kaffeemaschine. Jupp sah mich fragend an. „Lass mal, ich komme zurecht. Willst du auch einen?“ Er nickte und ich holte eine zweite Espressotasse aus dem Schrank. Ich kehrte mit beiden Tassen an den Küchentisch zurück und nahm stöhnend Platz. Jupp und ich hatten Rufbereitschaft an diesem Wochenende und ich hatte ihn zum Frühstück eingeladen. Auf dem Tisch lagen sämtliche in Düsseldorf erscheinenden Tageszeitungen. Jupp hatte bereits die Rheinische Post zerfleddert vor sich liegen und entspannte sich jetzt ein wenig mit der Express. Ich ging die Mietangebote in der WZ und der NRZ durch. Jupp war auf der Suche nach einer neuen Wohnung, da er seine Schwester und deren kleine Tochter bei sich aufgenommen hatte, die sich von ihrem Mann getrennt hatte. Da er vor nicht allzu langer Zeit eine Beziehung zu einer Kollegin vom KK 12 begonnen hatte, war die Wohnung in Eller jetzt in jedem Falle zu klein. Am liebsten hätte mein Freund und Kollege ein Haus gemietet, aber der aktuelle Mietspiegel in Düsseldorf ließ diese Hoffnung illusorisch erscheinen. Auch in der Peripherie der Stadt waren die Preise in den Himmel geschossen, war doch der Kreis Mettmann und der Rheinkreis Neuss mit in den Sog der Mietpreisentwicklung geraten. „Die sind doch alle bekloppt, die Idioten. Ich verdiene doch nun wirklich nicht schlecht, aber selbst mir ist das zu viel. Bis zu 16 € der Quadratmeter ... das ist doch irre.“ Ich kratzte meinen Dreitagebart und verkniff mir einen Kommentar. Seit Jahren predigte ich ihm, sich doch eine Wohnung zu kaufen. Die Abzahlung wäre kaum höher als die aktuellen Mieten, vor allem bei den günstigen Konditionen, die wir als Beamte erhielten, sowie den historisch niedrigen Zinsen.

Ich griff nach meinem Handy und rief meine Lebensgefährtin Sarah Rose an. „Guten Morgen, mein Schatz, hier ist dein Grizzly. Sag mal, hast du in deinem großen Bekanntenkreis nicht eine Immobilienmaklerin oder einen vermögenden Grundbesitzer? Unser Jupp sucht doch was Neues, am liebsten ein Häuschen ... und er jammert mir gerade die Ohren voll, wie teuer alles wäre ... ja, genau ... heute noch? Das wäre klasse ... ja, eben ... nee, DAS mache ich ganz sicher nicht, dann haut er mich ... Tschüss, Schatz ... dicker Kuss ... auch einen von Jupp!“ Damit legte ich auf.

Ich wandte mich wieder meinem Kollegen zu, der mich fragend anblickte. „Sie hat gefragt, ob du auch vorübergehend in eine Transvestiten-WG einziehen würdest, bis du was Passendes gefunden hast!“ Ich spielte damit grinsend auf Jupps frühere Vorbehalte gegenüber transidenten Menschen an, die er jedoch mit den Jahren durch den Kontakt zu meiner Sarah völlig abgelegt hatte. „Wenn die sich dann auch mal gelegentlich um meine Nichte kümmern, hätte ich nichts dagegen. Fast also ein bisschen KiTa im Fummel!“, kommentierte er lakonisch. Bevor ich etwas erwidern konnte, klingelte mein Handy erneut.

„Micha, hier ist Klaus, KDD. Du und Jupp, ihr habt doch Bereitschaft, nicht wahr? Bei uns brennt die Hütte, Ausschreitungen bei der Kurden-Demo und wir sind an sich unterbesetzt. Es gibt einen weiblichen Leichenfund in Hilden, am Elbsee. Du wohnst doch da in der Nähe. Kannst du nicht mal schnell rüberfahren und dir das ansehen? KTU und Rechtsmedizin sind schon informiert.“ Der Kollege wusste, wo ich wohne, da er einmal an einem etwas ausufernden Umtrunk in meiner Wohnung teilgenommen hatte und bei dieser Gelegenheit ohne Absicht meinen Vitrinenschrank im Wohnzimmer etwas lädiert hatte. Ich bestätigte, dass Jupp und ich den Fall übernehmen würden. Die uniformierten Kollegen aus der Wache in Hilden waren ja bereits vor Ort. „Auf geht's, Alter, die Pflicht ruft, und zwar sehr laut. Eine Tote in Hilden.“ Stöhnend erhob sich Jupp und wir fuhren mit seinem Wagen zum Tatort.

Es war tatsächlich nur ein kurzer Weg von Hassels nach Hilden. Wir hatten das Gebiet um den Elbsee bereits nach zehn Minuten erreicht. Jetzt aber begann die Suche nach der richtigen Zufahrt, was sich als ein wenig knifflig erwies. Zu unserem Glück konnten wir uns an den Wagen eines ortskundigen Bestattungsunternehmers dranhängen, der plötzlich hinter uns auftauchte, als wir noch ratlos grübelten. Über eine Buckelpiste ging es zum Gelände der verschiedenen Wassersportclubs, die dort ansässig waren.

Als wir auf den Hof fuhren, waren dort bereits diverse Privatfahrzeuge sowie zwei Streifenwagen und ein Notarzt anwesend. Jupp bewegte sich direkt hin zu den uniformierten Kollegen, stellte sich vor und bekam erste Infos. Ich wurde von einem schlanken Mann mittleren Alters angesprochen, der sich mir als Vorsitzender des Segelsportvereins vorstellte. „Mein Name ist Ingo Seubert, ich bin der Vorsitzende der Hildener Seglergemeinschaft. Unser Platzwart, Herr Rother, hat das Boot entdeckt und ihre Kollegen gerufen. Sollen wir sie rüberfahren?“ Ich bat Seubert mir zunächst die Anlegestelle und den Liegeplatz des Bootes zu zeigen – dass es sich um eine Tote in einem Boot handelte hatte mir der Kollege vom KDD bereits am Telefon mitgeteilt. Ich wackelte mit meinem Gehstock hinter dem Mann her und fluchte zum vermutlich millionsten Mal über die Lähmung meines linken Beines. Heute war ein besonders beschissener Tag und am liebsten hätte ich mich mit meinen Schmerzmitteln weggeschossen. Leicht verdrießlich blickte ich vom Rand des Steges in Richtung der kleinen Insel am anderen Ende des Sees und ich erkannte den leicht schwankenden Mast des aufgelaufenen Segelbootes. Dann wurde mir auf die Schulter getippt. Hinter mir stand Jupp, im Geleit drei Männer in Feuerwehruniform. „Micha, die

Jungs der Feuerwehr bieten an, uns mit ihrem Schlauchboot rüberzubringen.“ Ich rollte mit den Augen. Klasse, mit dem kaputten Bein und dem Gehstock in ein schwankendes Schlauchboot steigen und dann mit einem Affenzahn über das Wasser ballern: genau das, worüber sich ein Gehbehinderter freute! Ich seufzte und blickte gottergeben zum Himmel, als mir Seubert zu Hilfe kam. „Wir können sie auch mit unserem Motorboot rüberbringen. Das ist vielleicht ein wenig komfortabler.“ Ich nickte und erwiderte: „Danke, gute Idee. Wir benötigen so oder so am besten ein zweites Boot, da zunächst unsere Techniker auf das Boot müssen.“ Ich hatte nämlich gerade den Bus gesehen, mit dem das Team der Kriminaltechnik vorgefahren war. Der Leiter des Teams gesellte sich direkt zu uns. „Wie kommen wir denn da rüber?“ Ich nickte mit dem Kopf in Richtung der Feuerwehrleute, die bereits begonnen hatten, den Außenbordmotor an ihr großes Schlauchbot zu montieren, welches schon am Steg im Wasser lag. Es sah leidlich stabil aus, mit einem Aluminiumrumpf, und bot schätzungsweise sechs Leuten Platz. Die Techniker holten ihre Ausrüstung aus dem Bus und verstauten sie in dem Zodiac. Nachdem es beladen war, hatten gerade einmal der Bootsführer sowie die drei Spezialisten Platz. Sanft drehte der Feuerwehrmann den Motor auf und manövrierte das Gefährt aus der Reihe der anderen Segelboote heraus. Dann aber gab er Gas und ich sah, wie die anderen Bootsinsassen zusammenzuckten und krampfhaft nach Halt suchten, dabei ihre Ausrüstung mit Beinen und Füssen sichernd.

Ich grinste in Jupps Richtung und wir stiegen gemeinsam mit Seubert und Ruprecht Vollmer, dem jetzt auch eingetroffenen Gerichtsmediziner, in das kleine Motorboot „Jenny“ ein. „Machen sie sich keine falschen Hoffnungen. WIR werden nicht so schnell drüben sein, die Aufsichtsbehörde erlaubt uns nur einen kleinen Elektromotor zu Schulungszwecken.“ So schipperten wir wie bei einem Sonntagsausflug der kleinen Insel entgegen. Der den See umstehende Wald zeigte erste Zeichen des nahenden Herbstes. Kastanien und Birken hatten sich rot und golden verfärbt und schafften an dem Gewässer fast die Stimmung eines „Indian Summers“ in Nordamerika.

Als wir endlich an dem gestrandeten Boot anlangten, waren die Techniker bereits beschäftigt. Ruprecht fragte an, ob er an Bord kommen könne und sie baten ihn, möglichst noch eine Viertelstunde zu warten. Dann hätte man die wichtigsten Daten erhoben und Bilder gemacht. Der antwortende Spezialist machte dabei ein angesäuertes Gesicht. „Es hat vergangene Nacht hier wohl ein Monster-Gewitter gegeben. Der Außenbereich steht knöchelhoch unter Wasser und in der Kajüte ist es noch schlimmer. Das Dach des Raumes war wohl die ganze Zeit offen und es hat reingeschifft wie nur was. Alles aufgeweicht und gequollen. Das wird ne Riesensauerei.“ Ruprecht wartete geduldig, erzählte uns derweil kurz von seinem Schwiegervater aus Samoa, mit dem er am gestrigen Abend per Skype telefoniert hatte und Seubert versorgte uns mit weiteren Infos zur Auffindung der Leiche durch den Platzwart. Unsere Streifenkollegen hatten erste Fakten von Rother aufgenommen. Wir würden uns mit ihm nach unserer Rückkehr zum Bootshaus befassen.

Endlich war es soweit und Ruprecht kletterte in das stark schaukelnde Segelboot. Wir sahen ihm durch die seitlichen Kajütfenster bei seiner Arbeit zu. Langsam schliefen mir die Beine von der ungewohnten gekrümmten Haltung in dem kleinen Motorboot ein, sodass ich erlöst aufseufzte, als der Gerichtsmediziner uns mit einem Winken hereinrief. „Was ich bis jetzt sagen kann, ist Folgendes: es handelt sich um eine junge Frau zwischen 16 und 20 Jahren. Ich kann nichts Konkretes zum Todeszeitpunkt sagen, dafür sind die Rahmenumstände zu schwierig, Temperatur, das viele Wasser etc. Wir können aber sicher davon ausgehen, dass das Messer in der Brust auch die Todesursache darstellt. Und Suizid oder Unfall ist bei dieser Sachlage auch mehr als unwahrscheinlich. Genaueres nach der Obduktion ... same Procedure as every year!“ Nachdem sich die Kriminaltechniker vom Segelboot entfernt hatten, baten wir Seubert an Bord und fragten ihn, ob er die Tote erkennen würde. Sein Gesicht war beim Anblick der Leiche kreidebleich geworden. Er räusperte sich und nickte: „Ja, ich kenne das Mädchen. Das ist Annalisa Eckström, die Tochter eines Vereinsmitgliedes. Ihrem Vater gehört auch dieses Boot. Ich habe sie noch letzte Woche hier segeln sehen. Sie ist hier fast aufgewachsen und war sehr engagiert, auch was die Kinderausbildung anging. Sie war sich nie für irgendeine Arbeit zu schade und jetzt ...“ Er stockte und schluckte schwer. Ich half ihm wieder ins Motorboot zu steigen und kletterte mit Jupp und Ruprecht hinterher. Die Rückfahrt zum Anlegesteg verlief sehr schweigsam. Ruprecht sprach leise Notizen in sein Diktiergerät und ich betrachtete Seubert, auf dessen Gesicht zu erkennen war, dass er über vergangene Erlebnisse mit dem toten Mädchen nachdachte. Gelegentlich huschte ein Lächeln über sein Gesicht, was aber schnell verschwand.

Am Bootshaus angekommen, suchten wir uns eine ruhige Ecke, in der wir Rother, den Platzwart, befragen konnten. „Ich hab nichts angefasst, Herr Kommissar, gar nichts. Ich hab nur durchs Fenster geguckt ... und dann bin ich zurück und hab direkt die Streife angerufen.“ Ich versuchte ihn zu beruhigen: „Das haben sie alles ganz richtig gemacht, Herr Rother. Sie sind doch ein erfahrener Segler. Was meinen sie: kann sich so ein Boot von alleine vom Steg lösen?“ Vehement schüttelte er seinen Kopf: „Nicht die Eckströms. Die sind alte Hasen. Der Vater ist schon mehrfach erfolgreich bei der Kieler Woche gesegelt und die Kleine ist nahezu auf den Planken aufgewachsen. Die sind so erfahren und routiniert, DAS würde denen nicht passieren. Das Boot ist mit Sicherheit gesegelt worden. Aber warum fragen sie?“ „Die Frage, die uns beschäftigt, ist folgende: ist die junge Frau an Bord getötet worden oder an einem anderen Ort und dann auf das Boot geschleppt worden? Ist sie noch selbst gesegelt und ist jemand von einem anderen Boot aus für die Tat auf ihr Schiff geklettert? All dies ist von eminenter Bedeutung und vielleicht können sie uns bei der Klärung dieser Fragen helfen. Gibt es so etwas wie eine Art „Fahrtenbuch“, in das man sich einträgt, wenn man ablegt?“ Rother schüttelte den Kopf. „Das gibt es nur bei den vereinseigenen Booten, die für die Ausbildung benutzt werden. Dafür muss natürlich ein Plan eingehalten werden, damit man auch immer das Passende zur Verfügung hat. Aber die privaten Fahrzeuge wie Eckströms „Belladonna“ werden einfach nach Bedarf genutzt.“ Jupp seufzte. „Dann lässt sich auch nicht feststellen, ob zeitgleich gestern andere Boote auf dem See waren und etwas gesehen haben könnten?“ Rother schüttelte den Kopf. „Gestern war nur wenig los. Ich bin abends gegen 18 Uhr hier weggefahren ... Fortuna hat gespielt.“ Er grinste verlegen. „Hat sich eh nicht gelohnt, das Zusehen. Wenn ich hier geblieben wäre, hätte ich jetzt vielleicht mehr gewusst!“ „Waren außer ihnen noch weitere Personen auf dem Gelände?“ „Nicht, dass ich wüsste. Ich war der letzte und habe das Tor abgeschlossen. Das Einzige, was mir da noch einfallen würde, wären die Taucher. Die sind manchmal nachts hier für Nachttauchgänge. Vielleicht fragen sie bei denen mal nach.“ Damit wies er mit einer Hand auf eines der anderen Häuser, die in der Nähe des Ufers standen. Ich ging zum besagten Gebäude hin und suchte nach irgendeiner Beschriftung. Neben einer Tür entdeckte ich einen Schaukasten mit einem Werbeflyer des Tauchclubs, welcher auch eine Telefonnummer enthielt. Ich wählte die Nummer mit meinem Handy und nach wenigen Augenblicken meldete sich eine mürrische, verschlafene Stimme: „Weber!“ Ich stellte mich vor, erklärte den Sachverhalt und bat den Angerufenen, schnellstmöglich jemanden zum See zu schicken, der uns weiterhelfen konnte. Mit einem Mal war mein telefonisches Gegenüber hellwach und auch sehr hilfsbereit. Er sagte, er sei in einer Viertelstunde da, von Unterbach sei es ja nur ein Katzensprung.

Er strafte seine Worte Lügen, in dem er bereits nach zehn Minuten mit seinem Geländewagen über den Kies des Parkplatzes schlidderte. Ich stapfte auf ihn zu und stellte mich vor. „Schrecklich, schrecklich ... ganz schrecklich, die Sache. Kommen sie mit, Herr Kommissar, wir schauen mal in unserem Seelogbuch nach. Da müssen an sich Tauchgänge eingetragen werden, da wir aus Naturschutzgründen die Zahl der Taucher pro Tag beschränken. Das wird zwar manchmal nicht so konsequent eingehalten, wie es mir lieb wäre, aber es ist zumindest einigermaßen verbindlich.“ Jupp hatte während meiner Aktivitäten das Interview mit dem Platzwart der Seglergemeinschaft fortgeführt.

Der Präsident des Tauchvereins ging mit dem Finger eine Liste sowie einen Kalender durch und hieb dann mit der flachen Hand auf das Buch. „Na bitte, da haben wir es. Gestern Abend, ein Ausbildungstauchgang für Tauchscheinprüflinge, ein Tauchlehrer und vier Schüler. Einstieg gegen 20 Uhr, Ende des Tauchgangs gegen 21.30 Uhr. Keine besonderen Vorkommnisse. Ich rufe den Uwe gleich mal an, der soll direkt herkommen.“ Ohne eine Reaktion meinerseits abzuwarten, tippte er schnell eine Nummer in sein Handy. „Ja, Uwe, hier Sven. Moin moin, du ... hier am See ist was passiert. Kannst du jetzt sofort schnell mal herkommen? Ja ... nee, ist klar. Bis gleich!“ Er grinste mich an. „Maximal eine halbe Stunde, der kommt aus Friedrichstadt.“ Ich notierte derweil die Namen und Adressen des Tauchlehrers und seiner Schüler anhand der Verzeichnisse des Vereins.

Jupp trat zu uns und flüsterte: „Wir sollten uns langsam auf den Weg zu den Eltern des Mädchens machen. Ich habe die Adresse.“ Ich erwiderte, dass ich auf den Tauchlehrer warten wolle. Jupp sah mich griesgrämig an: „Dann bleibt der Emo-Job wieder mal an mir hängen!“ Ich hielt ihm meine geballte Faust in Bauchhöhe hin. Er nickte verstehend. „Aber drei Mal, sonst hab ich eh nie ‘ne Chance gegen dich.“ Also spielten wir das alte „Stein-Schere-

Papier“ … und Jupp verlor. „Ach Kacke“, fluchte er und schnappte sich den Wagenschlüssel, den ich ihm mitleidig guckend vor die Nase hielt. „Hol mich hier ab, wenn du fertig bist … und nimm möglichst eine Kollegin mit. Vielleicht hat im Moment eine Frau Dienst in der Wache in Wersten.“ Er nickte und wanderte zu unserem Wagen, in dem er sofort nach dem Funkgerät griff. Kurze Zeit später fuhr er ab, mit auf dem groben Kies durchdrehenden Reifen.

Ich ging zurück zum Bootssteg, wo inzwischen das Segelboot „Belladonna“ von der Feuerwehr hingeschleppt worden war. Vor der Absperrung mit Flatterband hatte sich inzwischen eine größere Menschenmenge angesammelt, vermutlich alles Vereinsmitglieder, die sich gegenseitig informiert hatten. Als ich mich näherte, wichen die Leute ein wenig scheu vor mir zurück, was ich auf meinen grimmigen Gesichtsausdruck zurückführte. Die Techniker hoben gerade den Körper des toten Mädchens aus dem Boot und legten ihn in einen bereitliegenden grauen Sack mit Reißverschluss, um die Tote den neugierigen Blicken der Schaulustigen zu entziehen. Ich selbst warf noch einen kurzen Blick auf die junge Frau, denn genau das war sie eher als ein Mädchen. Es liegt sicher immer im Auge des Betrachters, aber ich war mir sicher, dass sie zu Lebzeiten eine Schönheit gewesen sein musste – zumindest eine Schönheit für mein Empfinden, denn sie hatte ganz sicher keine Size-Zero-Figur. Eigentlich sollte ich mir diese Frage nach so vielen Jahren im KK 11 nicht mehr stellen. Man kennt das ja, die guten Ratschläge: lass das nicht an dich ran, nimm das nicht mit nach Hause, bleib cool, es ist nur der Job. Scheiß drauf, Sarah hatte mir beigebracht, dass Gesehenes oder Gehörtes nicht mehr aktiv aus dem Verstand zu entfernen ist. Lediglich ein traumatisches Ereignis könne Erlebnisse ins Unterbewusstsein verdrängen, auch auf die Gefahr hin, dass sie unterschwellig wieder hochkämen. Tja, so war das dann wohl auch bei mir, nur dass meine Komaalpträume eher wie eine Videothek waren und die Erinnerungen daran auch nach Jahren nicht verblassten.

Langsam kehrte ich aus diesem Blick nach innen in die Realität zurück und bemerkte, dass mich ein Kollege von der Spurensicherung verwirrt anstarrte. „Geht es ihnen nicht gut, Herr Kommissar? Ich hab sie jetzt schon drei Mal angesprochen!“ Ich blickte ihn konsterniert an. „Na, die Tote, können wir sie in die Uni bringen?“ Er meinte natürlich die Gerichtsmedizin, aber das brachte so die Umgangssprache mit sich. Ich nickte, als mir auf die Schulter getippt wurde. Der angekündigte Tauchlehrer war eingetroffen und stand für eine Befragung bereit.

„Uwe Steinigans“, so stellte er sich vor und reichte mir die Hand. „Ja, Herr ... Steinigans (was für ein seltsamer Name für einen Taucher, klingt wie bleierne Ente), sie waren also gestern hier mit Tauchschülern? Ist ihnen dabei etwas aufgefallen? Fremde Personen, unbekannte Fahrzeuge, ungewöhnliche Vorkommnisse!“ Der Angesprochene kratzte sich nachdenklich am Hinterkopf. „Nicht wirklich, wenn ich so überlege. Wir waren wohl die Letzten auf der Anlage hier, eigentlich logisch bei einem Nachttauchgang. Wissen sie, das bedarf intensiver Vorbereitung. Sie müssen redundante Lichtsysteme, autonome doppelte Luftversorgung ...“ Ich unterbrach ihn, denn ich wollte keinen Theoriekurs in Tauchtechnik. „Ich gebe ihnen mal meine Karte. Falls ihnen etwas in Erinnerung kommt, rufen sie mich bitte unverzüglich an. Verstanden?“, insistierte ich nachdrücklich. Sichtlich verärgert über meine Unterbrechung steckte er die Visitenkarte in die Gesäßtasche seiner Jeans und wandte sich zum Gehen um. Dann machte er auf dem Absatz kehrt. „HALT, etwas fällt mir doch ein. Ein Segelboot, dieses auffällige mit der dunkelgrünen Bemalung, das fuhr auf dem See rum. Wir dachten: noch ein Nachtschwärmer, vielleicht ein verliebtes Pärchen.“ Ich hakte nach. „Um welche Uhrzeit war das? Konnten sie jemand erkennen?“ „Wir haben uns gegen 21 Uhr getroffen, also kann es nicht später als 21. 30 Uhr gewesen sein, da waren wir bereits angerödelt!“ „Wie bitte?“ „Wir hatten um halb zehn unsere Geräte angelegt und standen am Seeufer. Aber erkennen, nee, dafür war das Boot viel zu weit weg. Aber mir schien es, als ob es genau auf die Insel zufuhr. Schwachsinn, anlegen ist dort doch verboten und macht nur Stress.“

Ich bat den Tauchlehrer morgen Mittag ins Präsidium zu kommen, damit wir seine Aussage aufnehmen konnten. Das Gleiche tat ich mit dem Platzwart Rother und dem Präsidenten Seubert. Ein paar Wagen knirschten auf dem Kies, die Gruppe der Kriminaltechniker und die Gerichtsmediziner fuhren los. Mein Freund, der Gerichtsmediziner Ruprecht Vollmer, war der diensthabende Arzt und völlig überlastet. Daher konnte ich nicht auf Vitamin B hoffen und eine bevorzugte Untersuchung meines Falles erwarten. Wie hatte der Mann doch so schön aufgezählt? „Alles immer der Reihe nach, nach Posteingangsdatum. Wir haben drei unklare Leichenfunde aus Wohnungen, eine Wasserleiche aus dem Kaiserteich - besonders lecker, sollten sie mal unbedingt zusehen, Tierfraß usw. – eine Kindstötung, vier Tote aus einer Massenkarambolage nach Geisterfahrt - wir sollen mal wieder feststellen, ob Drogen oder Suizid im Spiel waren – du siehst also, es wird nie langweilig bei uns. Also fasse dich in Geduld, bis Mitte nächster Woche hast du den Bericht!“ Ich wollte aus der Haut fahren, aber was würde das nutzen? Bei der Gerichtsmedizin war es doch nicht anders als bei Kripo oder Schutzpolizei, überall Personalengpässe oder Schlimmeres. Wir verwalten den Mangel, hatte ein früherer Polizeipräsident mal unsere Personalsituation bezeichnet.

Ich machte mich also auf den Weg zum rechtsmedizinischen Institut auf dem Gelände der Uni-Klinik und bog kurz vorher noch in Holthausen ab, um bei der Bäckerei Ingensandt noch ein paar Teilchen zu organisieren, quasi das Bestechungsmaterial für die Mediziner. Schließlich kannte ich Vollmer lange genug. So schnell gibt ein Oberle nicht auf, ich empfand mich als den molligsten Terrier der Polizei Düsseldorfs.

---

Jupp hatte meinen Vorschlag aufgegriffen und war zur Wache nach Wersten gefahren. Dort waren wirklich drei Beamtinnen im Dienst, von denen sich eine, Svenja Schmieding, schnell bereit erklärte, Jupp zu begleiten. Auf der Fahrt nach Urdenbach erklärte er ihr die Sachlage und die aus den Personenregistern ermittelten Daten der Familie. „Ich kann nicht einschätzen, wie die Eltern reagieren. Wenn es zu einer Krise bei der Mutter kommt, ist es immer ratsam, wenn eine Frau mit dabei ist. Insofern ist ihre Unterstützung echt wichtig.“ Die junge Beamtin straffte sich stolz und machte ein ernstes, dienstbeflissenes Gesicht. Jupp scherzte: „Nicht so, nicht den Bullen raushängen lassen. Bleiben sie einfach normal, so gut es geht. Ich weiß, leichter gesagt als getan.“

Sie kamen vor dem kleinen Natursteinhaus auf der Gänsestraße an und hatten das unverschämte Glück, auf dieser Minigasse einen freien Parkplatz zu finden. Sie verließen den Wagen und sahen sich um. Keine neugierigen Nachbarn auf der Straße. Also klingelten sie und nach kurzer Zeit wurde die Tür von einer Frau geöffnet, die Jupp auf ungefähr Anfang 50 schätzte. Sie war dezent gekleidet, nicht gerade modisch, aber sehr sportlich frisiert. Beim Blick auf die uniformierte Kollegin wurde ihr Gesichtsausdruck sorgenvoll, ja geradezu ängstlich. Bevor Schmitz sich vorstellen konnte, stieß sie aus: „Ist was mit Annalisa? Hat sie einen Unfall gehabt? Wo ist sie? Ist sie bei ihnen im Auto? Ist sie im Krankenhaus?“ Der Kripobeamte schaute seine Kollegin von der Seite an, mit einem Blick, der besagte: siehst du? DESHALB wollte ich dich dabei haben. Dann stellte er sich und die Polizistin vor und bat darum eingelassen zu werden. Frau Eckström führte die Beamten ins Wohnzimmer, wo ein deutlich älterer, aber sehr agiler, drahtiger Mann gerade aus dem Garten kommend den Raum betrat. Ihn hielt Jupp für mindestens Mitte 60. „Was kann ich für sie tun?“, war seine überraschte Frage. „Es ist was mit Annalisa, das kann gar nicht anders sein. Da ist was passiert, ich spür sowas doch als ...“ Sie brach ab und begann in ein Taschentuch zu schluchzen. Svenja Schmieding legte einen Arm um die Schultern der Frau und nötigte sie auf die Couch. „Herr Eckström, können sie mir sagen, wo ich die Eltern von Annalisa finde?“ Der Mann blickte zunächst verwirrt, dann belustigt auf die Polizisten. „Tja, meine Herrschaften, DIE haben sie gefunden. Das sind wir! Jaja, ich weiß, man hält uns eher für die Großeltern, aber wir haben spät geheiratet und Annalisa ist unsere größte Freude, mit der wir in unserem Alter beim besten Willen nicht mehr gerechnet haben. Wir sind es also gewohnt, diese Art von Verwechselung, und wir nehmen’s humorvoll. Wissen sie, gelegentlich, wenn ich alleine mit Annalisa unterwegs bin, tut sie sogar so, als wäre ich ihr Geliebter. Sie lacht sich dann immer über die Reaktionen der Passanten kaputt. Aber was kann ich für sie tun? Ich hoffe, es ist nichts Ernstes.“

Schmitz räusperte sich. Immer wieder die gleiche Last, so etwas verkünden zu müssen. Immer wieder die verdammte Suche nach Worten, die nicht nach Sprechblasen klangen. Etwas, was Mitgefühl ausdrückte, aber ebenso professionelle Distanz. Ergo die Quadratur des Kreises, die eierlegende Wollmilchsau. „Herr Eckström, wir kommen natürlich nicht ohne guten Grund zu ihnen. Ihre Tochter Annalisa“, er schluckte, „Annalisa wurde heute Morgen auf ihrem Boot am Elbsee gefunden. Leider konnten wir nichts mehr für sie tun. Sie ist einem Gewaltverbrechen zum Opfer gefallen. Es tut mir so unglaublich leid." Der Vater sah den Polizisten mit weit aufgerissenen Augen an, während die eben noch hysterisch zu werdend drohende Mutter erstarrte. „Was – was heißt das? Nichts für sie tun. Hat sie einen Unfall gehabt? Was hat sie überhaupt auf dem Boot gemacht?" An seine Frau gewandt, stieß er hervor: „Hast du mir nicht gesagt, dass sie bei einer Freundin für die Schule übt und dort übernachtet?" Frau Eckström erhob sich von der Couch, mechanisch wie ein Roboter. „Ich glaube, ich mache mal Kaffee. Oder hätten sie lieber Tee?" Dann stakste sie in Richtung der Küche, von den ungläubigen Blicken der jungen Polizistin verfolgt. Hilfesuchend sah sie sich nach Schmitz um, der ihr mit einem Kopfnicken andeutete, der Frau zu folgen. Dann wandte er sich wieder dem Vater des toten Mädchens zu. „Wollen wir uns nicht setzen, Herr Eckström?" Wortlos nahmen beide einander gegenüber auf Couch und Sessel Platz und der Kommissar legte abwartend die Hände in den Schoß. Er wollte den zutiefst Getroffenen jetzt nicht bedrängen, war sich aber darüber im Klaren, dass er hier nicht stundenlang stumm herumsitzen konnte. Nahezu im gleichen Augenblick wie der Kindesvater wollte er beginnen zu reden. „Wie war doch gleich ihr Name? Schmitz? Herr Schmitz, bitte entschuldigen sie meine Frau. Ich sagte ja eben, sie war für uns ein nicht mehr erwartetes Glück. Sie ist unser einziges Kind, sie ..." Er stockte, schien nach Worten zu suchen. „Sie ist ein unproblematisches Kind, gut in der Schule, sie hatte sogar ein Jahr übersprungen. Sie verstehen, Förderkurse für Hochbegabte usw. Sie hat auch eine wunderbare Gesangsstimme. Und – ich." Wieder blieb Eckström stecken, starrte gedankenverloren aus dem Terrassenfenster und streichelte sanft mit der Hand über die Lehne des Sessels, als läge dort ein Schoßhund. So vergingen einige Minuten und er schreckte hoch, als seine Frau klappernd mit einem Tablett ins Wohnzimmer kam, im Schlepptau die Polizistin. Diese gestikulierte hinter dem Rücken von Frau Eckström, dass sie Schmitz unbedingt sofort in der Diele vertraulich sprechen wolle. Schmitz entschuldigte sich, stand auf und ging zu seiner Kollegin. Diese begann zu flüstern: „Herr Schmitz, ich hab ja keine psychologische Ausbildung, aber dafür reicht gesunder Menschenverstand aus. Die Frau steht kurz vor einem Zusammenbruch. Wir sollten sicherheitshalber einen Arzt rufen.“ Als wäre sie mit einer prophetischen Gabe gesegnet, erklang aus dem Wohnzimmer plötzlich ein lautes Klirren von zerschellendem Porzellan. Sie eilten gemeinsam in den Raum und fanden Eckström auf dem Boden kniend über seine Frau gebeugt. Diese lag inmitten eines Wustes von Scherben und blutete stark aus einer Platzwunde an der Stirn. Schmieding eilte in die Küche und kehrte mit einem feuchten Handtuch zurück, während Schmitz der Bewusstlosen einen Stapel Servietten, die er vom Boden aufgehoben hatte, auf die Wunde presste. „Haben sie Verbandszeug im Haus?“, fragte er Eckström. Dieser nickte und lief in die erste Etage ins Bad. Nach ein paar Minuten kehrte er mit einer Mullbinde, Pflaster, Desinfektionsspray und einer Schere zurück. Notdürftig verband die Polizistin die Frau, während Schmitz jetzt einen Notarzt rief.

Nach einer kurzen Wartezeit, es waren ja nur wenige Kilometer von der Feuerwache in Garath oder vom Krankenhaus in Benrath, hörte man die Sirene. Schmitz öffnete die Tür und führte Arzt und Sanitäter ins Wohnzimmer, wo Eckström seiner mittlerweile wieder erwachten Frau die Hand streichelte. Es erfolgte eine kurze Untersuchung und der Mediziner empfahl, nachdem er die Rahmenumstände des Unfalls erfahren hatte, einen Transport ins Krankenhaus zur Beobachtung. Frau Eckström willigte ein, bat jedoch direkt ihren Mann, zu Hause zu bleiben und den Polizisten zu helfen. Schmitz holte aus seiner Jackentasche die obligatorischen Latexhandschuhe und übergab auch seiner Kollegin ein Paar. Dann machten sie sich an eine erste Untersuchung des Zimmers von Annalisa.

Das Zimmer war jugendlich-modern eingerichtet, in den Farben weiß, grau und rot. Schmieding dachte an ihr eigenes Zimmer zu der Zeit, als sie 17

Jahre alt gewesen war. DAS hier hätte ihr auch gefallen, aber sie hatte die älteren Möbel ihres Bruders abwohnen müssen. Sie teilte sich mit Schmitz die Durchsuchung der Schränke, wobei dieser ihr Tipps gab, worauf sie besonders achten sollte. „Gehen sie einfach unvoreingenommen dran und suchen sie dort, wo sie selbst etwas verstecken würden! Ich werde sowieso die Kriminaltechniker anrücken lassen, sobald wir hier fertig sind.“ Schmitz selbst hatte sich sofort über das Notebook hergemacht, welches auf dem weißen Schreibtisch unterhalb des Dachfensters lag. Er hatte kein Glück, es war passwortgeschützt. „Ich frag mal den Vater, ob er eine Ahnung hat“, informierte Jupp die Kollegin und ging hinab ins Wohnzimmer. Eckström hatte wieder im Sessel Platz genommen, starrte in den Garten und drehte zwischen den Fingern einen halbvollen Cognacschwenker. „Wollen sie auch einen?“ „Nein, danke, aber sie können mir vielleicht bei dem PC ihrer Tochter helfen. Kennen sie das Passwort?“ Er schüttelte den Kopf. „Leider nein, das war Annalisas privates Gerät. Wir hatten keinen Zugriff darauf und hatten auch nie Anlass gesehen, diese Absprache mit ihr zu umgehen. Das Passwort hat sie wohl nur zur Sicherheit draufgemacht, falls der Rechner mal wegkommen würde.“

Svenja Schmieding war inzwischen fündig geworden. Als Schmitz das Zimmer wieder betrat, hielt sie triumphierend ein schwarzes ledergebundenes Buch in der Hand. „My diary“ war in den Deckel mit silbernen Buchstaben geprägt. Den fragenden Blick des Kriminalers quittierte sie mit einem Grinsen: „Wie sie sagten. Ich hab da gesucht, wo ich selbst damals meins versteckt hatte. Mit Klebeband unter die Schublade des Bettkastens geklebt.“ Schmitz nickte anerkennend und steckte das Buch in eine große Asservatentüte, die er umständlich aus der Seitentasche seiner Jacke fischte. „Na, vielleicht fällt ihnen dann ja auch was zum Thema Passwort des Notebooks ein.“ Schmieding setzte sich an den Schreibtisch und begann diverse Worte zu tippen. Dann wandte sie sich um und ließ den

Blick suchend durch das Zimmer wandern. Ihr Blick blieb auf einem unscheinbaren, abgeliebten Teddybär hängen, der neben dem Kopfkissen auf dem Bett lag. Sie ging damit zu Eckström und fragte: „Wissen sie vielleicht den Namen dieses Teddys?“ Eckström nahm das Plüschtier in die Hände und mit einer unglaublichen Zärtlichkeit, als wäre er ein Lebewesen, strich er dem Spielzeug über den Bauch. „Den hab ich meiner Tochter aus Norwegen mitgebracht, von einer Dienstreise. Das ist Picobello. So nannte sie ihn damals, weil er so schick war, mit einem blauen Matrosenanzug. Eigentlich ist sie ja schon viel zu alt dafür, aber sie konnte sich nie von dem Teddy trennen.“ Eckström blickte auf und die Polizistin sah, wie seine Augen feucht schimmerten. Sie bedankte sich und wandte sich ab, denn er sollte nicht sehen, wie sehr sie diese Situation berührte und mitnahm.

Schniefend setzte sie sich wieder vor den PC, gab Picobello ein und hoffte auf einen schnellen Erfolg. Fehlanzeige! Dann versuchte sie es mit dem Namen und einer Zahlenkombination, zuerst nur der Geburtstag, dann das Jahr und als sie das Geburtsdatum sechsstellig eingab, erklang die erlösende Quittungsmelodie des Betriebssystems. Sie notierte den Code auf ein Post-it und heftete dieses auf den Bildschirm. „Geschafft!“ Schmitz nickte anerkennend. „Danke für ihre Hilfe. Was halten sie von einem Kaffee?“ Schmieding nickte. „Kommen sie mit auf die Wache. Wir haben dort ganz trinkbare Pads für unsere Maschine.“ Schmitz und sie gingen ins Wohnzimmer, wo sie Eckström über einem aufgeschlagenen Fotoalbum brüten sahen. Er blickte hoch, entnahm dem Album ein Foto und reichte es den Polizisten. „Sagen sie mir, wer tut sowas? Wer bringt so ein liebes Mädchen um?“ Das Foto zeigte Annalisa in einem Sommerkleid, am Benrather Schlossufer. Sie stand auf der Brücke des Anlegers für die Fahrgastschiffe und lächelte glücklich in die Kamera. Es war ein richtiges „Teenie-Foto“, voller jugendlicher Unbekümmertheit und voller Erwartung, was das Leben ihr noch bringen würde – und sei es an diesem Tag nur ein großes Eis in ihrer Lieblingseisdiele, drüben in Zons. „Sagen sie mir, wer bringt so ein Mädchen um? Warum? Sie hat doch niemand was getan. Sie wollte es doch nur allen recht machen, sie wollte doch nur geliebt werden." Schmitz und Schmieding informierten den Mann über das weitere Vorgehen und fragten, ob er Unterstützung habe oder ob sie einen Seelsorger benachrichtigen sollten. Eckström lehnte dankend ab, da er gleich zu seiner Frau ins Benrather Krankenhaus fahren wollte.

# Kapitel 2

Was für ein Glück, endlich mal ein freier Parkplatz vor dem rechtsmedizinischen Institut auf dem Gelände der Universitätskliniken. Die Aufpasser an der Schranke hatten mal wieder genervt auf meinen Dienstausweis geguckt und mich dann betont langsam durchgelassen. Ich betrat das Gebäude und ging schnurstracks auf das Büro von Dr. Ruprecht Vollmer zu. Abgeschlossen, war ja klar. Ich stapfte den Gang weiter und auf einmal sprang eine Bürotür auf. Lachend kamen ein Mann und eine Frau heraus. Vollmer blickte mich an und schüttelte den Kopf. „Na, DU kommst mir gerade recht. Darf ich dir meine neue Chefin vorstellen, Dr. Birte Gehr? Sie hat heute ihren ersten Tag bei uns und ich darf sie ein wenig rumführen und den anderen Mitarbeitern vorstellen. Frau Kollegin, ich mache sie bekannt mit einem der lästigsten Polizisten des gesamten Landes NRW. Michael Oberle, KHK im KK 11. Eine absolute Nervensäge, die ständig Sonderrechte bei der Untersuchung der Fälle haben will – und nebenbei inzwischen einer meiner besten Freunde!“ Damit nahm er mich in den Arm und ich reichte danach der Medizinerin die Hand. „Herzlich willkommen im Reich der Toten und Verrückten, Herr Oberle. So zumindest muss ich jetzt meinen Kollegen verstehen. Wie lange läuft das schon so bei euch?“ Ich blickte Vollmer schief von der Seite an. „Wenn ich diese Sprüche höre, scheinbar viel zu lange.“ Dann zuckte ich zusammen. „Mist, vergessen!“ Und dann hinkte ich davon. Vollmer sah Gehr verwirrt an.

Nach ein paar Minuten war ich zurück und fand die beiden noch im Gang diskutierend vor. „Sorry, aber ich hab da was für euch“ und streckte ihnen zwei große Papiertüten von der Bäckerei entgegen. „So macht der das immer und ich kann dann so schlecht nein sagen. Versprechen sie mir, dass das nicht in meine Personalakte kommt, dass ich mit Brötchen und Kuchen bestechlich bin" kommentierte Vollmer. Mein Versuch schien auf fruchtbaren Boden gefallen zu sein, denn die Rechtsmedizinerin öffnete eine Tüte, strahlte dann begeistert und entnahm ihr eine Mohnschnecke. Ruprecht Vollmer griff auch zu und dann wanderten wir zu dritt kauend durch die Gänge.

Mit vollem Mund fragte mein Freund mich dann: „Sag mal, was willst du denn nun wirklich? Die Kleine vom Elbsee?" Ich nickte, denn ich hatte soeben eine E-Mail von Jupp auf mein Handy bekommen, die mir in Stichworten die Sachlage bei den Eltern der Toten beschrieb. „Die Tote war wohl so eine Art Musterschülerin. Die Eltern total fertig, die Mutter ist schon im Krankenhaus. Wäre schön, wenn wir zeitnah etwas von euch kriegen würden." Vollmer sah seine neue Chefin fragend an. Diese antwortete: „Wenn sie es niemandem verraten: ICH habe das gleiche Problem wie sie, Herr Kollege. Ich bin auch mit Naturalien zu bestechen. Wollen sie mitkommen, Herr Oberle?"

Na klasse, da hatte ich mir ja was Schönes eingebrockt. Mein engerer Freundeskreis wusste um meine Abneigung gegen rechtsmedizinische Untersuchungen – nein, falsch, gegen meine Anwesenheit bei eben solchen. Klar, dass die Neue das nicht wusste – klar, dass mein FREUND Ruprecht Vollmer grinste. Ich wollte mir nicht direkt beim ersten Kennenlernen eine Blöße geben und nickte zustimmend. Immer, wenn ich durch die Tür des Sektionssaales hindurchging, war mir, als würde ich in eine Welt aus Eis eintauchen. Schon richtig, der Raum war besonders gekühlt, aber das war es nicht. Es war mehr eine emotionale Kälte, das Gefühl der eigenen Endlichkeit und des totalen Ausgeliefertseins. Ich kannte das schon lange, aber so richtig schlimm war es erst nach meinen Alpträumen in meiner Komazeit geworden. Ruprecht wusste davon und zog mich gelegentlich damit auf. Aber er konnte nicht wissen, wie sich meine seelische Verfassung seit dem verändert hatte. Mit jedem Fall, den ich zu bearbeiten hatte, schien es mir, dass meine Fähigkeit zur Empathie ein Stück mehr verloren ging.

Ich atmete schwer und stellte mich ein wenig abseits des Geschehens auf. Ruprecht und seine Chefin waren an den Edelstahltisch herangetreten und baten einen Sektionsgehilfen, ihnen den Körper der toten Annalisa Eckström zu bringen. Nachdem dies geschehen war, legten sich die drei Spezialisten eine Vielzahl von Werkzeugen bereit und Dr. Gehr ergriff ein kleines elektronisches Diktiergerät. Sie sprach die bekannten Fakten ein, sowie Anlass der Untersuchung und die ersten visuellen Befunde. Da war sie wieder, diese professionelle nüchterne Sachlichkeit, die mir auch immer bei Vollmer so verwirrend und zeitgleich faszinierend vorgekommen war.

Die gesamte Untersuchung lief vor mir ab, als würde ich mehr oder weniger desinteressiert einen französischen Autorenfilm sehen. Ich hatte mich mittlerweile auf einen Stuhl gesetzt und mir zwischendurch ein paar Notizen in meinem Handy gemacht. Irgendwie klasse, diese neuen Dinger. Groß genug, um noch als PC nutzbar zu sein, aber klein genug, um es als Telefon zu benutzen. Ich war derartig in meine Schreiberei vertieft, dass ich nicht bemerkte, wie Gehr und Vollmer vor mich getreten waren, während der Sektionsgehilfe bereits den Untersuchungstisch reinigte. So bemerkte ich erst zeitversetzt den Schatten, den die beiden auf das Display meines Handys warfen. „Na, du warst ja richtig bei der Sache, was?“, frotzelte Vollmer. Gehr fügte hinzu: „Sie bekommen natürlich noch einen ausführlichen Bericht, aber der Messerstich war definitiv die Todesursache. Es muss aber als reiner Zufall gewertet werden, dass der Täter genau das Herz oder genauer den ramus interventricularis anterior getroffen hat. Es fällt auf, dass keinerlei Abwehrverletzungen zu finden sind, lediglich ein paar Blutergüsse, vermutlich ein bis zwei Tage alt. Das lässt also den

Schluss zu, dass die Tote Täter bzw. Täterin gekannt hat und daher –„ Ich unterbrach die Medizinerin. „Wieso DER? Haben sie Anhaltspunkte gefunden, dass es sich um einen männlichen Täter handelt? Falls nicht, wäre ich ihnen dankbar, wenn sie die Bewertung der Fakten mir und meinem Ermittlungsteam überlassen würden. Danke!“ Damit machte ich auf dem Absatz kehrt und ging mit schnellen Schritten aus dem Saal. So bekam ich auch nicht den verwirrt-verärgerten Gesichtsausdruck der Medizinerin mit und ebenfalls nicht das betretene rot angelaufenen Gesicht meines Freundes Ruprecht. Sonst hätte ich gewusst, wie das berühmte „Fremdschämen“ bei ihm aussah.

Ich war gerade aus dem Gebäude herausgetreten, da hörte ich hinter mir rennende Schritte. „Sag mal, bist du jetzt eigentlich völlig bescheuert geworden? Was machst du die Frau so an? Das ist ne Gerichtsmedizinerin und keine Germanistin. Du brauchst nun wirklich nicht jedes Wort auf die Goldwaage zu legen und ...“ Ich sah ihn an und brüllte los: „Es kann ja sein, dass du langsam einen Samenkoller hast, aber spiel jetzt hier nicht Ritter auf dem weißen Pferd. Es kotzt mich nun mal an, wenn so ‘ne nassforsche Blondine mit ihrem Akademikerwissen mir meinen Job erklären will. Stimmt, sie sieht schnuckelig aus und ist ja genau dein Beuteschema, aber ICH trenne Beruf und Privatleben. Also such dir ein anderes Opfer, wenn du sie beeindrucken willst. Und jetzt muss ich los.“ Damit ließ ich einen meiner besten Freunde wie einen begossenen Pudel stehen und fuhr mit einem Kavaliersstart los.

Verständnislos den Kopf schüttelnd blickte Vollmer mir nach. Sein Blick wurde traurig, dann wütend und er kehrte in sein Büro zurück, wo er mit lautem Knall die Tür hinter sich zuschlug und sich ein großes Glas Whiskey eingoss. Es klopfte und auf sein ärgerliches HEREIN trat Dr. Gehr in den Raum. „Haben sie auch einen für mich?“ Vollmer füllte wortlos ein zweites

Glas und schob es ihr hin. Sie prosteten einander schweigsam zu und Vollmer ergriff nach dem ersten Schluck eine Zedernholzschachtel, in der er ein paar Zigarillos für Notfälle aufbewahrte. „Ich weiß, Rauchverbot in den Räumen, aber das ist mir im Moment scheißegal. Krieg ich jetzt ne Abmahnung?" Damit bot er seiner Chefin die Schachtel an. Sie griff zu und beide nahmen einen genüsslichen tiefen ersten Zug.

„So, jetzt mal Butter bei die Fische, hab ich was falsch gemacht?" Vollmer schüttelte den Kopf. „Falls ja, dann weiß ich nicht, was! Ich habe Oberle selten so erlebt und vor allem nicht so plötzlich umschaltend, wie ein Schizoider. Er ist eher kontrolliert, je älter er wird, aber – Moment, da fällt mir was ein." Er erhob sich, schnappte sich die berühmte Rote Liste, ein Medikamentenverzeichnis, und schlug etwas nach. Gehr sah ihm dabei interessiert zu. Als Ruprecht Vollmer das Buch zuschlug, fragte sie: „Und lassen sie mich jetzt an ihren Erkenntnissen teilhaben?" Vollmer atmete schwer. „Sie werden uns jetzt alle vermutlich für total bekloppt halten. Aber ich bring die Sache wieder in Ordnung. Nur kann ich ihnen das jetzt nicht erklären, dazu – tja, dazu muss ich erst das o.k. von jemandem haben. Und das wird er mir geben, sonst trete ich ihm dafür in den Arsch, versprochen!" Damit stieß er erneut mit seiner Kollegin an, die zustimmend nickte.

---

Schmitz hatte zum Handy gegriffen und mich angerufen. „Hi, Alter, ich bin in der Wache Wersten mit der Kollegin. Wir haben einiges im Zimmer der Toten gefunden und heute Nachmittag ist die KTU da. Eckström ist jetzt bei seiner Frau im Krankenhaus. Hältst du es für möglich, dass er das Mädchen heute noch identifiziert? Dann muss er noch eine Wegbeschreibung zur Rechtsmedizin bekommen. Triffst du dich dann mit ihm dort?“ Ich nölte gequält: „Kannst du das nicht machen?“ „Nee, von wegen, ICH war schon bei den Eltern. DEN Job übernimmst du jetzt und denk nicht mal an Schnick-Schnack-Schnuck!“ Natürlich wäre es mir nach meinem Auftritt in der Uni-Klinik lieber gewesen, wenn Jupp das übernommen hätte, aber er war ja im Recht. Nur wie kam ich aus der Nummer raus? Was hatte mich überhaupt geritten, so aggressiv auf die Medizinerin loszugehen und als Nachschlag noch auf meinen Freund?

Das Schicksal schien es aber gnädig mit mir zu meinen. Während ich noch überlegte, klingelte mein Handy. „Ruprecht hier. In ner halben Stunde, übliche Stelle, übliches Besteck – und wag es nicht, mir abzusagen. Tschüss!“ Und schon hatte er aufgelegt. Was nicht Eingeweihten wie Kauderwelsch vorkommen musste, war zwischen uns eine Art Code geworden. Wir waren beide extrovertierte, schwierige Charaktere, die immer wieder mal aneinander rasselten. Aber wir hatten es immer wieder geschafft, unsere Differenzen auszudiskutieren – mal hatte ich Erfolg, mal war Ruprecht der Sieger. Als neutralen Ort hatten wir dafür einmal bei einer Ermittlung den Lambertus-See in Kaiserswerth entdeckt. Dorthin führte nur ein Feldweg und man war dort meist ungestört. Besteck bedeutete eine Flasche Bier für jeden und was Leckeres von Feinkost Münstermann in der Altstadt.

Er war also nicht so angesäuert, dass er nicht mehr mit mir reden wollte. Immerhin! Ich fuhr los und besorgte das Bier und machte mich auf den Weg zur Hohe Straße. Dort angekommen fuhr ich etliche Runden, bis ich einen Parkplatz gefunden hatte. Mein Gefrierschrank hatte Ebbe, daher wollte ich noch eine der hervorragenden Maispoularden und ein paar Hähnchenbrüste mitnehmen. Vor mir war nur eine Kundin und die war in ein engagiertes

Gespräch mit der Verkäuferin vertieft, dem ich interessiert lauschte. „Ja, in den nächsten Monaten – wir wissen es ja auch nicht genau – nach über 40 Jahren ist Schluss– ich hab noch mit dem Alten bei „Berta Hennes“ Eier durchleuchtet, ob sie schlecht sind – nein, ich weiß auch nicht, ob ich weitermache – zwei Suppenhühner? Gerne“ Als ich dran war, fragte ich daher ungeniert: „Ich habe das doch falsch verstanden, sie machen doch nicht dicht, oder?“ Die Verkäuferin, eine sehr gepflegte reifere Blondine, schluckte ein wenig. „Doch, leider, Herr Kommissar. Wir sind alle ganz niedergeschlagen.“ Ich konnte das verstehen. Noch ein Traditionsunternehmen, das den Löffel abgab. Sicher, es war schon ein wenig luxuriös, hier einzukaufen, aber die Qualität war einfach unerreicht – und dazu die Beratung und die einfach menschlich warme Art, das würde mir fehlen. Dieser Laden war der erste, den mir meine Kollegen vor fast 20 Jahren gezeigt hatten, als ich in Düsseldorf bei der Polizei angefangen hatte. Als Mensch vom Bodensee war ich natürlich eine gewisse Lebens- und Genussqualität gewohnt und war glücklich, so etwas in diesem Feinkostgeschäft wieder zu finden. So wurde aus dem schnellen Shoppen ein Großeinkauf, der mir liebevoll mit Eis für den längeren Transport verpackt wurde. Ich hatte noch nie einen Kassenzettel mit mehr als 100 € gehabt, aber dieses Mal knackte ich sogar die 200 € Marke. Schwer bepackt wankte ich zum Wagen, holte noch schnell ein wenig Brot von Hinkel und brauste dann über Heinrich-Heine-Allee und Joseph Beuyss-Ufer in Richtung Norden. Die B8 war um diese Uhrzeit zum Glück noch nicht allzu voll. So kam ich auch nur mit zehn Minuten Verspätung am Lambertus-See an. Ruprecht wartete schon und kam mir mit ernstem Gesicht entgegen. „Hallo, Micha, du bist ja fast pünktlich.“ Wortlos reichte ich ihm eine Flasche Füchschen Alt, eine Tüte mit einem Schinkenbrötchen und wir stapften langsam zwischen Bäumen hindurch zum See. Das Hintergrundrauschen der B8 wurde von Vogelgezwitscher überlagert und so entstand eine geradezu idyllische Atmosphäre. Wir hockten uns hin, stießen mit den geöffneten Flaschen an und nahmen einen ersten Schluck. Nach einigen Sekunden, oder waren es sogar Minuten, des Schweigens begannen wir nahezu gleichzeitig zu reden. Ich ließ Ruprecht den Vortritt.

„Dass das vorhin mit Dr. Gehr Scheiße war, muss ich dir ja sicher nicht erst erklären. Aber kannst du mir sagen warum? So kenne ich dich nicht und sie hat dir nun wirklich keinen Grund gegeben. Und komm mir jetzt nicht mit dem Thema Medizinerarroganz!“ Ich schwieg und sah ihn von der Seite an. „Wenn ich es dir bloß erklären KÖNNTE! Ich weiß, selbst nicht, was mich geritten hat. Es ist allerdings nicht das erste Mal, dass ich in letzter Zeit so ausraste. Meist für Kleinigkeiten! Ist das die Midlifecrisis? Oder entwickle ich mich einfach nur zu einem alten nörgeligen Sack? Mich nervt es selbst und es tut mir dann auch schnell leid. Aber die Ursache ist mir schleierhaft!“ Ruprecht Vollmer nahm einen tiefen Zug aus der Flasche. „Ich hab mal was nachgeschlagen. Wie viel von dem Teufelszeug nimmst du eigentlich im Moment?“ Ich fuhr auf: „Jetzt komm mir nicht wieder mit den Belehrungen über Morphium. Du weißt, wie sehr ich das hasse und“, und schon wurde ich von meinem Freund ausgebremst. „Klappe halten, zuhören, nachdenken. Du bist umgestellt, hattest du mir gesagt. Auf Tabletten mit Retardwirkung. Nimmst du zusätzlich noch das Dipidolor?“ Vollmer wusste von meiner langjährigen Erfahrung als Opioid-Junky und hatte mir geholfen, von dem Zeug loszukommen. Auch so ein Mitbringsel aus seiner früheren Heimat Samoa, extra vom Medizinmann des Stammes seiner verstorbenen Frau für mich angemischt: ein Naturheilmittel, was mir bei der Entgiftung helfen sollte. Und wie es geholfen hatte! Ich hatte mir drei Tage die Seele aus dem Körper gekotzt und geschissen, mich in Krämpfen gewunden und dann, als wäre ein Schalter umgelegt worden, war es vorbei gewesen. Ich war erschöpft, hatte Muskelkater von den Spasmen, aber ich fühlte mich gut – bis auf meine Standardschmerzen im gelähmten Bein, die ich bis zum Lebensende haben würde. Mittlerweile war ich bei der Schmerzambulanz im

EVK in Bilk untergekommen und mein Behandler Dr. Schalis hatte vor einigen Monaten eine Substitution mit mir begonnen. Die Tabletten wurden durch ein Medikament ergänzt, dass die Wirkung des Morphins bei geringerer Dosis steigern sollte. Das war aber den Teufel mit Beelzebub austreiben, denn ich bekam Schlafstörungen, starke Ausschläge und Magenprobleme, sodass das Zusatzmedikament langsam ausgeschlichen wurde.

Ich erzählte dies schon vor längerer Zeit meinem Freund und er nickte immer wieder während meines Berichtes. „Es ist bekannt, dass der Entzug dieses Zusatzmedikamentes teilweise extreme Nebenwirkungen zeigt. Noch stärkere Schlafstörungen, Kopfschmerzen, Gereiztheit, Unausgeglichenheit, labile psychische Konstitution!“ Jetzt hatte ICH die ganze Zeit genickt. Sollte die Erklärung wirklich so einfach sein? Problem erkannt, Gefahr gebannt? Wenn ich wusste warum, war es vielleicht leichter, dagegen anzugehen. Wie hatte mir meine Oma immer gesagt? Wenn du deinen Feind siehst, kannst du dich ihm auch entgegenstellen.

„Du musst damit rechnen, dass du noch ein paar Wochen solche Ausfälle hast. Dann sollte sich das aber geben. Ich hab vorhin mal recherchiert und kam darauf, dass es vielleicht am Entzug liegen könnte. So, das haben wir also geklärt, hoffe ich. Und was machst du nun mit Dr. Gehr?“ Ich blickte ihn wieder von der Seite an und grinste schief. „Meinste, ein Blumenstrauß würde helfen?“ „Vermutlich, aber eine Erklärung wäre auch nötig, wenn du weiter mit ihr klarkommen willst. Soll ich?“ Ich brauste auf. „DU WIRST NICHT MIT MEINER LEBENSGESCHICHTE HAUSIEREN GEHEN!“ Vollmer legte mir die Hand auf die Schulter. „Genau deshalb frag ich dich ja. Bring das aber ja in Ordnung, ich muss schließlich mit ihr weiter eng zusammenarbeiten.“ Ich rieb wie Wickie mit dem Zeigefinger über meinen Nasenflügel. „Wie eng?“ „Idiot“, lächelte Vollmer und stieß mit der Faust gegen meine Schulter. „Sie ist echt nett und charmant. Warten wir doch einfach mal ab, ich finde sie bis jetzt sympathisch. Aber das ist ja auch der erste Tag, da kann man noch nichts Endgültiges sagen. Prost!" Wir stießen wieder an und leerten die Flaschen. Da ertönte eine krächzende Frauenstimme hinter uns. „Dass ihr Lorbasse mir ja nich de Flaschn innen See werfen tut. Dat is Umweltverschmutzung." Wir wandten uns im Sitzen um und erblickten eine uralte Frau, die sich auf ein klappriges altes Damenrad stützte und uns mit erhobenem Zeigefinger drohte. Die gesamte Situation war so grotesk, dass wir beide schallend zu lachen begannen. Die Alte wurde puterrot und meckerte los: „Diese Jugend von heute, zu meiner Zeit hätte es sowas nich jejeben. Kein Respekt mehr vor dem Alter! Na wart, Jungchen, das Mariellchen wird euch schon beikommen, Ich hol de Polizei!" Dieser Mischmasch aus schlesischem und rheinischem Slang war einfach zu komisch und zwei Männer, die langsam sichtlich ergrauten, als Lorbasse, also Lümmel oder Taugenichts, zu bezeichnen, war schon reichlich schräg. Wir rafften uns auf und gingen langsam auf die Frau zu. Da wir beide körperlich schon etwas beeindruckend waren, verstummte sie augenblicklich und sah uns nun ein wenig ängstlich an. Ich zog meinen Dienstausweis und hielt ihn ihr vor die Nase. „Nicht nötig, ist schon da." Sie kam mit dem Gesicht bis auf zehn Zentimeter an den Ausweis heran, verglich das Foto mit meinem Gesicht und schüttelte dann den Kopf. „Nee, zu meiner Zeit hätt's das nich jejeben. Polizei trinkt an et helllichte Tag Bier, inner Öffentlichkeit. Was für Sitten sind das denn?" Weiterhin meckernd hob sie sich ächzend auf ihr altersschwaches Rad und rollte davon. Ich konnte einfach nicht anders. Daher brüllte ich ihr hinterher: „Ihr Fahrrad hat keine Rückleuchte. Das kostet 10 €!" Vollmer stieß mich grinsend mit dem Ellbogen in die Rippen und die Alte beantwortete meinen Zuruf ganz undamenhaft mit einem steil erhobenen Mittelfinger. Mit großen Augen sahen wir uns an und schütteten uns abermals vor Lachen aus. Wie gut das tat! Eigentlich müssten wir der Schreckschraube dankbar sein.

„Ich komme morgen mit dem Vater des Mädchens ins Institut, dann kläre ich das mit Dr. Gehr!“ Wir verabschiedeten uns mit Handschlag und Ruprecht ergänzte noch: „Gib Sarah einen Kuss von mir – und einen von Aulani, ich habe gestern Abend mit ihm geskyped!“ Sein Schwiegervater hatte Düsseldorf vor längerer Zeit besucht und dabei meine Lebensgefährtin kennengelernt. Seit dem waren sie dicke Freunde geworden, was bei Aulani wörtlich zu nehmen war. Dieser Alte erfüllte wirklich jedes Klischee von einem Südseeinsulaner: klein, kugelig, tätowiert, braun gebrannt und mit einem Lachen gesegnet, das auch dem traurigsten Menschen das Herz erwärmen konnte. Ich schickte Jupp Schmitz noch eine SMS, dass ich den Termin in der Rechtsmedizin morgen wahrnehmen würde und bat ihn um die Telefonnummer von Herrn Eckström, um ihn zu informieren. Dann machte ich mich mit meinem Großeinkauf auf den Heimweg. Dies tat ich ohne schlechtes Gewissen. Schließlich hatten wir nur Rufbereitschaft und es war Samstagnachmittag. Mal ganz abgesehen von meinen Überstunden, deren Anzahl ungefähr in der gleichen Größenordnung wie meine Münstermann-Rechnung lag.

# Kapitel 3

Der Sonntag begann ruhig, mit einem langen Frühstück mit meiner Lebensgefährtin Sarah Rose. Sie war gestern Abend spät zu mir gekommen, da sie wieder einmal einen langen Abend mit „ihren Mädels" verbracht hatte. Wie immer im Café „Sündenfall" in Derendorf, dessen Inhaberin sie war. Regelmäßig, d.h. einmal im Monat, gab es dort einen Stammtisch für Transgender, wo man unter sich war und sich hinsichtlich Problemen, Infos und Kontakten austauschen konnte oder auch nur einfach um zu tratschen und einen schönen Abend zu verbringen. Sarah achtete besonders darauf, dass für andere Gäste und Passanten nicht der Eindruck entstand, dass hier eine Art Swingerklub oder Kontakthof bestünde. Es kam also hin und wieder vor, dass auch Personen rausgeschmissen wurden, die hier zu aggressiv auftraten oder auf der Suche nach einem kostenlosen schnellen „Fick" waren. Der Standardspruch der Mitarbeiter des „Sündenfall" war: wenn du das suchst, dann geh in den Hofgarten, hinter den Bahndamm oder in einen der vielen Clubs.

Sarah hatte Gesprächsbedarf, das war an ihrem Verhalten während des Frühstücks unübersehbar. Ich ahnte, worum es ging. Die Operation! Sarah hatte einen langen Weg hinter sich, der kurz vor seiner Vollendung stand: geboren als Mann, hatte sie frühzeitig für sich erkannt, im falschen Körper zu leben. Diese Erkenntnis leitete einen Wandlungsprozess über mehrere Jahre ein. Als ich Sarah kennenlernte, lebte sie schon seit 15 Jahren als Frau, hatte sich aber bislang gescheut, die letzte Operation, die Geschlechtsangleichung, vornehmen zu lassen. Für Außenstehende eine völlig logische, konsequente Aktion, stellte sie für meine Freundin jedoch einen bedrohlichen Einschnitt dar. Es war ein komplizierter mikrochirurgischer Eingriff, der oft genug schief ging. Die Operierten blieben zwar nicht ständig tot auf dem OP-Tisch zurück, aber zu viele inkompetente Ärzte verschandelten Menschen, die über Jahre mit den Folgen leben mussten. Dementsprechend war meine Haltung zu der OP immer sehr indifferent, auch nach meinen eigenen Krankenhauserfahrungen. Aber ich hatte mit der Zeit lernen müssen, welch eine enorme Bedeutung diese OP für meine Lebensgefährtin hatte. Sie war für mich immer ganz Frau gewesen und so hatten wir unser gemeinsames Leben eingerichtet. Im Grunde war es einfach Angst, den Menschen verlieren zu können, der mein Leben so unendlich bereichert hatte – also reiner Egoismus! Erst, als mir DAS bewusst geworden war, erkannte ich die tiefere Bedeutung: es war die Ziellinie, das zu durchtrennende Band. Kein Marathon-Läufer oder Triathlet bleibt fünf Meter vor dem Zieleinlauf stehen! So war mir klar, dass es für Sarah keinen anderen Weg gab und es meine verdammte Pflicht und Schuldigkeit war, ihr beizustehen.

„Schatz, wegen der OP. Ich werde diese Woche noch mal nach München fahren, um dort mit Dr. Liedl zu sprechen. Die erste Unterhaltung war ja sehr vielversprechend und die meisten Erfahrungsberichte über ihn sind gut. Mal sehen, wie es ist, wenn es konkret wird. Kannst du mich begleiten?“ Ich blickte sie traurig an: „Das wird diese Woche nicht hinhauen, das ist zu kurzfristig. Kannst du den Termin nicht schieben? Ich würde dich gerne begleiten, aber -“ Sarah winkte ab. „Nicht so schlimm. Hauptsache, du bist dabei, wenn die OP stattfindet. Ohne dich überstehe ich die Stunden davor nervlich nicht!“ Sie drückte meine Hand und ich erlebte einen der seltenen Augenblicke, in denen die Augen dieser starken Frau tränenfeucht wurden. Ich küsste sie sanft und bemerkte, dass sie mehr wollte. Leider war zumindest jetzt nicht einmal das mehr möglich. „So gerne ich mich mehr um dich kümmern würde, ich muss leider los. Was Unangenehmes, eine Identifizierung in der Gerichtsmedizin. Das junge Mädchen aus dem Elbsee in Hilden!“ Sarah nickte verständnisvoll und meinte: „Wirst du heute Abend denn da sein? Du hast doch eigentlich nur Rufbereitschaft für den KDD. Wir könnten doch mal wieder spazieren gehen, am Zameksee vielleicht!“ „Ich werde es in jedem Falle versuchen, verspreche aber lieber nichts, um dich nicht zu enttäuschen!“ Ich erhob mich und zog mir ein paar straßentaugliche Sachen an. Ich hatte Sarah wohlweislich meinen Ausraster bei Frau Dr. Gehr verschwiegen, denn ich ahnte die Vorwürfe, die sie mir machen würde. Warum ich es verschwieg? Ganz einfach, weil ich wusste, dass Sarah mit ihren Vorhaltungen Recht haben würde. War es Bequemlichkeit oder Feigheit? Schwer zu sagen, aber im Moment konnte ich keine Vorträge gebrauchen. Sarah rief mir noch im Hausflur zu: „Dann werde ich heute mal meine Kontakte durchtelefonieren und nach einer Wohnung für Jupp suchen helfen!“

So ging es mir durch diesen verdammten Entzug in letzter Zeit immer öfter. Ich versuchte massiv Diskussionen zu vermeiden, um meine Ruhe zu haben. Hoffentlich war dieser Zustand nicht von Dauer, denn so eine Attitüde war gerade in meinem Beruf eher hinderlich. Ich verabschiedete mich also von meiner Schönen mit einem langen, innigen Kuss und machte mich auf die Suche nach einem offenen Blumenladen, an einem Sonntagvormittag eigentlich kein Problem. Auf meinem Weg zur Universitätsklinik fiel mir der Friedhof Itter ein und ich fuhr von der Münchener Straße ab. Zu einem horrenden Preis, dem Sonntag geschuldet, erstand ich einen Strauß mit weißen Callas. Dies war die Empfehlung der Floristin, der ich mein Dilemma erklärt hatte. „Die Calla ist keine Totenblume, das war früher einmal so. Heute ist sie ein Symbol für Anerkennung, Eleganz und Schönheit!“ Ich hoffte das Beste und machte mich auf den Weg zur Gerichtsmedizin.

Frau Dr. Gehr empfing mich wie erwartet ein wenig kühl. Allerdings sah ich auch direkt ihre geweiteten Augen, denn der Strauß war zu opulent, um ihn selbst durch meine breite Figur zu verstecken. Also zog ich ihn ohne lange Vorrede hervor und sagte: „Ich steh jetzt hier ein wenig wie ein verschämter Pennäler. Es tut mir leid, wie ich sie gestern angefahren habe. Das war weder angemessen noch berechtigt. Ohne weiter in die Tiefe zu gehen, ich bin im Moment nicht ganz ich selbst und daher ...“. Ich zögerte und Dr. Gehr fiel mir ins Wort: „Ruprecht hat mir gegenüber ein paar Andeutungen gemacht, aber ist nicht ins Detail gegangen. Entschuldigung angenommen. Fahren wir einfach noch mal zurück auf Null. Mein Name ist Birte Gehr!“ Mit einem entwaffnenden Lächeln reichte sie mir die Hand und ich drückte sie gerne. Dann übergab ich ihr den Strauß und beobachtete sie, während sie genüsslich den schweren Duft der Blüten einsog. Ich konnte Ruprecht ein wenig verstehen, ihr Lächeln hatte etwas Entwaffnendes. Wer weiß, was sich da zwischen den beiden anbahnte. Dr. Gehr war ein so völlig anderer optischer Typ als seine verstorbene Frau Lailani, eine Südseeschönheit. Aber schon bei früheren Gelegenheiten musste ich feststellen, dass Ruprecht eigentlich keinen TYP hatte. Es war eher eine bestimmte Art von Wesen: fröhlich, unkompliziert, charmant und energiegeladen. Kein Wunder also, dass er sich so gut mit meiner Sarah verstand.

Ganz pragmatisch hatte Dr. Gehr einen Papierkorb mit Wasser gefüllt und dort das riesige Gebinde platziert. „So, und nun auf mit uns zu der kleinen Eckström. Ich zeige ihnen, was wir noch gefunden haben.“ Bäh, schon wieder Sektionssaal und der Ekel-Gestank! Na gut, dachte ich, dann mal los.

Sie hatte die Leiche bereits auf einem Tisch platzieren lassen und begann nach dem Abdecken ihre Beschreibung. „Wie gesagt: es war entweder ein absoluter Profi im Umgang mit Messern oder jemand mit guten anatomischen Kenntnissen. Ein Stich im Affekt an genau diese tödliche Stelle wäre schon ein komischer Zufall. Das engt den Kreis der Verdächtigen zwar nur marginal ein, aber immerhin etwas. Ansonsten war sie in gutem

Allgemeinzustand, etwas adipös. Die Blutuntersuchung hat ergeben, dass sie zwar keine harten Drogen genommen hatte, ihr Blutalkoholwert zum Zeitpunkt des Todes aber um 1,2 Promille gelegen haben muss. Ob sie sich jetzt aber besoffen hat und im Rausch oder Schlaf ermordet wurde, das müssen sie rausbekommen." Sie atmete schwer. „Ich habe mich sehr bewusst für die Rechtsmedizin entschieden, aber es gibt Fälle, die gehen einem immer an die Nieren. Das sind insbesondere Kinder oder so junge Menschen wie in diesem Falle. Man fragt sich immer, was hätte diese junge Frau noch alles erleben, erreichen, genießen können. Spätestens aber, wenn einem dieser Konjunktiv bewusst wird, muss man sich wieder auf Distanz begeben. Nicht abstumpfen, sondern sich nicht beirren lassen in seiner Recherche. Sie verstehen, was ich meine?" „Mit ähnlichen Worten hat mir Ruprecht das einmal erklärt. Gibt es sonst noch etwas, was mir weiterhelfen könnte?" „Das Regenwasser hat einiges weggespült, das machte es schwierig. Sie ist jedenfalls nicht missbraucht worden." Da klopfte es an der Tür des Sektionssaales und ein Mitarbeiter des Institutes trat in Begleitung eines mir Unbekannten ein. Das konnte nur der Vater sein, wie mir Jupp bereits angekündigt hatte. Erstaunt blickte ich in das Gesicht eines fast 70jährigen.

Schnell schob Dr. Gehr das Tuch wieder bis zum Hals der Toten hoch, damit dem Vater der Anblick des von der Obduktion gezeichneten Körpers seines Kindes erspart blieb. Schüchtern näherte Eckström sich dem Stahltisch. Zaghaft reichte er der Pathologin und mir die Hand und stellte sich mit brüchiger Stimme vor. Dann wandte er sich dem Körper seiner Tochter zu. Er hob den Arm, ließ die Hand über ihrer Wange schweben und zögerte dann, als könne er sie nicht berühren. Dann erklang ein leises Wimmern. Der alte Mann wurde von Zuckungen geschüttelt. Eine Strähne seines vollen weißen Haares fiel in sein Gesicht. Dann nickte er. „Brauchen sie etwas zur Stärkung, Herr Eckström?", fragte die Ärztin. Er nickte und bekam nach wenigen Augenblicken ein den Kreislauf stärkendes Mittel gespritzt. In der Zwischenzeit vermied er es, sein Kind anzublicken. War das Scheu oder vielleicht Schuldbewusstsein? Mir schoss durch den Kopf: und wenn ER es war, weil er sich an ihr vergehen wollte und sie sich gewehrt hat? Ach Quatsch, dann wären ja irgendwo an ihrem Körper Kampfspuren zu entdecken gewesen. Und Dr. Gehr hatte nur von wenigen älteren Hämatomen gesprochen.

Nachdem Eckström sich ein wenig stabilisiert hatte, verließen wir die Gerichtsmedizin und setzten uns außerhalb des Gebäudes auf eine Bank. Er öffnete die mitgebrachte Umhängetasche und entnahm ihr ein Fotoalbum. Er legte es behutsam auf den Schoß, als sei es aus Glas und unendlich kostbar. Dann schlug er es auf und zeigte mir Fotos seiner Tochter. „Wie ich gestern schon ihren Kollegen sagte: sie sehen es mir an, Annalisa war ein nicht mehr erwartetes Geschenk des Schicksals. Mit über 50 rechnet man nicht mehr damit, Vater zu werden. Aber wir haben es dankbar angenommen und wurden so reich beschenkt. Sie hat unser Leben erfüllt und wir haben alles getan, was in unserer Macht stand, um ihr alle Wege zu ebnen. Ich bin nicht unvermögend. Mein Job als Projektingenieur für Energieanlagen macht mich zu einem begehrten Berater und so werde ich auch heute noch mit Aufträgen versorgt. Das hatte aber zur Folge, dass ich oft auch für länger weit entfernt arbeitete. Ich versuchte das mit Aufmerksamkeiten und jeglicher möglichen Förderung von Annalisas Neigungen zu kompensieren. Sie war jedoch mehr als bescheiden. Nach einem Exkurs ins Ballettfach, bei dem ihr ihre Trainerin völlige Talentfreiheit attestierte, begann sie mit dem Singen und blieb auch dabei. Sie bekam Förderunterricht von exzellenten Privatlehrern, zusätzlich zur Schulausbildung. So kompensierte sie auch das eine Jahr der späteren Einschulung durch das Überspringen der 7. Klasse.“ Er stoppte, blätterte in dem Album, bis er die gesuchte Seite fand und fragte dann: „Jetzt sagen sie mir, Herr Kommissar, wer tut so was einem Mädchen wie ihr an?“ Damit tippte er mit dem Zeigefinger auf ein Foto, das Annalisa bei Aufnahmen in einem Fotostudio zeigte. Sie war perfekt geschminkt und gekonnt in Szene gesetzt. Fast ein Model-Gesicht, dachte ich mir, wenn nicht diese paar Pfunde zu viel gewesen wären. Ich selbst fand diesen Frauentyp ja sehr attraktiv, war mir aber darüber im Klaren, dass meine Ansicht eben nicht dem Mainstream entsprach. Was für ein schönes Mädchen war sie gewesen und was für ein tolles Weib hätte sie werden können! Ich gemahnte mich zur Vorsicht, mich nicht zu sehr emotional an die Sicht des Vaters zu binden. Eltern, so erlebte ich es immer wieder bei meinem Job, neigten zur Glorifizierung ihrer Kinder, waren außerstande, sie in ihrer Gesamtheit zu reflektieren. Wenn ich für jedes „mein Kind tut sowas nicht“ einen Euro bekommen würde, wäre längst ein Urlaub auf den Malediven drin gewesen.

Ich nahm das Album an mich und verabschiedete mich von Eckström, der seine Frau jetzt aus dem Benrather Krankenhaus abholen wollte. Sie war mittlerweile so stabil, dass man sie ohne ernste Gefahr entlassen konnte. Ich kehrte nochmals ins Institut zurück und ging zu Dr. Gehr. Mich beschäftigte noch eine Frage: „Was genau sind die Folgen bei 1,2 Promille? Klar, ich war selbst schon mehr als einmal besoffen gewesen, aber wie wirkt sich das bei einem jungen Menschen aus?“ Gehr sah mich belustigt an: „Nicht viel anders als bei ihnen, Herr Kommissar. 1,2 – das heißt Verschlechterung des Sehvermögens, Steigerung der Enthemmung, Reaktionsfähigkeit extrem gemindert, Gleichgewichts- und Orientierungsstörungen.“ „Wäre es auch möglich, dass sie mit dem Messer hantiert hat, gestürzt ist und sich dabei unbeabsichtigt die Waffe selbst in den Körper gerammt hat?“ Energisch schüttelte die Medizinerin den Kopf. „Nein, das halte ich für nahezu ausgeschlossen. Schauen sie, bei unbedachten Bewegungen oder auch nur Schwankungen, wie bei diesem Fall durch das Boot, wäre der Stich niemals so gerade reingegangen. Es wären Spuren an den Rippen gewesen, wegen einer verkanteten Klinge oder ähnliches. Und sie war auch nicht so betäubt, dass sie sich nicht mehr hätte wehren können. Nein, dieser Stich war gezielt in Tötungsabsicht, kein Zweifel." Ich bedankte mich und fuhr ins Präsidium, wo ich noch einen Bericht schreiben wollte. Der heutige Abend sollte nur Sarah und mir gehören, die nächste Woche würde stressig genug werden.

---

„Bist du eigentlich blöde? Was glaubst du denn da zu finden? Da waren doch bestimmt schon die Polizeitaucher unten, da ist nix mehr!" Henning war sichtlich genervt von der Idee seines Tauchpartners. „Nee, komm, echt kein Quatsch. Ich hab sowas mal gelesen. Ein Kumpel hat so'n Metallsuchgerät, das auch unter Wasser funktioniert. So ein richtig scheiß-teures Teil für fast 1.000 Okken. Der leiht mir das, sicher. Und wenn da was ist, dann finden wir's, nicht die Bullen. Stell dir mal vor, wir gehen damit an die Presse. Zeitung, Fernsehen – ist doch geil, Alter! Los mach mit!" Dario knuffte seinen Tauchkumpel in die Seite.

Vor vier Jahren hatten sich die beiden bei einem Tauchkurs kennengelernt und auf Anhieb gut verstanden. Nach dem Grundkurs hatten sie ihre Qualifikationen erweitert und Fortgeschrittenen- und Spezialkurse gemacht. Sie waren jetzt also zertifizierte Dive-Master und Rescue-Diver. Teil der Ausbildung war auch das Suchen und Bergen von Gegenständen oder Personen. Aufgrund dieser Erfahrungen glaubte Dario nun, problemlos weitere Gegenstände finden zu können, die etwas mit dem Mord auf dem Boot im Elbsee zu tun haben könnten. Die beiden 23jährigen hatten viel in ihre Ausrüstung investiert und geklotzt, nicht gekleckert. Trockentauchanzüge, hochwertige Lungenautomaten in doppelter Ausführung, leistungsfähige Computer und Unterwasserlampen – alles hatten sie sich über die Jahre angeschafft. So ausgerüstet, waren sie letztes Jahr zusammen in Norwegen gewesen und hatten dort diverse Tauchgänge an Wracks aus dem 2. Weltkrieg gemacht. Dabei hatten sie verbotenerweise auch Munition als Andenken mitgebracht. Ein Norweger hatte sie dabei erwischt, aber statt sie anzuzeigen, nahm er sie auf eine Exkursion mit, bei der die drei in ein nicht kartographiertes Wrack eingedrungen waren und dort diverse Devotionalien entwendet hatten, die bei Militaria-Sammlern einen hohen Wert hatten. Dieser Raubzug hatte ihnen den Ankauf zweier erstklassiger Unterwasser-Scootern, sogenannten Aquazepps, ermöglicht, fast 4.000 € pro Gerät. Im Tauchclub wurden sie dafür natürlich beneidet, ermöglichten diese Geräte doch fast eine fünffache Reichweite im Vergleich zum bloßen Flossenschlag unter Wasser.

Darios Idee bestand also darin, mit den besagten Aquazepps in Richtung der Insel zu tauchen, vor der die „Belladonna“ auf Grund gelaufen war. Möglicherweise war dabei etwas über Bord gegangen, vielleicht sogar Beweismittel. Der junge Automechaniker sah sich schon auf der Titelseite des Düsseldorfer Express als Held und Entdecker der Beweise, die zum Täter führten. Sein „Buddy“ Henning war da verhaltener. Ihn reizte auch das Abenteuer, aber Ruhm oder kurze Popularität war nicht in seinem Sinne. Er dachte eher daran, ob man dort etwas finden würde, das sich zu Geld machen ließe. Genau da hakte Dario ein. „Mensch, wenn wir was finden, dann könne wir die Nachricht der Presse verkaufen. Da sind doch mindestens ein paar Tausender drin, wenn nicht mehr!“ Henning nickte. „Ja, klar, wenn es die echten Hitler-Tagebücher wären. Aber von mir aus, wir treffen uns heute Abend dort. Ich ruf den Präsi an und sag ihm, dass wir einen Nachttauchgang machen. Kümmere du dich um das Suchgerät, ich sorge für volle Pressluftflaschen.“ Da es wahrscheinlich eine längere Suche werden würde, verzichtete Henning auf das übliche Tauchen mit Pressluft, was die Tauchdauer eingeschränkt hätte. Sie würden mit einem Spezialgemisch, sogenanntem Enriched Air oder Nitrox, tauchen. Dies verlängerte die Tauchzeit, verringerte dafür aber die Tauchtiefe. Egal, da es an dieser Stelle sowieso maximal 18 Meter tief war, war dies die beste Alternative.

Karl „Charlie“ Weber, der Präsident des Tauchclubs, der am Elbsee sein Revier hatte, war ein wenig verärgert aufgrund der kurzfristigen Anmeldung des Nachttauchgangs und wies daher darauf hin: „Tragt euch ja in das Seelogbuch ein, damit alles seine Ordnung hat. Ich will keinen Ärger mit den Verpächtern haben!“ Henning sicherte ihm das gerne zu und machte sich an die Vorbereitungen. Am Abend eines Sonntags war an dem See eh nie mehr viel los. Die meisten Menschen mussten ja am Montag arbeiten. Er lud gerade die Pressluftflaschen aus seinem Wagen aus, da fuhr auch Dario auf den Parkplatz. Sie stießen zur Begrüßung die geballten Fäuste gegeneinander und schafften auf Sackkarren ihre schwere Ausrüstung zum Seeufer. Dort begannen sie gewissenhaft in der beginnenden Abenddämmerung mit der Vorbereitung der Geräte. Dabei ließen sie auch nicht die gegenseitige Kontrolle des Equipments außer Acht, was oft genug den einen oder anderen tödlichen Fehler vermieden hatte. Henning dachte mit Grausen an den Bergungstauchgang in Norwegen. Auf 54 Meter Tiefe war er plötzlich panisch geworden, hatte zu hektisch geatmet und dadurch war sein Lungenautomat vereist. Dario hatte ihn gut im Blick gehabt und sofort eingegriffen. Mit Darios Reserveautomat hatten sie dann einen gesicherten Notaufstieg gemacht und den Tauchgang abgebrochen. Danach hatten sie sich noch bessere Automaten gekauft und noch mehr auf Tiefe trainiert.

Mit einiger Mühe wuchteten sie die schweren Unterwasser-Scooter in den See und legten dann noch die zusammengebauten Tauchgeräte im Flachwasser ab. Sie würden sie erst im Wasser anlegen. Dann erfolgten die genaue Absprache des Tauchgangs und die Verteilung der Aufgaben. Dario montierte mit Flexbändern das Metallsuchgerät auf dem Aquazepp und nach dem Anlegen der fast 40 kg schweren Ausrüstung machten sie sich auf den Weg. Henning hatte die Aufgabe des Navigators übernommen und schwamm vorweg an der Wasseroberfläche, um Luft zu sparen.

An der Strandungsstelle des Bootes angekommen, legten sie ihre Scooter im Flachwasser ab und begannen den Seegrund von der Tiefe nach oben in einer Art Mäandermuster abzusuchen. Dario bediente das Suchgerät, Henning unterstützte seinen Freund mit einem leistungsstarken Scheinwerfer. Immer wieder zeigte das Gerät Metall an, aber jedes Mal war es nur Metallabfall, einmal sogar ein Kinderdreirad. Nach 85 Minuten hatten sie eine schwache Anzeige. Ihre Finger waren mittlerweile steif und aufgeweicht durch das kalte Wasser, denn sie hatten auf Trockenhandschuhe verzichtet. Sie hatten geglaubt, mit den dünnen Neoprenhandschuhen eher spüren zu können, ob es sich bei evtl. Funden um etwas Wertvolles oder nur Müll handeln würde. In sechs Metern Tiefe fächelte Dario vorsichtig über der angezeigten Stelle, um den Schlamm grob zu entfernen. Die Sicht wurde dabei immer schlechter, zumal es inzwischen stockduster war und kein Mond schien. Henning hörte seinen Kumpel wütend in den Lungenautomaten brüllen, dann vernahm er einen Freudenschrei. Aus der Schlammwolke kam Darios Kopf hervor und in der Hand hielt er triumphierend einen Schlüsselbund. An ihm hing eine kleine Katze, übersät mit im Licht der Tauchlampen blitzenden Swarovski-Steinen, und eine silberne Plakette. Man konnte sogar den Namen entziffern: Larissa Zehner.

An der Wasseroberfläche angekommen, schoben sich die beiden die Tauchmasken vom Gesicht, nahmen die Mundstücke heraus und fingen sofort an zu diskutieren. „Was soll der Scheiß? Mir ist arschkalt und wir haben nichts gefunden! Nur so einen Fucking-Schlüssel von irgendeiner Bling-Bling-Tusse.“ Dario schüttelte energisch den Kopf. „Haste gesehen, wie der aussieht? Da ist kein bisschen Rost dran. Der liegt noch nicht lang da. Vielleicht hat ihn der Mörder verloren. Der Schlamm ist hier fast einen Meter mächtig und der Schlüssel war nicht mal 20 cm eingesackt. Also KANN er nicht lange hier liegen. Komm, wir machen zurück, ich muss pissen und hab Durst.“

Die Aquazepps hielten durch und zogen die Taucher an das andere Seeufer zurück. Sie bauten die Ausrüstungen auseinander, verstauten sie im Wagen und trugen sich dann im Vereinsraum in das Seelogbuch ein. Als Absacker gönnten sie sich noch eine Flasche Bier am See, bei im Wasser abgelegten, angeschalteten Tauchscheinwerfern. Eine Scheiß-Idee, wie sie im Nachhinein feststellen mussten, denn vom Licht angelockt kamen Schwärme von Mücken zu ihnen, von denen nicht wenige die beiden Taucher zerstachen. Fluchtartig verließen sie den Tauchplatz und verabredeten unterwegs per Telefon, das Dario am nächsten Tag bei der EXPRESS anrufen würde. Mal sehen, was die springen lassen würden!

# Kapitel 4

Montagmorgen in Düsseldorf! Es war immer wieder faszinierend anzusehen, mit welch stoischem Gleichmut sich die Menschen mit ihren Autos in eine Reihe stellten und geduldig vor rot-gelb-grünen Lämpchen warteten, dass es weiterginge – so auch ich! Ich hatte Jupp zu Hause abgeholt und er fluchte noch immer über den Mietwucher in der Landeshauptstadt. Als er zum neunten Male über den Rat der Stadt und eine notwendige Mietpreisbindung referierte, natürlich unter Bezug auf die viiiiiiiiel bessere Situation in seiner Heimatstadt Köln, hakte ich ein: „Tja, dafür läufst du in Köln Gefahr, dass dir beim U-Bahn-Bau deine Wohnung unter dem Arsch wegbricht. Hier ist das nicht passiert – hier herrscht ja auch kein kölscher Klüngel, wo beim Bau betrogen und hinterzogen wurde!“ Beleidigt verstummte Jupp und blätterte vorsätzlich umständlich in der Zeitung, natürlich dem Kölner EXPRESS.

Kaum saßen wir an unseren Schreibtischen, klopfte es und unser Chef, Kriminaloberrat Richter trat ein. „Guten Morgen, Mörderjäger“, er wollte wohl am Montagmorgen witzig wirken, „wie geht es denn meinen besten Pferden im Stall?“ Wenn er uns so Honig um den Bart schmieren wollte, konnte es nichts Gutes für uns bedeuten. „Wir warten auf unseren Hafer und wollen auf die Koppel“, erwiderte ich daher, zugegeben etwas patzig. Sein Lächeln verschwand daher auch sofort und wich einer ernsten dienstlichen Miene. „Verehrte Kollegen, sie kriegen ja in unserer Fachzeitschrift „Die Streife“ und in anderen Medien mit, dass sich auch die Polizei NRW um guten Nachwuchs bemühen muss. Daher haben wir ein neues Praktikantenprogramm aufgelegt, bei dem wir in einem Assessment-Center die Kandidaten aussortiert haben, die für uns interessant erscheinen. Dabei durften die Prüflinge auch angeben, in welchen Kommissariaten sie am liebsten hospitieren würden. Nun raten sie mal, welches das meistgewählte war?“ Erwartungsvoll blickte er in unsere gelangweilten Gesichter. Jupp gähnte kurz: „Ich vermute mal, das KK11!“ Strahlend antwortete Richter: „FALSCH, meine Herren, es war die Kriminaltechnik und Rechtsmedizin. Aber auf Platz 3 war das KK11, richtig! Und hier präsentiere ich ihnen die junge Anwärterin, die sich für ihre Arbeit interessiert. Alexandra Stickelbroeck, Abiturientin aus Kerken, Tochter eines Kollegen, der hier in der PP-Wache Dienst tut. Frau Stickelbroeck, dies sind die Kommissare Oberle und Schmitz und sie werden die beiden die nächsten drei Wochen begleiten, beobachten und unterstützen.“

In den Raum trat eine junge Frau ein, knapp 1,70 Meter groß, schlank, mittellange dunkelbraune Haare und ein verschmitztes Grinsen, wie wir es von ihrem Vater, unserem Kollegen von der Streife, kannten. „Na, komm rein, Mädel“, rief Jupp erfreut, ganz gegen MEINE Einstellung, „du bist hier ja fast zu Hause. Hadd dinne Pap mol widder nüe Dönekes jeschriewe?“ Damit spielte er auf die Leidenschaft des Vaters an, den Alltag der Polizei in humoristischen Kriminalromanen zu verewigen. Nicht umsonst galt er aufgrund der Art seines Vortrags als der „Dieter Hüsch“ unter den Düsseldorfer Krimischreibern. Ich selbst hatte nicht die geringste Lust, wieder einen Neuen durchzuschleppen. Wir hatten zwar in früheren Fällen auch mal Glück gehabt mit den sogenannten „Durchläufern“, so z.B. vor ein paar Jahren mit Juma Jensen, der mittlerweile stellvertretender Chef des Rauschmitteldezernats war. „Geht es denn nicht bei den anderen Ermittlungsgruppen? Wir hatten doch -“ Richter unterbrach mich sofort: „Ich sagte doch, meine besten Pferde im Stall. Also, Kollegen, machen sie der Innung keine Schande!“ Damit war er schon aus dem Raum raus und ich konnte nur noch zusehen, wie Jupp der Neuen einen Stuhl anbot und sie ausfragte. Ich zog mich derweil geistig zurück und wandte mich den

Unterlagen der Kriminaltechnik und des Rechtsmedizin zu, die uns bereits zum Fall vom Elbsee vorlagen. Die KTU hatte ausdrücklich darauf hingewiesen, dass aufgrund des in das Boot eingedrungenen Regenwassers kaum verwertbare DNA-Spuren zu finden gewesen waren. Da ging mir auf einmal ein Licht auf. „Sagen sie, Frau Stickelbroeck“. „Bitte, Herr Oberle, sagen sie Alexandra oder Alex, das Frau klingt so förmlich. Ich bin nur drei Wochen hier und eher Störfaktor als nützlich, da würde ich gerne zumindest das Gefühl haben, kein solcher Fremdkörper zu sein.“ Diese ehrliche Reaktion besänftigte mich sofort. Ich lächelte, bot ihr etwas aus unserer obligaten Bäckereitüte an und fragte: „Wie alt sind sie?“ „18, und ich bin im Abi-Abschlussjahr. Daher auch das Praktikum. Ich will sehen, ob Papas Job auch was für mich ist oder ob ich dafür nicht geeignet bin.“ „Dann können wir sie sogar sehr gut im Moment gebrauchen.“ Jupps Gesicht war ein einziges Fragezeichen. „Na, Mensch, sie ist 18, macht Abi und WIR müssen an einer Schule ermitteln. Besser geht's doch gar nicht. Alex kommt undercover mit!“ Sie grinste und bekam rote Wangen. Jupp zeigte mir einen Vogel. „Do häs doch niet alle mieh op d‘r Latte. Das ist viel zu gefährlich, wenn der Täter unter den Mitschülern ist.“ Alexandra warf ein: „Aber ich würde das gerne mitmachen. Bestimmt! Ich passe auch auf, versprochen. Geben sie mir doch bitte die Chance, mich nützlich zu machen!“ Entwaffnend, wie realistisch die junge Frau die Situation bewertete. Das kam dann wohl doch vom Stallgeruch her, eben eine Polizistentochter.

„Gut“, sagte ich, „als erstes: wir sind Josef und Michael im internen Gebrauch, ansonsten Kriminalhauptkommissar Oberle und Schmitz. Lies dir hier mal die Akten durch, die wir bislang zu dem Fall haben. Ein Mädchen wurde erstochen in einem Boot im Elbsee aufgefunden. Wir haben einiges an Beweismaterial sichern können, aber die KTU hat noch nicht alles ausgewertet. Der Bericht der Gerichtsmedizin liegt vor, aber Vorsicht bei den Fotos. Die sind nicht leicht anzusehen, zumal das Mädchen in deinem Alter war."

Wir begaben uns wieder an das Studium der Unterlagen, während Alexandra mit einer geradezu unglaublichen Geschwindigkeit die Fakten las. „Lernt man beim Abi, viel Auswendiglernen und Speichern. Da hilft selektives sogenanntes Speed-Reading. Papa hat mir mal einen Sommerkurs bezahlt. Was ist das da?" Damit zeigte sie auf eine Kiste mit Utensilien aus dem Zimmer von Annalisa Eckström. „Sachen der Toten. Ihr Notebook, ein Fotoalbum – warum", damit wandte ich mich an Jupp, „hast du eigentlich den Teddy mitgebracht?" „War ein Versehen, den hat die Kollegin aus der Wache Wersten mit eingepackt. Der Name des Teddys ist das Passwort für den PC, Piccobello und dann sechsstellig das Geburtsdatum. Steht auf einem Klebezettel auf dem Monitor." „Darf ich?", fragte Alexandra. Wir nickten und wiesen dabei darauf hin, dass wir in einer Stunde zur Schule von Annalisa fahren würden, um dort die Ermittlungen aufzunehmen.

Alexandra nutzte das gecrackte Passwort und suchte im Explorer nach Dateien. Mit rasender Geschwindigkeit, zu der weder Jupp noch ich fähig gewesen wären, öffnete sie diverse Fenster und behielt den Überblick, wo wir längst verzweifelt aufgegeben hätten. Dann schien sie die Dateien nach Fotos zu filtern, denn ich konnte im Spiegelbild ihrer Brille erkennen, dass sie mit unerhörtem Tempo eine Diashow sichtete. Ihre Augen flitzten auf dem Bildschirm hin und her wie in einer REM-Schlafphase. Dann erhob sie sich, nahm sich gedankenverloren eine Tasse Kaffee und kam an ihren Platz zurück. Mit der Tasse in einer Hand kramte sie in der Asservatenkiste und entnahm ihr den besagten Teddybären der Toten. Dann nahm sie wieder vor dem Notebook Platz und suchte weiter, das Stofftier dabei in dem anderen Arm haltend und knuddelnd. Unvermittelt hielt sie inne, stieß einen leisen Ruf des Erstaunens aus und machte sich dann an dem Stofftier zu schaffen.

Sie zog an der Matrosenmütze, die mit zwei Stichen leicht am Kopf des Bären angeheftet war und hob sie an. Mit zwei Fingern fuhr sie darunter und drehte sich dann mit einem triumphierenden Lächeln zu uns um. „Josef, Michael, ich glaube, ich hab was gefunden.“ Zwischen Daumen und Zeigefinger hielt sie ein schwarzes, nur wenige Millimeter großes Stück Plastik in der Hand: eine Micro-SD-Speicherkarte. „Mal sehen, was wir darauf finden.“ Ich sah Jupp verärgert an und er nickte. Wir würden mal ein ernstes Wort mit den Kollegen der Kriminaltechnik reden müssen. Was für eine Blamage! Eine hospitierende Schülerin findet ein Beweismittel, das die Fachleute übersehen hatten. Wenn jetzt noch entscheidende Informationen auf dem Speichermedium waren, dann war es noch schlimmer.

Alexandra setzte das kleine Plättchen in einen Adapter ein, den sie aus ihrer Handtasche hervorgezogen hatte. Unseren fragenden Blick kommentierte sie nur lakonisch, aber keineswegs arrogant: „Informatik-Leistungskurs für das Abi, da hat man sowas immer dabei!“ Was für ein interessantes seltsames Mädchen! Andere in ihrem Alter hatten vermutlich eine kleine Kollektion an Makeup-Utensilien dabei, sie hingegen – und in genau diesem Augenblick zog sie einen Lippenstift heraus und fuhr sich damit über die Lippen. Ich lehnte mich zufrieden zurück, faltete meine Hände über meinem Bauch und grinste. Schön, dass manches doch unveränderlich und ein wenig berechenbar war und blieb, so auch junge Frauen! „Mal sehen, was ich da finde“, flüsterte Alexandra fast zu sich selbst und flog wieder mit den Fingern über die Tastatur. Nach wenigen Minuten, wir hatten längst unsere eigene Tätigkeit aufgegeben und starrten sie ungläubig an, seufzte sie erleichtert auf. „Ein Glück, sie hat für die SD-Karte das gleiche Kennwort wie für das Notebook benutzt. Es ist eine Textdatei und jede Menge Fotos darauf. Die Textdatei hat den Titel „DIARY-AE.doc“, also vermutlich ein Tagebuch. Aber die Bilder! Schaut bitte mal her, das ist echt der Hammer!“ Wir traten hinter sie und sie ließ wieder eine Diashow laufen, in einer deutlich reduzierten Geschwindigkeit. Was wir sahen, ließ ein Potpourri an Emotionen in uns aufwallen: Verwunderung, Wut, Ekel, Unverständnis, und speziell bei mir Hass aufgrund der Bestätigung des einen oder anderen Vorurteils. Wir sahen Fotos des toten Mädchens, harmlose Bilder aus der Freizeit und dann auch Abbildungen, die man auch bei großzügigster Auslegung nur als pornografisch bezeichnen konnte. Jupp war wie versteinert. Ich sah es hinter seiner Stirne rattern. Ich berührte ihn leicht am Arm, während wir weiter auf den Bildschirm des Notebooks starrten. Leise flüsterte er: „Wenn ich mir vorstelle, dass sowas von Elisa existieren würde!“ Seine Anspielung auf seine Nichte war zwar für mich ein wenig weit hergeholt, da sie mit ihren knapp zehn Jahren noch weit von solchen Themen entfernt war, aber ich verstand seine Gedanken.

Alexandra beendete die Diashow und fragte uns: „Ich selbst bin in dem Bereich nicht so fit, aber ein Freund ist ein echter Meister in Photoshop. Soll der sich mal die Bilder ansehen? Ich meine, ob die echt sind!“ Ich war noch zu geschockt durch die Bilder, die in mir zuerst den Gedanken hatten aufkommen lassen: was für eine kleine Nutte! Ich murmelte wohl halblaut auch einen solchen Kommentar, der Jupp auffahren ließ. Er hatte im Gegensatz zu mir bereits das private Umfeld des Mädchens gesehen und daher einen viel tieferen Eindruck gewonnen. Dementsprechend war auch seine Reaktion. „Ach, halt doch die Klappe. Nie und nimmer sind das echte Fotos. Die Kleine war so etwas von lieb und nett und normal. Die hätte nie solche Fotos von sich machen lassen.“ Ich nahm unserer Praktikantin die Maus ab und rief nochmals eine Bilddatei auf. Alexandra machte mir bereitwillig Platz und ich hockte mich auf ihren Stuhl. Annalisa Eckström hatte nur ein normales Bildbetrachtungsprogramm auf ihrem PC, aber dies ermöglichte zumindest ein erhebliches Vergrößern des Bildes. Vor nicht allzu langer Zeit hatte ich einen Online Kursus in Sachen Bildbearbeitung gemacht. Ich wollte meine große Liebe Sarah mit einem selbst gestalteten

Kalender zu Weihnachten überraschen. Dabei schnitt ich sie aus Fotos unserer gemeinsamen Zeit aus und stanzte diese in potentielle Reiseziele ein, die ihr eigentliches Weihnachtsgeschenk sein sollten: eine zweiwöchige Reise an ein Ziel ihrer Wahl. Während des Kurses hatte ich mich mit dem Tutor, einem Grafiker aus Berlin, angefreundet und er hatte mir manchen wertvollen Tipp gegeben. Darunter auch, nachdem ich ihn auf meinen Job hingewiesen hatte, einige Merkmale, an denen man erkennen konnte, ob ein Bild gefälscht oder echt war. Ich war zwar weit davon entfernt, als Profi zu gelten, aber vielleicht hatte ich ja Glück. „Ja, hier, am Halsansatz, schaut mal, dieses Bildrauschen! DAS ist definitiv bearbeitet, der Kopf des Mädchens wurde draufgesetzt!“ Jupp höhnte: „Ja, natürlich, Bildrauschen! Unser kleiner Grafiker hat mal wieder zugeschlagen!“ Alexandra hingegen beugte sich vor, kitzelte mich dabei mit ihren langen Haaren im Gesicht und flüsterte dann: „Nicht schlecht für einen Mann in deinem Alter, Michael! Papa hätte sowas nicht erkannt!“ Sie grinste mich kokett an. Dieses kleine Aas! Na warte, von wegen alter Mann!

Ich erhob mich und sagte: „So, wir verschieben jetzt unseren Besuch in der Schule. Alex, kopier uns die Dateien bitte auf unsere Rechner und wir lesen zu dritt in der Tagebuchdatei. Wir geben uns eine halbe Stunde und beraten uns dann. Danach entscheiden wir über das weitere Vorgehen.“ Jupp kannte diese Art von mir, mit einem plötzlichen Schwenk eine einmal eingeschlagene Ermittlungsrichtung zu korrigieren. Die Erfahrung hatte gezeigt, dass dieses Verhalten in den meisten Fällen erfolgreich war. Daher begehrte er auch nicht gegen diese zugegebenermaßen etwas diktatorische Vorgehensweise auf, sondern nickte nur und ließ sich von Alex die Word-Datei überspielen.

*Tagebuch Annalisa Eckström:*

*Ich war heute zu spät in der Schule. Kerner hat mich erwischt. Ist gutgegangen. LOL! In der Pause hat Nick, dieser miese Typ, mir gesagt, ich sei swag – und hat sich dann totgelacht über mich. Marie und die anderen Zicken haben mitgemacht und sie bezeichneten mich mal wieder als Vollhonk.*

*Papa ist heute wieder von der Dienstreise zurückgekommen. Und er hat mir wieder einen Teddy mitgebracht. Ist ja lieb, aber checkt der gar nichts? Ich bin kein Babe mehr, ich will ein Bunny sein.*

*...*

*Deutsch Kursarbeit. Ne gute 2, jepp. Nina hat mir nach der Stunde eine geknallt und gesagt, dass ich mich nicht so aufspielen soll. Kann ich etwa was dafür, dass dieses Aas zu hohl ist, um ne 4 zu schaffen? Die möpt echt jetzt.*

*Warum können die mich nicht alle in Ruhe lassen? Ich will doch nur mein Ding durchziehen und aus die Maus. Ist es so schwer zu ertragen, dass ich ein Spiegelbild bin – ein Bild dessen, was sie sein könnten und doch nicht zu sein wagen?*

„Ende aus, Nikolaus! Mir reicht's, wir sollten jetzt Schluss machen. Die ersten Seiten reichen mir völlig aus, um eine Untersuchung an ihrer Schule durchzuführen. Haben wir die Adresse?" Jupp nickte. Wir ergriffen unsere Jacken und machten uns auf den Weg. Das hieß, wir wollten es, denn da klingelte mein Telefon. Die Kriminaltechnik war am Apparat. „Gut, dass ihr anruft. Mit EUCH hab ich noch ein Hühnchen zu rupfen. Sagt mal, wie untersucht ihr eigentlich Beweismittel? Nur mal so eben -“ Bevor ich noch mehr Schaden in meiner Verärgerung anrichten konnte, entwand Jupp das Telefon meiner Hand. „Verjesst dä Firlefanz von dat Micha, wat jibbet?“ Er stellte das Telefonat auf Lautsprecher und wir lauschten: „Also, trotz großer Schwierigkeiten haben wir auf dem Messergriff einige perfekte Fingerabdrücke sicherstellen können. Wir senden euch die Dateien jetzt direkt per Mail zu. Wenn ihr uns Vergleichsmuster bringt, haben wir in jedem Falle eine Zuordnungsmöglichkeit, wenn ihr den Täter darunter habt. Außerdem haben wir den Griff näher untersucht. Eine der Griffschalen ließ sich lösen. In das Metall war dreimal der Buchstabe G eingraviert.“ Wir bedankten uns kurz und machten uns dann endlich auf den Weg.

Das Gustaf-Gründgens-Gymnasium war der neueste Schulbau der Landeshauptstadt. Direkt an der Schnellstraße Richtung Süden, der Münchener Straße, gelegen, war es aus diversen südlichen Stadtteilen erreichbar und machte die Neubaugebiete in Itter, Himmelgeist und Holthausen zusätzlich für Familien mit Kindern attraktiv. Sehr umstritten aufgrund seiner eher philosophisch angehauchten Konzeption, erfreute es sich mittlerweile regen Zuspruchs und hatte inzwischen Prioritätslisten nach Wohnortnähe UND Noten. Wir waren gegen 14 Uhr vor Ort und fanden einen Parkplatz auf der Parkfläche für die Lehrer. Einige kurze Nachfragen bei Schülern führten uns dann auch zum Sekretariat. „Guten Tag, Kriminalpolizei Düsseldorf. Unsere Namen sind Oberle, Schmitz und Stickelbroeck. Wir hätten gern die Direktorin Frau Garcia gesprochen.“ Ich hatte mir den Namen der Schulleitung bereits im Internet rausgesucht. „Und weshalb wollen sie Frau Garcia sprechen?“, fragte die Sekretärin neugierig. „DAS würden wir gerne persönlich mit ihr klären. Sagen sie ihr nur, es ginge um eine ihrer Schülerinnen und wir seien vom KK11, Morddezernat.“ Das wirkte und die ältliche Frau sprang auf und verließ fluchtartig ihr Büro durch eine Nebentür, die sie sofort hinter sich schloss. Wenige Sekunden später ging sie wieder auf und eine rassige Mitvierzigerin erschien im Rahmen und stellte sich uns vor. „Wollen sie bitte näher treten? Frau Engels, machen sie uns doch bitte Kaffee.“ Sie führte uns an einen Besuchertisch ihres Büros, der mit offensichtlich noch zu korrigierenden Arbeiten zugepackt war. Sie schob, etwas peinlich berührt, die Schriftstücke beiseite und nahm bei uns Platz. Nachdem Frau Engels den Kaffee hereingebracht und das Zimmer wieder verlassen hatte, begann ich mit der Schilderung der Fakten, wie sie uns im Mordfall Annalisa Eckström im Moment bekannt waren.

Mit steinerner Miene hörte uns die Schulleiterin zu. Während meiner Beschreibungen war sie zusehends fahler im Gesicht geworden. Als ich geendet hatte, drehte sie sich um und wandte den Blick aus ihrem Fenster, das den Blick über die letzten verbliebenen Felder hin zum Park von Schloss Mickeln freigab. Dann drehte sie sich wieder in ihrem Bürostuhl um und telefonierte mit ihrer Sekretärin. „Frau Engels, ist Annalisa Eckström aus der 12 heute als fehlend gemeldet?“ Das telefonische Gegenüber bestätigte dies nach wenigen Augenblicken, was auf eine gut funktionierende elektronische Organisation schließen ließ. Dann wandte sich die Rektorin wieder uns zu. „Und was, frage ich sie, hat das mit unserer Schule zu tun?“ Jupp übernahm es zu antworten: „Es gibt genügend Hinweise aus den persönlichen Aufzeichnungen der Toten, die eine Täterschaft in ihrem Schulumfeld vermuten lassen. Das muss ihnen zunächst als Begründung genügen.“ „Und wie kann ich ihnen dann helfen?“ Ich antwortete: „Ich hoffe, dass Annalisas Klasse noch Unterricht hat. Wir möchten gerne sofort mit der Klasse sprechen.“

Frau Garcia übernahm es persönlich, uns zum Unterrichtsraum zu führen. Auf dem Weg erklärte sie uns, dass wir vermutlich von falschen Voraussetzungen ausgehen würden. Jupp und ich hatten natürlich aus unserer eigenen Erinnerung noch Klassenverbände im Hinterkopf. Das heutige Abitur brachte es aber mit sich, dass Schüler ab der Klasse 10 ihren individuellen Stundenplan nach den gewählten Leistungs- und Grundkursen zusammenstellten. Insofern konnte man nicht mehr von einem Klassenverband sprechen, wenn man auch manche Mitschüler wegen ähnlich gewählter Fächerkonstellationen öfter sah. Dies würde unsere Arbeit nicht leichter machen, denn die Zahl der potentiell Verdächtigen war nun deutlich angestiegen. Unser Besuch hier war erst mal ein Schuss ins Blaue, was oft genug schon erste Anhaltspunkte erbracht hatte.

Frau Garcia klopfte an einer Tür und öffnete sie dann schwungvoll. Wir traten in einen Raum mit ziegelartig gestalteten Wänden und einer breiten Fensterfront. An Doppeltischen mit Birkenholz-Arbeitsflächen saßen ca. 20 Personen, die uns gelangweilt oder neugierig anblickten. Bei den Jungs bemerkte ich anerkennende Blicke und provokantes Grinsen beim Eintreten unserer Praktikantin. Frau Garcia trat zum Lehrerpult und flüsterte dem jüngeren, bärtigen Mann etwas zu. Wir ließen den Blick durch den Klassenraum schweifen. Schon etwas moderner als in meiner Erinnerung, dachte ich mir. Statt einer Tafel ein sogenanntes Whiteboard, an der Decke ein Beamer, statt Zeichnungen oder Karten irgendwelche abstrusen Formeln an einer weiteren Tafel an der Seitenwand. Dann begann der Lehrer: „Verlassen wir jetzt zunächst die wunderbare Welt der e-Funktionen mit Scharparametern und wenden uns unseren Besuchern zu. Bitte stellen sie sich selbst vor!“ Ernst bot er uns den Platz hinter seinem Lehrertisch an. Jupp übernahm die Vorstellung. Dann begann er mit seinen Ausführungen. „Sie kennen alle ihre Mitschülerin Annalisa Eckström!“ Ich beobachtete genau die Reaktionen der Klasse. Manche blickten gelangweilt, andere hatten den „ach, die schon wieder“-Blick drauf, wenige beugten sich interessiert vor. Von uns unbemerkt hatte Alexandra ihr Handy gezückt und aus der Hüfte die Klasse gefilmt. Durch die Sitzanordnung müssten eigentlich fast alle Gesichter auf dem Film erkennbar sein, so ihre Hoffnung. Jupp fuhr fort. „Annalisa ist am Wochenende einem Gewaltverbrechen zum Opfer gefallen. Ihre Leiche wurde auf dem Segelboot ihrer Eltern auf dem Elbsee in Hilden gefunden. Ich vermute, ihr habt davon heute etwas in der Zeitung gelesen.“ Welch ein Irrtum, denn kaum einer von ihnen kannte eine Tageszeitung oder eines der täglichen „Blut“-Blätter aufgrund eigenen Lesens. Die überwiegende Reaktion der Mitschüler war neugieriges Interesse. Nur in einem Gesicht zeigte sich tiefe Betroffenheit, dem eines schlanken Mädchens im Gothic-Stil.

Als ich meinen Blick über die Klasse schweifen und zur Seite gleiten ließ, sah ich gerade noch, wie Alexandra blitzschnell ihr Handy verschwinden ließ. Sie zwinkerte mir zu und setzte dann eine fast gleichgültige Miene auf. Jupp richtete das Wort wieder an die Klasse. „War irgendjemand näher mit Annalisa befreundet? Wer hatte privaten Kontakt zu ihr?“ Schweigen und sture Blicke geradeaus waren die Antwort. Ich bemerkte bei meinem langjährigen Freund, wie er langsam wütend wurde. Sein Nacken wurde rot und er knackte langsam mit den Fingerknöcheln. „Wir haben Unterlagen im Zimmer der Toten gefunden, die unsere Ermittlungen hier in ihre Schule führen.“ Eine erste Reaktion. „Was soll denn der Quatsch? - Ey, Digga, mach kein Stress! - Die blöde Bitch war doch sowieso krass drauf. – Was hat die Spaste denn geschrieben? Dass sie gedisst wurde? – Mit der hatte doch fast jeder Beef!“ Wir sahen die Gruppe sprachlos an und wendeten uns an den Lehrer. Der zog nur die Schultern hoch. „O.k., dann machen wir das einfach so. Falls jemand von ihnen uns etwas mitzuteilen hat, dann kann er sich gerne persönlich und nicht vor der Gruppe mit uns in Verbindung setzen. Wir hinterlassen im Sekretariat unsere Telefonnummern!“ „Auch die von der süßen Chica bei euch Knackern?“ Dieser Kommentar eines hochgewachsenen, muskulösen Blonden wurde mit anerkennendem Gejohle seiner männlichen Mitschüler unterstützt. Ich sah zu Alex, die jedoch total cool wirkte und den Spruch an sich abperlen ließ. Ich legte demonstrativ fünf Visitenkarten auf das Lehrerpult und verließ mit Jupp, Alex und der Rektorin den Raum. Bevor die Letztgenannte etwas sagen konnte, äußerte ich eine Bitte: „Wie können wir mit sämtlichen Lehrern in Kontakt kommen, bei denen Annalisa Unterricht hatte?“ Sie überlegte kurz. „Wir haben morgen in der Mittagspause unser wöchentliches Briefing. Da werden anstehende fachübergreifende Themen besprochen. Diese werden am Tag vorher per Mail an die Lehrkräfte verteilt. Der morgige Plan ist noch nicht raus und ich hab eh nicht viel zu besprechen. Unsere Sekretärin, Frau Engels, kann gleich eine Info an alle betreffenden Lehrer schicken und sie haben dann morgen freie Hand. Ich möchte allerdings an der Besprechung teilnehmen.“ Dies stellte kein Problem dar. Frau Garcia ließ sich noch von Frau Engels eine Liste der Mitschüler der Toten mit Adressen und Fotos für uns ausdrucken. Ich verabschiedete mich und auch Jupp reichte der Rektorin die Hand. Wer jedoch fehlte, war Alex!

Diese hatte sich nach dem Verlassen des Klassenraumes abgeseilt und sich auf dem Schulhof unter die Schüler gemischt. Was für eine geniale Idee! Zwar hätte sie uns kurz Bescheid geben sollen, aber so konnte sie unbemerkt Gespräche belauschen, was uns alten Männern niemals möglich gewesen wäre. So fand ich auf meinem Handy nur eine stichwortartige SMS: *gebt mir 30 min. bin auf Suche. Probs? Checkt meinen Standort.* Ich gab Jupp den Text zu lesen. Der zog nur die Schultern hoch und meinte: „Hoffentlich geht da nix schief. Komm, wir warten im Wagen!“

Nach fast genau einer halben Stunde kam Alexandra zum Wagen geschlendert. Sie öffnete die Tür und ließ sich mit einem Stöhnen auf die Rückbank fallen. „Oh Mann, sind die blöd! Ich bin auf dem Schulhof rumgewandert und hab mich so in die Nähe von Gruppen gestellt, die in

Annalisas Alter sind. Es war nämlich gerade Pause. Das war eher wenig ergiebig. Dann hab ich mich auf die Toilette verzogen und mich in eine Kabine gehockt. Ich kann zwar keine Gesichter zuordnen, aber wir sollten mal die Namen Larissa und Ken im Klassenverband checken. Ich hoffe, es sind nicht zu viele mit dem Namen. Eine Aussage war, dass Ken niemals sowas getan hätte, auch wenn er die Schlampe gehasst habe. Und diese Larissa meinte, Annalisa hätte es an sich verdient, dieses wertlose Stück Scheiße.“ Sie blickte uns beide abwechselnd an und wir erkannten die Abscheu in ihren Augen ob solcher Kommentare.

Diese an sich von mir nicht gewollte Praktikantin schien sich als echter Glücksfall zu erweisen. Ich war zwar ein Mensch, der immer wieder seinen Vorurteilen Raum ließ, aber zum Glück war ich auch in der Lage, Fehler öffentlich einzugestehen. Dieses Mädchen würde von uns jegliche Förderung bekommen, die wir ihr in der kurzen Zeit ihrer Hospitation geben konnten. Daher jetzt mein Hinweis: „Direkt zu Beginn ein Tipp: überprüfe ständig deine Einstellung zum Fall! Versuche Neutralität zu bewahren. Das wird nicht immer gehen, dafür sind wir Menschen. Aber sei dir dessen bewusst und hinterfrage immer wieder deine Bewertung von Fakten.“ Und Jupp äffte mich nach, was ihm einen Knuff gegen den Oberarm einbrachte: „Denk immer an die alte Formel: komm auf die andere Seite des Schreibtisches! Aber kannst du uns mal ein paar Sachen übersetzten? Chica kann ich ja noch zuordnen, aber Dissen, Digga???“ Unsere junge Assistentin grinste. „Digga ist anerkennend für Kumpel oder Buddy, Dissen kommt von diskriminieren, also beschimpfen!“ Wir nickten dankbar. „Also los, Kameraden und Kameradieschen“, welch ein Kalauer ehemaliger Jugendsprache, „ab ins Präsidium und weiter an das Tagebuch. Ich ahne, dass wir da noch mehr finden werden.

*Aus dem Tagebuch von Annalisa Eckström:*

***War heute in Hilden, zusammen mit Melanie. Wenigstens mit ihr kann ich ein wenig reden. Wir waren zuerst bei New Yorker. In der Hosenabteilung hat mich so ne dusslige Warenaufpasserin angemacht: in DEINER Größe haben wir hier aber nichts. Melanie war ganz still und hat mich nur angestarrt. Und ich hab wieder nicht den Mut gehabt – oder mir ist nix Passendes eingefallen. Raus und zu Esprit. Bisschen zu schick, aber wenigstens passen die meisten Sachen. Ich will doch nur auch mal hübsch aussehen, ist das denn zu viel verlangt? Wieder mal zu wenig Geld dabei, Melanie hat mir was geliehen. Mal sehen, ob Pa mir was vorschießt.***

...

***Ich will nicht mehr, so geht das nicht weiter. Diese Freaks haben heute mein Handy geklaut und meine Daten gehackt. Meine SMS, Mails, Fotos, meine Eltern. Ein Glück, dass ich mein Tagebuch nur zu Hause schreibe. Was haben die vor? Sie haben nur gelacht. Nachmittags Chorprobe. Bekomme das Solo noch nicht ganz hin, aber ich habe auch zu wenig Zeit zum Üben gehabt. Die Königin der Nacht ist aber auch sauschwer. Können wir denn nicht mal was Modernes machen? Wenn ich über nen anderen Chor nachdenke, rollt Mama nur mit den Augen. Modern Jazz ist doch geil, ich würde so gerne mal Summertime performen.***

---

Ich lehnte mich zurück und verschränkte die Hände im Nacken. Es war erschreckend: zwar auf eine heftigere und öffentlichere Art und Weise, aber immer noch entwürdigend, wie Außenseiter in Schulen fertig gemacht wurden – wie damals, als ich selbst zur Schule ging und es als Moppel UND aus Sicht der Mitschüler Streber doppelt schwer hatte. Von wegen Streber, dafür waren meine Noten viel zu schlecht gewesen. In diese Gedanken mischte sich ein Geistesblitz. „Sag mal, Alex, wie kommst du eigentlich nach Hause? Richter sagte doch, du kommst aus Kerken?“ „Papa hat in einer halben Stunde Schichtende, der nimmt mich dann mit, wenn das für euch o.k. ist.“ Logisch war das o.k., aber für den Fall eines Schichtwechsels des Vaters musste eine andere Lösung her. Wir würden uns etwas einfallen lassen müssen. Da merkte Alexandra an: „Übrigens, ich hab in der Klasse doch gefilmt. Meint ihr, wir können uns das noch vor der Besprechung mit den Lehrern ansehen?“ Wir bejahten das und begleiteten sie nach unten an die Pforte. Im Paternoster des Präsidiums fuhr sie mit mir in einer Kabine und ich merkte an: „Wirklich klasse, was du machst. Danke dir dafür.“ Ich reichte ihr die Hand und sah im Dämmerlicht der Kabine, wie sie vor Stolz ein wenig rot wurde. Wir blieben im Foyer über dem Adlermosaik stehen und sie winkte uns noch zu, bevor sie durch die Glastür zur Wache ging, hinter der schon ihr Vater in Uniform stand und sie umarmte.

Jupp und ich gingen noch zurück ins Büro. Das Tagebuch hatte mehr als nur die beiden von Alex aufgeschnappten Namen erbracht. Vor uns lag ein Mörderpacken an Arbeit.

# Kapitel 5

„Das kann doch wohl nicht wahr sein!!!“ Ich brüllte laut durch das Büro. Vor mir auf dem Tisch lag die heutige Ausgabe des Düsseldorfer EXPRESS. Auf der Titelseite war ein Foto von zwei jungen Männern, die neben Tauchgeräten standen und einer hielt in der geöffneten Hand einen Schlüsselbund. In fetten, roten Lettern stand quer über den oberen Rand des Bildes geschrieben: Was weiß Larissa Z. über die Tote vom Elbsee?

Hinter mir stand mit verschränkten Armen unser Chef, Kriminaloberrat Richter, der mir auch diese freudige Morgenbotschaft hereingebracht hatte. „Schnappen sie sich die beiden Idioten und quetschen sie sie aus. Und machen sie ihnen klar, was Unterschlagung von Beweismitteln strafrechtlich bedeutet.“ Damit verließ er unser Büro und gab dem eintreffenden Jupp Schmitz die Klinke grüßend in die Hand. Mein Freund blickte mich verwirrt an. Ich reichte ihm kommentarlos die Zeitung rüber und nach einem schnellen Überfliegen griff er zum Telefon. „Ich kenn den Chefradakteur, der hat noch einen gut bei mir. Mann, wie ich mich drauf freue, dem Arsch einen reinzuwürgen.“ Ich belauschte ein Telefonat, das nichts an Deutlichkeit zu wünschen übrig ließ. Unter Verweis auf die §§ 242, 246 und 258 StGB faltete Jupp lautstark und energisch sein Gegenüber am Telefon zusammen, notierte sich dann einige Dinge und legte dann grußlos auf. „Scheiße, war nur ein Vertreter. Aber ich hab, was wir brauchen. Die Adressen der beiden Spinner – oder wie sagen die heute? Honks?“ Jupp musste nach unserem gestrigen Besuch am Gustaf-Gründgens-Gymnasium eine Internetrecherche in Sachen Jugendsprache gemacht haben. „Übernehme ich, checkst du mit Alex den Film?“

Wir teilten uns also die Aufgaben. Alex und ich luden den Film von ihrem Handy auf den lokalen PC und gingen die Reaktionen der Schüler in Zeitlupe durch. Wie bereits gestern traf mich die Erkenntnis mit voller Wucht, welche emotionale Kälte bei dieser Gruppe Jugendlicher zu sehen war. Keiner zeigte so etwas wie Mitgefühl oder Betroffenheit bei Bekanntwerden des Todes von Annalisa Eckström – oder falsch, nur EINE Person reagierte entsetzt. Ich hatte es gestern also doch richtig gesehen. Das dünne Mädchen mit den glatten, pechschwarzen Haaren in fransig-schulterlangem Schnitt blickte mit weit aufgerissenen Augen in Jupps Richtung, der die Info der Klasse mitgeteilt hatte. Alex' Kamera hatte jedoch nicht länger auf dem Gesicht verweilt, sodass wir keine weitere Reaktion beurteilen konnten. Nach mehreren Wiederholungen des Films hatten wir uns einige Personen herausgepickt, die sich durch besonders auffällige Reaktionen aus der Gruppe abhoben. Von diesen Gesichtern machten wir Ausdrucke und verglichen sie mit den Ausdrucken der Schülerlisten. Da sich insbesondere der optische Eindruck der Mädchen häufig wandelte, war es nicht ganz einfach, die Fotos zuzuordnen, aber bald standen unsere ersten Favoriten zur Befragung fest: Ken Wolters, Larissa Zehner, Melanie Forst, Marie Gerster und Torben Bäcker.

Jupp war inzwischen auch erfolgreich gewesen. Er hatte direkt auf Anhieb denjenigen der beiden Männer auf dem Foto angetroffen, der auch den Schlüsselbund behalten hatte. Schmitz machte Dario auf kaum verblümte Art und Weise klar, auf welch dünnem Eis sein Arsch Schlittschuh fuhr. Völlig eingeschüchtert übergab er dem Polizisten den Schlüsselbund, natürlich mit bloßen Händen. Der Kommissar atmete schwer, als er dies sah. Mit Fingerabdrücken war somit wohl nicht mehr zu rechnen. Dann ließ er sich die Geschehnisse rund um den Fund des Beweismittels schildern und notierte sich die Fakten. Beim Verlassen der Wohnung des jungen Automechanikers wies er ihn allerdings noch darauf hin, dass er mit einem

Strafverfahren rechnen müsse und er, Schmitz, sich dafür einsetzen werde, dass Dario in keinem Falle nach Jugendstrafrecht verurteilt würde. Dass dies nur eine leere Drohung war, musste er diesem Volltrottel doch nicht auf die Nase binden. Sollten die zwei ruhig erst mal eine gewisse Zeit im eigenen Saft schmoren. Er hatte den Schlüsselbund zwar nur mit Silikonhandschuhen berührt und sich Vergleichsproben von dem Finder geben lassen, hatte aber keine Hoffnung auf einen Untersuchungserfolg. Vielleicht reichte aber auch schon der Hinweis durch den Namen auf dem silbernen Schildchen.

Als Jupp wieder zu uns stieß, warf er den Beutel mit dem Gegenstand auf den Schreibtisch und ließ sich auf seinen Stuhl plumpsen. „Da guckt die halbe Republik jede Woche Sonntag den Tatort und so ziemlich jeder müsste doch wissen, dass man Beweismittel nicht mit bloßen Fingern anfasst. Aber nein, es gibt immer wieder Gehirnakrobaten, die mit diesem Gedankengang völlig überfordert sind.“ Ich nahm den Beutel zur Hand und betrachtete die einzelnen Gegenstände. Bei der Überschrift des Zeitungsartikels war mir noch nichts aufgefallen, aber jetzt gingen bei mir alle Sirenen an. Larissa Zehner, na klar, das war ein Mädchen aus der Klasse der Ermordeten und sie stand auch auf unserer Prioritätenliste. Sie war lt. Jahrgangsliste der Schule auch die einzige Person mit Namen Larissa, sodass die Vermutung nahe lag, dass dies auch die Person war, deren Name bei dem von Alex belauschten Gespräch auf der Schultoilette gefallen war.

Wir machten uns wieder auf den Weg nach Itter. Unsere gestrige Anwesenheit hatte sich scheinbar bereits herumgesprochen, denn wir wurden teils neugierig, teils misstrauisch beobachtet. Vereinzelt bekamen wir auch Getuschel mit, in dem Worte wie „Eckström, Bullen und Mörder“ fielen. Wir fanden uns wieder im Sekretariat ein und wurden von Frau Engels in den Sitzungsraum geführt. Dort waren bereits außer Frau Garcia die acht betroffenen Lehrkräfte anwesend. Wir stellten uns nochmals vor und beschrieben die uns vorliegenden Fakten und baten die Personen dann einzeln um ihre Einschätzungen zur Person der Annalisa Eckström. Dabei waren vorrangig folgende Fragen zu beantworten: wie waren die schulischen Leistungen des Mädchens – gab es Auffälligkeiten in ihrem Sozialverhalten – waren ausgeprägte Feind- oder Freundschaften bekannt – gab es konkrete Verdächtige – hatte ein Lehrer oder eine Lehrerin ein besonderes Vertrauensverhältnis zu Annalisa?

Nacheinander gaben die Männer und Frauen ihre Statements ab, die sich doch sehr ähnlich waren. Ggf. würden wir einzelne Personen nochmals intensiver befragen. Insgesamt ergab sich folgendes Bild des Mädchens: Annalisa war eine Ausnahmeschülerin mit außerordentlichen Fähigkeiten, weit über dem Klassendurchschnitt, in der Jahrgangsstufe weder respektiert noch akzeptiert, eher introvertiert, aber hilfsbereit, nicht durchsetzungsstark. Ihre Eltern waren nach Meinung des Lehrkörpers bemüht, überfürsorglich und unkritisch. Sie habe nur eine einzige Freundin gehabt, wenn man sie so bezeichnen wolle. Die sei Melanie Forst gewesen. Feindschaften seien ihnen nicht bekannt gewesen, aber ein paar Mitschüler hätten sie schon auf dem Kieker gehabt. Insgeheim war ich stolz auf unsere Beobachtungen, denn die jetzt benannten Schüler und Schülerinnen stellten unsere Favoritenliste dar. Nein, aber von einem Mobbing könne gar keine Rede gewesen sein. Dafür habe man nicht die geringsten Anzeichen gesehen.

Wir bedankten uns bei den Anwesenden und wollten jetzt mit den Schülern sprechen, als uns die Rektorin zurückhielt. „Hinsichtlich Melanie – da gibt es etwas, das sie wissen sollten.“ Sie zögerte ein wenig und ich blickte sie interessiert ohne Nachfrage an. „Naja, wissen sie, Annalisa und Melanie waren die Klassenbesten, haben öfter zusammen gearbeitet und gelernt. Da bestand sicher ein besonderes Vertrauensverhältnis. Melanie“, wieder ein Zögern, „ ja, wissen sie, Melanie war nicht immer Melanie. Vor zwei Jahren war sie noch Marc.“ Sie hatte scheinbar eine andere Reaktion erwartet, denn ich sagte nur lakonisch: „Transsexualität ist sicher kein Indiz für eine geringere Glaubwürdigkeit einer Zeugenaussage, aber trotzdem danke für die Info. Würden sie uns jetzt bitte einen Raum zur Verfügung stellen, in dem wir diese Schüler“, ich hielt ihr unsere Liste vor die Nase, „einzeln und in dieser Reihenfolge befragen können? Holen sie sie nicht im Verband zusammen, sondern einzeln, das ist wichtig, damit wir Absprachen vermeiden.“ Frau Garcia war noch sichtlich erschüttert von meiner Gleichgültigkeit bezüglich der Info über diese Melanie und versuchte mit einem Einwand Zeit zu gewinnen. „Dürfen sie die jungen Leute überhaupt ohne Anwesenheit der Eltern oder eines Anwaltes verhören?“ Ich grinste: „Ja, dürfen wir. Erstens handelt es sich nicht um ein Verhör, sondern eine Befragung – denn im Moment sehen wir diese Personen als Zeugen, nicht als Beschuldigte. Zweitens sind nach ihrer Liste fast alle Personen auf der Liste über 18 Jahre alt, somit volljährig, voll strafmündig und somit auch ohne zwingende Anwesenheit eines Elternteils zu befragen. So, Frau Garcia, wenn ich jetzt bitten dürfte?“ Ihre Gegenwehr brach in sich zusammen und sie suchte den Raum auf, in dem der Jahrgang gerade Matheunterricht hatte. Sie informierte den Lehrer über die Vorgehensweise und nahm dann direkt Melanie Forst mit.

Wir saßen zu dritt hinter einem Schreibtisch, der zu dem kleinen Büro der Schulpsychologin gehörte, das im Moment ungenutzt war. Melanie betrat den Raum und von ihr ging eine Aura der Bedrohlichkeit aus. Ich vermochte nicht zu sagen, ob es an der Aufmachung der jungen Frau lag, die wie gestern in schwarz gekleidet war, oder ob es an ihrer Haltung und ihrem Gesichtsausdruck lag. Darin lag so viel Verachtung und Abwehr, dass ich im Moment keine Erklärung dafür hatte. „Nehmen sie bitte Platz, Frau Forst.

Möchten sie ein Glas Wasser haben?“ Ich bot ihr etwas aus der Flasche an, die man uns freundlicherweise bereitgestellt hatte. Sie schüttelte nur den Kopf, setzte sich auf einen Stuhl und verschränkte demonstrativ die Arme vor der Brust. „Frau Forst, man sagte uns, dass sie und Annalisa so etwas wie Vertraute, wenn nicht gar Freundinnen waren. Stimmt das?“ Schweigen. Ein desinteressierter Blick auf schwarz lackierte Nägel. Dann hob sie den Kopf. Ihr Gesicht war blass geschminkt und mit einem tiefdunkelroten Lippenstift sowie schwarzem Kajal und Lidschatten stark akzentuiert. Da war nichts von dem Entsetzen, dem Schrecken wie auf dem Film zu sehen. Da war nur Distanz, Abwarten – und, wie ich meinte, Unsicherheit. Jupp hob an: „Wir können das Ganze auch gerne im Präsidium machen, wenn ihnen das lieber ist, junge Dame!“ Ich beschwichtigte, während Alex still beobachtete. „Vielleicht wird das ja nicht nötig sein. Wir sprechen mit ihnen als Zeugin, als Mensch, der Annalisa nahe stand. Sie sind nicht verdächtig, die Tat begangen zu haben.“

Jetzt lächelte sie zynisch und ihr Gesicht wirkte wie aus einem schlechten B-Movie. „Ach, ist das jetzt das Spiel ‚böser Bulle – guter Bulle‘? Fällt ihnen da nicht mal was Neues ein?“ Jupp wollte lospoltern, was an sich ja eher mein Ding gewesen wäre. Aber ich kam ihm zuvor, nur auf völlig andere Art und Weise. „Es bleibt ihnen überlassen, ob und wie sie mit uns reden wollen. Wenn aber nur etwas an dem dran ist, was wir über ihr Verhältnis zu ihrer ermordeten Mitschülerin hörten“, ich wählte bewusst dieses harte Adjektiv, „dann kann ich nicht verstehen, warum sie uns nicht helfen wollen. Oder war sie ihnen genauso egal, wie ihren anderen Mitschülern?“ Auf meinen Wink hin, öffnete Alex absprachegemäß das mitgebrachte Notebook aus unserem Büro und startete eine Endlosschleife der Aufnahmen der Gesichter vom vorigen Tag. Immer wieder sah Melanie ihr eigenes Entsetzen und ihr Mund stand offen. Ihr Blick traf sich mit meinem und schien dann in die Ferne zu wandern – in eine nicht allzu ferne Vergangenheit.

*Aus den Erinnerungen von Melanie an Annalisa:*

*In der Schule kursierte ein Gerücht, das sich schnell konkretisierte. Der Sender RTL hatte auf der Homepage von casting-network.de ein Casting für eine Talentshow ausgeschrieben. Es sollte etwas völlig Neues sein, ein gaaaanz anderes Konzept – so, wie es alle vorher versprochen hatten und andere es später versprechen würden. Annalisa hatte im Vorbeigehen die Supertussis aus ihrer Klasse und den Parallelklassen gehört, wie man sich darüber austauschte: welches Outfit das Beste wäre, eher Bitch oder doch besser die süße Kleine, welches Lied das aktuell angesagteste sei, ob man vorher eine Gesangsstunde nehmen sollte oder aber das Urteil der Freundinnen völlig ausreichen würde.*

*Insgeheim konnte Annalisa nur mit dem Kopf schütteln. Das waren doch wie sie Abiturientinnen! Da konnte man doch wenigstens so viel Intelligenz erwarten, dass man realistisch seine Chancen beurteilte. Aber nein, da war der Kreis der Klassenkameradinnen, da waren die vielen hundert „Freunde" auf Facebook, die konnten sich doch nicht irren. Larissa war da ein perfektes Beispiel. Sie hatte nur mit Ach und Krach den Sprung in die gymnasiale Oberstufe geschafft und lavierte sich seitdem mehr schlecht als recht durch. Dafür war sie aber immer perfekt gestylt und wusste genau, was im Moment hipp war oder total out. Immerhin hatte sie auf Twitter fast 900 Follower und auf Facebook mehr Freunde als jeder andere an dieser Schule. Larissa war der Ansicht, sie müsse sich unbedingt neu einkleiden, bevor sie beim freien Casting auflaufen würde. Sie habe da eine „Super Skinny Tainted Jeans" von True Religion gesehen, die müsse es einfach für den Auftritt sein. Klar, Larissa sähe an sich schon so toll aus, das bestätigten ihr ihre Claqueure sofort, aber mit DIESEM Style würde sie garantiert die Jury auf ihre Seite ziehen.*

*Als dieser Satz fiel, ging Annalisa gerade an dieser Gruppe vorbei. Larissa blickte ihr geringschätzig nach und meinte laut, damit es auch gut zu verstehen war: „Dafür muss man natürlich die entsprechende Figur haben und keine Specktussi sein, nicht wahr? ANAL-LISA!!!“ Das war der neueste schlechte Scherz, den man sich für sie überlegt hatte: eine Verballhornung ihres Namens. Scheiße, hätten sich ihre Eltern nicht einen anderen Namen überlegen können? Sie wurde rot vor Wut und war den Tränen nahe, aber nicht vor diesen Schlampen. Diese Genugtuung wollte sie ihnen nicht geben. Auf dem Weg zum Musikunterricht beruhigte sie sich langsam. Was konnten ihre Eltern auch dafür? So was kann man nicht ahnen oder vorhersehen.*

*Nach dem Unterricht kam sie nach Hause, war relativ gereizt und einsilbig und zog sich nach dem Mittagessen direkt in ihr Zimmer zurück. Ihre Mutter hatte diese Art von Stimmungsschwankungen schon öfter bemerkt und hielt sie für normale pubertäre Auswirkungen. Sie hatte zwar gelegentlich nachgefragt, war aber eigentlich froh, als Annalisa Probleme verneinte. Frau Eckström mochte keine Probleme. Alles sollte ruhig und seinen gewohnten Gang gehen, jede Veränderung wurde als Bedrohung empfunden. Oft hatte ihre Tochter bei sich gedacht: würde sie doch wenigstens EIN MAL einen Wutanfall bekommen! Dann wüsste sie, dass sich in der aus ihrer Sicht leeren Hülle ihrer Mutter noch etwas regte, was an Leben erinnerte. Sie warf sich auf ihr Bett, stöpselte sich ihren MP3-Player ins Ohr und suchte sich ein paar Titel aus, die zu ihrer Stimmungslage passten. So träumte sie sich ein wenig weg und schrak auf, als es an der Haustür klingelte. Es war nur eine Nachbarin, die auf einen Schwatz zu ihrer Mutter gekommen war. Annalisa schaute auf ihre Uhr und stellte erschreckt fest, dass sie tatsächlich drei Stunden verträumt hatte. Sie setzte sich an ihren Schreibtisch und startete ihr Notebook. Auf casting-network.de fand sie schnell die ausgeschriebene Veranstaltung. In der Stadthalle Neuss sollte in zwei Wochen ein freies Casting ablaufen, bei dem eine Auswahl der Personen stattfinden würde, die zum TV-Casting eingeladen würden. Annalisa begann zu überlegen: könnte das eine Chance für sie sein? Wäre das die Gelegenheit für sie zu zeigen, dass mehr in ihr steckte als Volks- und Kirchenlieder? Klar, ihr Publikum war von ihren Solo-Auftritten mit dem Chor begeistert gewesen, aber das waren in der Regel nette, alte Herrschaften, die sich über eine Abwechslung freuten. Hier würde sie sich Fachleuten stellen, die genau wussten, was gut und schlecht war. Würde sie auch vor solch einem Auditorium bestehen können? Fragen, mit denen sie sich das Hirn zermarterte. Immer der Selbstzweifel, geschürt vom Feedback ihrer Klassenkameraden, der mangelnden Risikobereitschaft ihrer Mutter, der Ängstlichkeit ihres Vaters.*

*Es gab nur wenige, deren Urteil sie vorbehaltlos traute: ihrer Chorleiterin und Gesangslehrerin sowie ihrer einzigen Freundin, wenn es so was für sie überhaupt gab: Melanie.*

Was ging wohl im Kopf von Melanie Forst jetzt vor? Sie saß vor uns, gedanklich in einem anderen Universum, und knackte gelegentlich mit den Gelenken ihrer Finger. Alex tippte mich fragend auf die Schulter und ich schüttelte nur den Kopf. Niemand sollte die Zeugin jetzt unterbrechen, denn ich ahnte etwas von dem inneren Kampf, den sie im Moment gerade ausfocht.

*Frau Bach war kritisch, super streng und es hatte lange gedauert, bis Annalisa erkannt hatte, dass dies der Weg war, mit dem ihre Lehrerin sie fordern und fördern wollte. Diese Art von Umgang kannte sie von zu Hause nicht und war zunächst verzweifelt. Bis Frau Bach ihr dann in einem Vier-Augen-Gespräch sagte, welch großes stimmliches Potential sie in ihr sähe. Seit diesem Tag war der Knoten geplatzt. Die junge Sängerin nahm dankbar jeden Hinweis auf, sei er auch oft zynisch vorgetragen. Mittlerweile war ihr klar geworden, dass die Chorleiterin ihre „erste Solostimme" nicht vor allen anderen über Gebühr loben konnte. So entstand eine Art von nicht abgesprochenem Code, der Annalisa immer wieder bei den Gesamtproben vermittelte, wo sie stand.*

*Melanie hingegen war ebenso wie Annalisa eine Außenseiterin, allerdings aufgrund einer völlig anderen Ausgangslage. Melanie war eine Transsexuelle, vormals Marc, die sich vor zwei Jahren geoutet hatte und seit dem ihr Anderssein geradezu zelebrierte. Es war eben IHR Weg mit den Konfrontationen der Umwelt umzugehen. Dabei war Melanie so viel stärker als Annalisa, so selbstbewusst, so offen, so bestimmend. Zeitweilig hatte Annalisa das Gefühl, Melanie gebe sich nur mit ihr ab, weil sie damit eine willfährige Gefährtin und Mitläuferin habe. Das kommt ja oft genug vor, wie man in anderen Konstellationen im Gustaf-Gründgens-Gymnasium immer wieder erlebte. Jeder in ihrem Alter wollte individuell sein und war doch so sehr in Klischees verhaftet. Und keiner bemerkte es, so schien es Annalisa. Melanie hingegen schwamm konzeptionell gegen den Strom. Hilfreich war ihr dabei, dass sie neben Annalisa die Klassenbeste war und daher als Lernpartner oder Abschreibhilfe sehr gefragt war. Sie traf bei der Verteilung ihrer Gunst jedoch eine sehr genaue Wahl, vor allem nach dem Gesamtverhalten der betreffenden Person. Warum sich Annalisa mit ihr abgab oder besser: Melanie mit ihr? Die Antwort war einfach, aber es war nicht leicht sie einzugestehen. Annalisa hätte so gerne etwas von Melanies*

*Wesen gehabt. Wünsch dir das nicht, bekam sie zur Antwort, nachdem sie sich in einer stillen Stunde ihrer Freundin gegenüber offenbart hatte. Melanie war ungewohnt stumm geworden, blickte ihr Gegenüber nachdenklich an und meinte dann mit rauer Stimme: „Wenn wir schon mal dabei sind uns die Wahrheit zu sagen: ist dir klar, warum ich deine Freundin werden wollte?" Annalisa schüttelte nur wortlos den Kopf. „Weil ich dich lieb habe, du Schaf. Hörst du? Ich bin verliebt in dich, und das schon seit zwei Jahren." Damit drückte sie einen schnellen Kuss auf den Mund der völlig überrumpelten jungen Frau. Annalisa war total verstört aus der Wohnung geflohen und hatte sich stundenlang an ihre Lieblingsstelle am Rhein gesetzt, um über das Erlebte nachzudenken.*

*Wie um Himmels Willen sollte sie mit Melanie umgehen, wenn sie sich das nächste Mal begegnen würden? Das würde ja bereits morgen sein, in der Schule. Sie konnte doch nicht einfach so tun, als sei nichts passiert. Gewiss, neben all der Bewunderung mochte sie Melanie, aber mehr? Nein, es reichte schon so aus, dass sie von allen anderen geschnitten oder gar gemobbt wurde. Da jetzt noch als Spitze eine Transe als Geliebte draufzusetzen, dafür war sie nicht stark genug. Nein, sie mochte Melanie, aber lieben war etwas anderes. DAS zumindest spürte Annalisa sicher. Und genau so würde sie es ihrer Freundin sagen. Hoffentlich würde sie es verstehen – und weiter zu ihr stehen.*

*Der nächste Tag war wie ein Gang nach Canossa für sie. Sie war schon mit Magenschmerzen aufgestanden, völlig übernächtigt. Nachts hatte sie sogar von dem Kuss geträumt und völlig wirren Scheiß erlebt. Klar war nur, dass sie heute die Sache mit Melanie klären musste. Aber was tat diese beim ersten Aufeinandertreffen? Sie gab Annalisa nur die Hand und fragte sie nach ihrer Recherche für das Teamprojekt „Geschichte Düsseldorfs". Kein Anzeichen von Neugier, Verärgerung, Missbilligung. Ganz normal, so wie sonst auch. In der Pause suchte Annalisa das Gespräch. „Hör mal, Mel, ich wollte mit dir reden. Wegen gestern. Weißt du, ich hab dich sehr gern als Freundin, aber ...“ Weiter kam sie nicht, denn Melanie fiel ihr ins Wort. „Erklärungen sind nicht nötig. Du bist verwirrt und kannst meine Gefühle nicht einordnen. Lassen wir es einfach bei unserer Freundschaft, das reicht völlig und ist cool genug.“ Damit klapste sie Annalisa auf die Schulter, wie ein Junge es tun würde z.B. nach einem gemeinsam erspielten Tor beim Fußball. Solch eine männliche Attitüde kam immer wieder durch bei der jungen Transsexuellen. Verblüfft ließ sie ihre Freundin stehen und ging davon – damit diese nicht sehen konnte, wie sich ihre Augen mit Tränen füllten und der Strich des Kajalstiftes schwarze Spuren unter ihren Lidern hinterließ.*

*Das alles war jetzt ungefähr drei Monate her und Annalisa hatte das Gefühl, dass das Ereignis ihrer Freundschaft zu Melanie keinen Abbruch tat. Insofern würde sie sich heute Abend mit ihr am Telefon besprechen. Jetzt erst einmal war es Zeit für die Chorprobe.*

**Wir hatten einige Minuten geschwiegen und unser Gegenüber beobachtet. Man sagte ja oft, die Augen seien der Spiegel der Seele und man könne seine Körpersprache und Mimik nur bedingt kontrollieren. Sollte das wirklich der Fall sein, und meine Erfahrungen bestätigten dies in jedem Falle, dann sahen wir Bilder eines Dramas ablaufen. Jetzt dauerte mir die Pause etwas zu lange. „Frau Forst? Geht es ihnen nicht gut?“ Auf meine Anrede hin schien sie wie von einem anderen Stern zurückzukehren. Aber es war eine andere Melanie, eine gefühlvolle, eine von seelischer Qual hin und her gerissene Melanie. Sie schluckte schwer, ergriff das vor ihr stehende Glas Wasser und nahm einen tiefen Schluck.**

„Reden wir nicht um den heißen Brei herum, sie werden eh damit konfrontiert werden. Ich bin transsexuell und seit zwei Jahren werde ich auch als Mädchen hier in der Schule geführt. Das macht mich ja sicher schon von vornherein verdächtig.“ Ich hob die Hand, um ihren Redefluss zu unterbrechen. „Kommen sie mir jetzt bitte nicht mit Vorurteilen über soziale Randgruppen. Davon bin ich weit entfernt. Ich selbst bin unübersehbar dick und dazu kommt noch, dass ich in einer Lebenspartnerschaft mit einer Transsexuellen lebe. Also reiten sie erst gar nicht diese Tour, die zieht nicht.“ Jetzt starrte sie mich sprachlos an. An Jupp gewandt, meinte sie: „Der verarscht mich doch?“ Schmitz schüttelte den Kopf: „Kein bisschen, seine Sarah ist ein echt tolles Weib. Und wissen sie was? ICH bin Kölner und arbeite in Düsseldorf!“

Alex hatte im Hintergrund bislang erstaunt zugehört und musste nach diesem Spruch mit einem Grunzen ein Lachen verkneifen. Die gesamte Situation war mit einem Mal so skurril, dass sich auch Melanies Gesicht zu einem Lächeln verzog und sie plötzlich sogar schallend lachte. Das Lachen vermischte sich mit den Sekunden aber mit einem Schluchzen und wir sahen Tränen über ihr Gesicht rinnen. Schwarze Tränen, verfärbt vom Kajal, zogen ein marmorierendes Muster durch ihr Gesicht, das dadurch erschreckend alt und gequält aussah.

Alex reichte ihr ein Taschentuch, das die Schülerin dankbar annahm. Sie putzte sich die Nase. „Sie haben Recht, Annalisa und ich waren Freundinnen, in des Wortes eigentlichem Sinn. Es ging von mir aus, aus einer Art Gerechtigkeitssinn. Alle waren gegen sie, wegen ihrer Figur, ihrem friedlichen Wesen, wegen ihren guten Noten, wegen ihrem Desinteresse an trendigen Themen. Da ich selbst durch meine Entwicklung Außenseiter war, war es für mich geradezu eine Herausforderung, mich auf ihre Seite zu schlagen. Ich positionierte mich klar für sie, wir bildeten immer wieder

Arbeitsgemeinschaften und trafen uns dann auch privat ohne schulischen Anlass. Im Gegensatz zu ihr war und ist mir meine Rolle relativ gleichgültig. Ich brauche diese Schwachmaten hier im Triple-G nicht!“ Sie verstand das Fragezeichen in meinem Gesicht direkt. „Na, ist doch logo, Triple-G – dreifach G – Gustaf-Gründgens-Gymnasium. So nennen wir die Schule eben unter uns. Annalisa jedenfalls hätte gerne zu den Anderen gehört. Sie wäre eben auch gerne ein Babe gewesen, eine stylishe Chica. Ich hab immer versucht sie zu überzeugen, dass sie das gar nicht nötig hätte, aber das war wie vor ne Wand reden. Ich hab's dann irgendwann aufgegeben. Aber ich habe sie nie hängen gelassen. Die Schlimmsten in der Stufe waren Ken und Larissa, aber die waren ganz sicher nicht die Einzigen. Jeder von ihnen hatte seine Gang um sich geschart, die bereitwillig auch den schlimmsten Scheiß mitgemacht haben. Denen traue ich das in jedem Falle zu. Wie genau ist es denn passiert? In der Zeitung und im Netz stand ja nicht viel. Sind sie eigentlich bei Facebook? Schauen sie da mal rein, was da seit gestern kursiert. Oder auf youtube, echt zum Kotzen. Da gibt's ein Video mit Fotos von Annalisa und irgendein Sackgrapscher hat Mordszenen und Ausschnitte aus Ego-Shootern dazugeschnitten.“ Sie verstummte und versank wieder in Gedanken.

Dann begann sie von neuem. War ihre Stimme bislang kräftig und klar gewesen, war sie jetzt nur noch ein zittriges Flüstern. „Ich wollte sie doch nur beschützen. Sie war so wehrlos gegen die Anderen. Sie hatte so ein weiches, reines Herz, gar nicht von dieser Welt. Und vielleicht“, sie stockte, „vielleicht habe ich sie genau deshalb geliebt.“ Dann wieder lauter: „Ja, ich habe Annalisa geliebt. Ich hab ihr das auch gesagt, als ich es irgendwann nicht mehr aushalten konnte, sie nicht zu berühren, in den Arm zu nehmen, vielleicht sogar zu küssen. Aber sie wollte nicht, sie konnte nicht, sie hatte nicht den Mut. Ich glaube, sie hat schon etwas für mich empfunden, aber ob es nur Freundschaft war oder sie sich nicht zu mehr traute, werde ich jetzt nie mehr erfahren.“ Sie verstummte und ich ahnte, dass sie uns für heute nichts mehr zu sagen hätte. Alex war zu ihr getreten, hatte den Arm um sie gelegt und sie hinausgeführt, nachdem wir uns Melanies Kontaktdaten notiert hatten. Ich bat Alexandra nach ihrer Rückkehr, Facebook und youtube aufgrund der Hinweise zu checken und wir würden die Befragungen fortführen. Dann hieb sich Jupp mit der flachen Hand vor die Stirn: „Triple-G – jetzt weiß ich endlich, was mich an dem Begriff so stutzig machte. Triple-G – dreimal G – wie auf der Tatwaffe.“ Ich sprang auf. „Du hast Recht. Das Messer stammt hier aus der Schule. Ich lief zur Bude des Hausmeisters und fragte ihn, ob man Schuleigentum irgendwie erkennen könne. Er bestätigte dies: „Hier wird geklaut, was nicht niet- und nagelfest ist. Können sie glauben! Ich komm gar nicht nach mit dem Kauf von Klopapierrollen oder Besteck aus der Mensa. Wirklich teure Sachen bekommen von uns einen Stempel oder eine Gravur, z. B. das Werkzeug aus den Heimwerkerkursen.“ „Küchenutensilien auch?“ Der Hausmeister überlegte: „Handtücher oder so? Nee, so was nicht. Aber warten sie mal – ja, die teuren Küchenmesser und Elektrogeräte kennzeichnen wir auch. Ich hab einen Mixer hier zu Reparatur. Ich kann sowas nämlich noch. Wollen sie mal sehen?“ Ich nickte und er reichte mir ein Handmixgerät. Direkt in die Griffmulde waren die drei G’s wie auf dem Messer eingraviert. Mit dieser Info kehrte ich zurück in unseren provisorischen Verhörraum und informierte Jupp.

Als nächstes erschienen bei uns Marie Gerster und Torben Bäcker. Das Mädchen war ein typischer Mitläufer, eingeschüchtert durch Autoritäten wie uns und eher maulfaul. Der Junge hingegen schien es vorzuziehen, den Weg des geringsten Widerstandes zu gehen. Er behauptete, sogar mit Annalisa gut ausgekommen und fast ein Freund zu sein. Auf die Frage nach typischen Gewohnheiten der Toten kam er jedoch ins Stammeln. Jupp wurde zusehends gereizter: „Pass mal auf, mein Junge, wir können das Ding auch ganz anders durchziehen. Du bist 18 – und damit voll strafmündig. Das dürfte euch doch zumindest in dieser Schule beigebracht worden sein. Erzähl uns keine Märchen, sonst werden auch wir ziemlich nachtragend." Um diese Worte zu unterstreichen, ließ er die flache Hand auf die Tischplatte knallen, sodass das Aufzeichnungsgerät zu hüpfen begann. Torben Bäcker begann zu stammeln: „Das dürfen sie nicht – sie – sie – bedrohen mich. Das ist Körperverletzung! Ich – ich werde -" Gierig griff er nach dem Glas Wasser, das wir für ihn, wie für die anderen Personen vor ihm bereit gestellt hatten.

Ich beugte mich vor und sprach direkt in das Mikrofon: „Für das Protokoll: KHK Schmitz hat weder eine Hand- noch Körperbewegung in Richtung des Befragten ausgeführt, die auf eine Bedrohung schließen lassen könnte. Zeuge: KHK Oberle! – so und jetzt Klartext: was haben sie am vergangen Freitagabend ab 20 Uhr getan? Und haben sie dafür Zeugen?" Bäcker sah mich verstört an. Viel Posing, aber kein ernsthaftes Selbstbewusstsein. Der Junge machte nur einen auf hart, ohne seinen Anhang oder Rudelführer war er orientierungslos. „Ich war zu Hause, am PC. Ich hab gechattet und gezockt." „Prima, dann werden wir uns deinen PC abholen und deine Angaben überprüfen!" Er schrie auf: „Meinen PC? Kommt nicht in Frage. Dann bin ich nicht mehr erreichbar! Das ist respektlos! Das geht aber sowas von gar nicht, Digga!" Ich sprang auf: „Erstens: ich bin nicht ihr Digga, Dicker oder sonst irgendwas in der Art, sondern im besten Falle Herr Oberle oder Herr Kriminalhauptkommissar – so viel zum Thema Respekt! Zweitens entscheiden WIR, was wir für die Ermittlungen für nötig halten. Drittens werden sie uns jetzt ihr Handy übergeben und wir rufen jetzt Kollegen an, die bei ihnen zu Hause ihren PC sicherstellen. Es ist doch jemand da?" Er wirkte verwirrt. Vermutlich war er so konsequentes Handeln nicht gewohnt. „Klar, meine Mudda, aber die checkt das nicht, wenn auf einmal Bullen vor der Tür -" Jetzt hieb ICH mit der Hand auf den Tisch: „Noch so ein Spruch und ich nehme sie direkt mit. Letzte Warnung, comprende?" Jupp telefonierte mit dem Präsidium und schaffte es tatsächlich, dass eine Streife der Wache Wersten sofort losfahren und den Computer sicherstellen konnte. Sie sollten zugleich auch die Wohnungen von Larissa Zehner und Ken Wolters aufsuchen und das Gleiche tun.

Wir nahmen dem Jungen das Handy weg, erstellten eine kurze Quittung und verstauten es in einem Asservatenbeutel. „Sie warten jetzt draußen vor der Tür und wagen sie es nicht abzuhauen. Das würde sie für uns zum Hauptverdächtigen machen.“ Eingeschüchtert nahm der Junge vor der Tür Platz. Alex kam herein und zeigte uns auf ihrem Notebook einige Videos. Melanie Forst hatte Recht gehabt: es war widerlich und unmenschlich. Man sah den Kopf von Annalisa Eckström auf die Körper von Leichenfotos montiert und mittendrin Zeichentrickfiguren, die an den Torsi rummetzelten. Ich hatte diese Figuren schon mal beim Zappen im TV gesehen, sie stammten aus den SIMPSONS. Angewidert schob ich den Computer beiseite und fragte: „Und du glaubst, unsere Techniker können rausbekommen, wer das hochgeladen hat?“ Sie nickte: „Zumindest die IP-Adresse und darüber auch den realen Standort. Die Entfernung der Daten aus dem Netz dürfte da weitaus aufwändiger sein.“

Es klopfte eine Viertelstunde später und Larissa Zehner betrat den Raum. Ich musste zugeben, dieses Mädchen oder besser diese junge Frau war exzellent gestylt. Makeup und Frisur waren perfekt und ich wusste von meiner Freundin Sarah, dass auch bei einiger Übung so eine Erscheinung eine Menge Zeit erforderte. Insofern eine non-verbale Botschaft, wie wichtig diesem Menschen ihre äußere Erscheinung war. Sie trug ein etwas weiter ausgeschnittenes T-Shirt, in dessen Dekolleté der Ansatz eines Tattoos zu sehen war: ein Tiger! Irritiert blickte ich genauer hin, denn das Auge des Körperbildes schien zu blinken. Sie interpretierte meinen Blick jedoch falsch. „Nana, Herr Kommissar, haben sie sowas noch nicht gesehen? Oder stehen sie an sich auf Titten von jungen Mädchen?" Provokant lächelte sie mich an. Ich lehnte mich zurück. „Das weniger, aber ihr Tattoo hat mich ein wenig verwirrt. Haben sie da ein Implantat?" Ich schien ihr ungewollt geschmeichelt zu haben, denn sie sprang sofort darauf an. „Schick, was? Hab ich vor zwei Wochen machen lassen. Nennt sich Dermal-Anker! Ist irre, nicht wahr? Als ob der Tiger einen anblitzt!" Sie nahm das vor ihr stehende Wasserglas und nippte geziert daran. Jupp mischte sich ein. „Sie sind Larissa Zehner?" Gelangweilt betrachtete sie erst ihre gepflegten Fingernägel, dann meinen Kollegen. „Claro, wer denn sonst?" „Wo haben sie sich abends am vergangen Freitag aufgehalten? Bitte so präzise wie möglich, bis um Morgen des darauf folgenden Samstag." Sie überlegte kurz. „Ich hab einen Beauty-Tag eingelegt. Nachmittags im Nagelstudio, dann in den Fitness-Park. Abends hab ich dann in unserer Sauna und auf der Sonnenbank gelegen. Mit Freundinnen. Wieso?" Schmitz lächelte ein wenig in sich hinein. „Darf ich mal ihren Schlüsselbund sehen?" Damit überraschte er sie offensichtlich. „Den –den hab ich verloren. Vor ein paar Tagen! Oder er ist geklaut worden. Ach ja, können sie da nichts machen? Ich meine, wegen suchen und Anzeige und so!" „Bitte beschreiben sie ihn mir einmal." „Naja, der war voll süß, so mit einer kleinen Bling-Bling-Katze dran. Drei Schlüssel waren es. Ach, und eine silbernes Schild mit meinem Namen drauf. Echtes 925er! Können sie da was machen?" Jupp fummelte an seiner Jackentasche herum und zog einen Plastikbeutel hervor. Sie sprang auf, kreischte erfreut auf und nahm den Beutel zur Hand. „Da ist er ja, supi. Wo haben sie den denn gefunden? Mein Vater hat Stress gemacht, ich müsste die Schlüssel von meinem Geld ersetzen." Jupp erhob sich. „Tja, Frau Zehner, dann habe ich eine unangenehme Nachricht für sie. Ich mache ihnen jetzt zur Auflage, die Stadt nicht zu verlassen und sich täglich unter meiner Telefonnummer im Polizeipräsidium zu melden. Sie sind zumindest verdächtig, unmittelbar an den Geschehnissen beteiligt zu sein, die im Zusammenhang mit dem Tod der Annalisa Eckström stehen!" Sie starrte uns mit offenem Mund wie ein Koi-Karpfen an. „Wie bitte? Sind sie denn völlig gaga? Was sollte ich mir an der Bitch die Finger schmutzig machen! Wie kommen sie überhaupt auf das schmale Brett? Wo haben sie meine Schlüssel gefunden?“ Den letzten Satz schrie sie fast. „In unmittelbarer Nähe des Tatortes. Damit dürfte auch ihnen klar sein, warum wir sie jetzt vorläufig festnehmen werden.“ „Müssen sie mir jetzt nicht meine Rechte vorlesen oder so?“ Ich musste lächeln. „Sie sehen eindeutig zu viele amerikanische Krimiserien. Wir werden die Befragung zu einem späteren Zeitpunkt im Polizeipräsidium fortsetzen.“ Wir sahen bei dieser völlig extrovertierten Person keine Fluchtgefahr.

„Bleibt uns noch der härteste Brocken, zumindest laut Melanie Forst. Ich hole diesen Ken Wolters selbst ab.“ Schmitz machte sich auf den Weg zum Unterrichtsraum. Draußen sah er Torben Bäcker wie ein Häufchen Elend auf einem Stuhl sitzen. Er blickte meinen Kollegen mit traurigem Dackelblick an und Jupp sah auf seinem Handy nach, ob dort eine Nachricht eingetroffen sei. Treffer, der PC war abgeholt worden! „Sie können jetzt abhauen, Herr Bäcker!“

Ich instruierte derweil Alexandra Stickelbroeck über ihre Rolle in der folgenden Vernehmung. „Du hast bei den letzten Aktionen sehr viel Fingerspitzengefühl und Intuition bewiesen. Mach davon gleich wieder Gebrauch. Beobachte, registriere, mach unauffällig Videos sofern das möglich ist. Alles klar?“ Sie nickte ernst. Alex hatte mich nach meinen anfänglichen Vorbehalten sehr überzeugt und ich vertraute ihr inzwischen so weit, dass ich ihr mehr Verantwortung zugestehen wollte. Letztlich ist so eine Hospitation doch auch ein Blick in das reale Berufsleben, dachte ich mir, also soll sie auch selbst testen können, ob unser Job was für sie wäre.

Schmitz kehrte nach wenigen Minuten mit Ken Wolters in das Büro zurück. Ein hochgewachsener, gutaussehender junger Mann, der sich seiner Wirkung wohl bewusst war. Interessiert blickte er sich im Raum um, taxierte Alex, Jupp und mich und nahm dann unaufgefordert Platz. Ich wandte mich an ihn. „Herr Wolters, sie hatten einige Fächer gemeinsam mit Annalisa Eckström. Waren sie auch privat mit ihr bekannt?“ Er setzte eine Mitleidsmiene auf. „Ist das nicht schrecklich mit der Kleinen? So jung, quasi in der Blüte ihres Lebens. Wie sagte schon Lessing? In welcher Bestienwelt leben wir? Aber nein, Herr Kommissar, wir waren nur Klassenkameraden.“ „Wie war an sich ihr Verhältnis zu Annalisa Eckström? Haben sie die junge Frau gehasst? Wir haben da entsprechende Informationen bekommen.“ Er zögerte kurz, seine Lider flackerten, aber er hatte sich blitzschnell im Griff. „Wie kommen sie darauf? Ich habe sie weder gemocht noch gehasst. Sie war ein Mensch, der zufälligerweise im gleichen sozialen Umfeld wie ich lebte. Macht mich das schon automatisch zum Mordverdächtigen? Schauen sie, solche Behauptungen kommen doch leicht auf, wenn man viele Neider hat und ich vermute, sie kommen von einem Mädchen, das bei mir abgeblitzt ist.“ Wolters wirkte jetzt arrogant. Seine Mimik wirkte wie der Farbwechsel bei einem Chamäleon: binnen Sekunden inszenierte er sich so, wie er es für die Situation erforderlich hielt – aber immer ein wenig zu viel davon, sodass es dem geschulten Beobachter als gespielt auffallen musste. Dieser Kerl probierte sich noch aus, aber er würde mit den Jahren immer besser werden und dann Gnade Gott demjenigen, der dann mit ihm in Konflikt geraten würde. Ich kannte diese Sorte Mensch. Sie waren es, die Ermittlungsarbeit manchmal unsäglich mühsam und frustrierend machten. Ich bohrte weiter und stellte die obligate Frage nach dem Alibi zum Tatzeitpunkt. „Mal überlegen, wo war ich da? Ach ja, jetzt fällt’s mir ein. Ich war zusammen mit Torben Bäcker unterwegs. Einfach cruisen mit dem Wagen meines Vaters. Ganz easy, einfach chillen. Das kann man hervorragend mit so einem alten Ami-Cabrio!“ Da hatte ich ihn! Eine vollkommen andere Aussage, als die von Torben Bäcker. Aber wieso unterlief diesem intelligenten Kerlchen so ein banaler Fehler? Hatte er keine Zeit mehr gehabt, sich mit dem Kumpel abzusprechen? Ich signalisierte Jupp, nicht auf diesen Widerspruch zu reagieren.

Ken Wolters hob geziert das Wasserglas, leerte es in einem Zug und lehnte sich lächelnd im Stuhl zurück. „Jetzt mal ehrlich, Herr Kommissar, sie wissen doch, wie Annalisa ausgesehen hat. Dann können sie sich doch auch vorstellen, dass man es mit so einer Figur nicht leicht hat. Also, wenn sie mich fragen, dann würde ich glatt mal bei Larissa nachhaken. Die hatte sie besonders auf dem Kieker." Diese kleine Dreckssau wollte auch noch eine Mitschülerin denunzieren. „Herr Kommissar, ich kann ihnen wirklich nicht weiterhelfen. Ich verspreche ihnen aber, mich umzuhören. War's das dann?" Ich nickte. „Für's erste ja, aber es kann sein, dass wir sie noch einmal aufsuchen werden."

Als er den Raum verlassen hatte, atmete ich schwer durch. Ich hatte bemerkt, dass Jupp mit jeder Minute verkrampfter geworden war und sich kaum noch zurückhalten konnte. Jetzt platzte es aus ihm raus. „Däh arrojante Ahsch! Dem sollde mer su rechtich op d'r Finger kloppe! Kald wie enne Fisch!" Alex machte sich an der Fensterbank zu schaffen und fragte mit zu uns gewandtem Rücken: „Habt ihr noch ein paar Plastikbeutel für mich? Ich hab nur Handschuhe dabei!" Ich erhob mich, ging zu ihr und sah sie fragend an. Dann erkannte ich, was sie meinte. Unauffällig hatte sie von jedem der Befragten das benutzte Wasserglas beiseite geschafft und war nun dabei, diese Gläser sicher zu verpacken. „Nicht die feine englische Art, aber sollten wir einen Treffer landen, ich meine im Vergleich mit den Fingerabdrücken auf der Tatwaffe, dann können wir ja noch einmal die Abdrücke offiziell nehmen. Klasse Idee, Alex!" Anerkennend schlug ich ihr auf die Schulter. „Vorsicht, wenn ich die fallenlasse, war alles umsonst." Sie beschriftete die Tüten mit Namen, Datum und Uhrzeit und stellte sie in einen leeren Pappkarton, den sie in einem Regal des Büros gefunden hatte.

„Auf geht's, wir bringen die Sachen zur KTU und dann lade ich euch beide zum Essen im EXTRATOUR ein.", sagte ich. „Da muss ich passen", warf Alex ein, „ich habe sonst Schwierigkeiten, mit der Bahn nach Kerken zu kommen." Stimmt, da wollte ich doch noch etwas geklärt haben. „Moment bitte", sagte ich und telefonierte mit Sarah. Sarah gehörte in Benrath ein Mehrfamilienhaus, in dem sie selbst wohnte und das über ein Apartment für gelegentliche Übernachtungsgäste diente. Das Telefonat dauerte nur ein paar Minuten und ich verabschiedete mich von ihr mit einem Kuss durch den Hörer. „Ich möchte dir etwas anbieten, falls es mal spät werden sollte. Von meiner Freundin Sarah hast du ja gehört, eben bei den Befragungen. Sie hat eine kleine Wohnung für Gäste und sie stellt sie dir gerne zur Verfügung, falls du mal nicht rechtzeitig nach Hause kommen kannst. Du bist da ganz für dich und die Wohnung ist komplett eingerichtet. Wie sieht's aus? Wäre das was für dich?" Alexandra überlegte nicht lange und nickte. „Gerne, ich sag nur Papa Bescheid, dass er nicht auf mich wartet." Sie trat beiseite und rief kurz ihren Vater an. „Ich soll euch bestellen, ihr sollt sein Kind nicht verderben und er wünscht uns viel Spaß!" Grinsend zogen wir zu dritt los.

Auf dem Weg zu unserem Wagen blieb ich kurz vor einer Glasvitrine stehen. Dort standen Pokale, Urkunden und Bilder von erfolgreichen Schülern, darunter auch eines von Annalisa Eckström. Sie hatte einen Literaturwettbewerb gewonnen und strahlte auf dem Foto vor Glück.

Als ich mich zum Gehen umwandte, stieß ich unvermittelt mit einer jungen Frau zusammen. Vom Alter her konnte sie keine Schülerin sein. Ich half ihr, die zu Boden gefallenen Hefte aufzuklauben und bemerkte dadurch nicht, wie sie sich verstohlen umsah. Als wir uns erhoben und ich ihr entschuldigend die Hand reichte, drückte sie mir einen kleinen Zettel in die Hand und verschwand hastig. Ein Spickzettel? Eine Liebesbotschaft? Wäre ich noch in dem Alter der Schüler hier, hätte mir so etwas geschmeichelt. Während ich meinen beiden Mitstreitern folgte, faltete ich das Papier auseinander. Nix mit Liebe! Da stand: wegen Annalisa – bitte anrufen – vertraulich – und dann folgte eine Handynummer. Ich erreichte das Auto und zeigte den beiden den Zettel. „Ruf sofort an. Wer weiß, was dahinter steckt. Aber es war keine von den Befragten, oder?“, insistierte Jupp. Ich schüttelte den Kopf und wählte die Nummer. Nach dreimaligem Klingeln erklang eine leise Frauenstimme: „Hallo?“ „Polizei Düsseldorf, KHK Oberle. Hatten wir beide eben einen Zusammenprall?“ Noch leiser kam die Antwort: „Bitte nicht jetzt. Können sie in einer Stunde anrufen?“ Ich bejahte dies, gab einen Erinnerungstermin in mein Handy ein und wir machten uns auf den Weg zur KTU im Gebäude des LKA auf der Völklinger Straße. Wir wurden an der Eingangskontrolle nach dem Zeigen des Ausweises schnell durchgewinkt und ich parkte den Wagen direkt vor dem Eingang des Hochhauses. Jupp und Alex brachten die Gläser zu den Kollegen, während ich im Wagen wartete und nochmals mit Sarah telefonierte. Sie hatte was auf dem Herzen. „Ich brauch dich heute Abend, mein Grizzly. Kommst du zu mir? Es gibt Wichtiges zu besprechen.“ „Klar, mein Schatz, ich bring doch unsere Praktikantin zu dir. Wir gehen gleich ins EXTRATOUR essen. Magst du mitkommen?“ Sarah stimmte zu und würde in ca. einer Stunde dort sein.

Als Alex und Jupp zurückkamen, reihten wir uns in den Feierabendverkehr ein, der sich aus dem Rheinufertunnel unter dem Stadttor hervorquälte und sich in Richtung Südbrücke und Südring aufstaute. Wir fuhren dann über die Münchener Straße nach Benrath und von dort aus rund um den Schlossteich und entlang der Orangerie nach Urdenbach. Der Altweibersommer machte es möglich, dass die Terrasse mit dem Biergarten noch in der Sonne lag. Aber das war auch der Grund, weshalb kein einziger Tisch mehr frei war. Wir nahmen also drinnen Platz und bestellten bei Udo ein paar Spezialitäten und drei Alt.

Während wir so an unseren Salaten, Steaks und Schnitzeln mümmelten, stieß auch Sarah zu uns. Sie stellte sich Alex vor und scheinbar hatten die beiden direkt einen Draht zueinander. Unsere Praktikantin war natürlich neugierig wegen des Themas Transsexualität, traute sich aber nicht direkt danach zu fragen. Sarah war dieses Verhalten gewohnt und ergriff dann immer die Initiative, indem sie ihr Gegenüber direkt mit ihrer besonderen Situation konfrontierte. Sie gerieten in eine angeregte Diskussion, bei der zufällig auch der Name Melanie Forst fiel. Sarah zögerte einen Augenblick, was aber von Alex unbemerkt blieb.

Sandra, die Wirtin, war inzwischen auch angekommen und begrüßte uns herzlich. Dann fragte sie etwas kleinlaut, ob es uns was ausmachen würde, an der Bar Platz zu nehmen, da wir doch mit dem Essen fertig seien. Sie habe unerwartet eine Tischbestellung bekommen und wollte uns Stammgäste aber auch nicht verprellen. Wir zogen bereitwillig an die Theke um und nahmen auf den hohen Hockern Platz. Neben mir saß ein mir völlig Unbekannter, der offensichtlich schon seit längerem probierte, wie viele Gläser Alt in ihn hineinpassen würden. Er blickte mich aus glasigen Augen an und stierte dann wieder auf das Flaschenregal hinter Udo, der die Zapfanlage bediente. Auf meinen fragenden Blick hin schüttelte Udo den Kopf. Der auf dem Hocker schwankende Gast war nicht ausfällig oder krakeelte herum, sodass man ihn gewähren ließ. Aus eigenen Beobachtungen wusste ich jedoch, dass Sandra und Udo peinlich genau bei solchen Gästen darauf achteten, dass diese dann nicht mehr ihr Auto benutzten.

Während ich mich wieder meiner Gruppe zuwandte, hörte ich den Mann noch etwas murmeln. Nach wenigen Minuten tippte er mir auf die Schulter und ich wandte mich um. Lallend und mit einer unangenehmen Zwiebelmett-Bier-Fahne sprach er mich an: „Hassu dass schon gesehn, inne Zeitung? Totes Mädchen, DA!“ Damit tippte er nachdrücklich und laut mit dem Finger auf die heutige Ausgabe des Düsseldorfer EXPRESS. Auf der Titelseite war das Bild der beiden Idioten, die das Beweisstück aus dem Elbsee geborgen hatten. „Wie issas möchlich? So'n junges hübsches Mädchen – HICKS – einfach so, platt gemacht!“ Seine Stimme hob sich und schlug mit der flachen Hand laut auf die Theke, so wie ich vorhin bei der Befragung von Torben Bäcker. „Ne Schande issas, jawoll! Sauerei! Kopf kürzer mit so einem, kurzen Prozess! Und was macht unsere Polissei? Sitz sich den Aaahsch breit und kassiert Parksünder!“ Da war sie wieder, die Volksstimme, der man allerorten begegnete. Wenn ich auch das eine oder andere ähnlich sah, waren mir diese Randalemacher und biederen Brandstifter zuwider. So stellte ich mir auch den Mob vor, der in der Progromnacht skandierend durch die Straßen Düsseldorfs gezogen war und jüdische Mitbürger, ehemalige Freunde vielleicht sogar, verprügelte und deren Hab und Gut zerstörte. Dementsprechend war auch meine Reaktion. „Passen sie auf, ich möchte hier gerne in Ruhe mit meinen Freunden was trinken und sie stören uns dabei gewaltig. Entweder sie geben jetzt Ruhe oder“, damit rückte ich seinem Gesicht bedrohlich näher, „ich hau dir so in die Fresse, dass du die nächsten Tage kein Wort rausbringst.“ Meine Ansprache blieb nicht ohne Wirkung. Kleinlaut rutschte der Mann vom Stuhl und wankte zur Ausgangstür. Udo nickte nur: „Hat schon bezahlt. Ist ein armer Hund. Stammt aus der Nachbarschaft des toten Mädchens.“ Damit räumte er das leere Glas und die Zeitung des Mannes von der Theke. „Schon o.k. Das ist unser Fall, Udo, und ich fürchte, wir werden solche Tiraden noch öfter zu hören bekommen.“

In diesem Augenblick spürte ich, wie mein Handy in der Brusttasche meiner Jacke zu brummen begann. Ich nahm das Gerät heraus. Mist, eine Erinnerung, längst überfällig. Ich sollte vor einer Stunde bereits die ominöse Unbekannte aus der Schule zurückgerufen haben. Die ganze tolle Technik nutzte also doch nix, wenn man sie ignorierte!

Da die Geräuschkulisse in dem Lokal zu laut war, ging ich vor die Tür und tippte die Nummer ein. Drei Mal Klingeln und sie ging ran. „Guten Tag, Herr Oberle. Ich habe sie gestern in der Schule gesehen und von den Schülern und Kollegen über ihre Fragen gehört. Ich selbst bin erst seit einem Jahr dort tätig und würde ihnen gerne inoffiziell etwas zu dem Fall sagen. Aber bitte nicht in der Schule, sondern an einem neutralen Ort.“ Ich vereinbarte direkt für den nächsten Morgen einen Termin. Da Frau Fahrsen, so der Name der jungen Lehrerin, morgen Vormittag frei hatte, wollten wir uns in der „Fuchsjagd“ in ihrem Wohnstadtteil Gerresheim treffen.

Nachdem ich Alex und Jupp über den Inhalt des Telefonats informiert hatte, brachen wir auf. Jupp nahm den Dienstwagen, ich würde mit Sarah und Alex zusammen nach Benrath fahren. Dort angekommen, führte meine Freundin unsere „Leihgabe vom Niederrhein“, wie Jupp sie heute Morgen scherzhaft genannt hatte, durch ihr kleines Reich und gab ihr die Schlüssel. Alex war müde und wollte nur noch ein wenig im Tagebuch der Ermordeten stöbern. Wir vereinbarten, dass ich sie am Folgetag um 8 Uhr abholen würde – egal, wo ich diese Nacht verbringen würde.

Sarah und ich setzten uns mit einem Glas Wein auf ihren Balkon und schwiegen uns für ein paar Minuten an. Ich brach dann das Schweigen. „Weshalb bist du zusammengezuckt, als Alex von der Freundin der Toten erzählte?“ Das rothaarige Rasseweib, denn als solche sah ich sie, zögerte einen Moment. „Eigentlich darf ich es ja nicht sagen, aber du gibst sowas ja nicht weiter. Melanie Forst ist meine Patientin. Ich habe die entsprechenden Gutachten erstellt, die vor der Geschlechtsangleichung erforderlich sind. Aber lass bloß nicht durchblicken, dass ich dir das erzählt habe." Ich schüttelte den Kopf. „In keinem Falle. Aber gib mir doch mal einen Rat." Dann beschrieb ich ihr die Aussage von Melanie und fragte dann: „Hältst du das für glaubwürdig?" Sie schaute mich nachdenklich an. „Aus der Ferne betrachtet halte ich das für möglich, was sie euch erzählt hat. Melanie ist ein für ihr Alter außergewöhnlich starker Charakter. Mich wundert nur, dass sie euch gegenüber so offen war. Das spricht dafür, dass sie seelisch im Moment total neben der Spur ist und einfach nach Orientierung oder auch nur Freundschaft sucht. Und dass man zu dir Vertrauen haben kann, hab ich ja damals auch direkt gespürt!" Damit grinste sie mich kess an.

Jetzt waren wir schon so viele Jahre ein Paar und vielleicht durch die persönlichen Freiheiten wie getrennte Wohnungen war nie Routine in unsere Beziehung eingekehrt. Ich streichelte ihre Wange und küsste sie. „Aber jetzt was anderes: du wolltest mit mir reden." Sarah füllte unsere Gläser nach und begann: „Übermorgen geht's nach München. Ich weiß, du kannst nicht mit, aber das ist bei dem Vorgespräch nicht so wichtig. Wann hast du Urlaub eingereicht oder wann ist er dir möglich? Ich möchte, dass du mich zur OP begleitest. Ich stehe das alleine nicht durch." Sie klammerte sich an meine Hand. „Es steht jetzt also unwiderruflich fest?", fragte ich. Irgendwie wollte ich es noch nicht wahrhaben, dass der Zeitpunkt gekommen war. Vom Verstand her hatte ich meinen Widerstand gegen die Operation aufgegeben, aber das Gefühl blieb ein ungutes. Zu oft hatte ich von misslungenen Eingriffen gehört oder gelesen. Aber ich konnte, wollte und durfte sie jetzt nicht hängenlassen. „Alles klar, wie sieht es im November aus? Da bekomme ich wenigstens ein bezahlbares Zimmer in München, da die Schützenfeste vorbei sind." Sarah lachte. „Daran habe ich auch gedacht. Aber keine Sorge, ich habe mit einer Freundin gesprochen.

Sie hat ein großes Haus in Grünwald, da kannst du in der Zeit wohnen. Aber schön artig bleiben, denn Kirsten ist ein echtes Luder und schon sehr gespannt auf dich." Ich runzelte die Stirn. „Ich eigne mich nicht zum Gigolo, mein Schatz." „So hab ich das auch nicht gemeint. Ich habe aber inzwischen so viel von dir geschwärmt, dass sie einfach neugierig ist. Und sie ist ein echter Feger, du wirst schon sehen." Sie erhob sich und beugte sich zu mir herab. „Was wir beide haben und wie unsere Neigungen sind, wird so oder so nur von wenigen verstanden. Und genau darauf hab ich jetzt Lust, mein Grizzly. Ich geh schon mal vor ins Schlafzimmer." Ihr Kuss hätte auch dem schlimmsten Puritaner vermittelt, dass sie mit mir heute Nacht keine Briefmarken ansehen wollte.

---

Ken Wolters trat wütend auf das Gaspedal des cremeweißen Buick Roadmaster Cabrios. Er hatte bei der Befragung durch die Bullen ins Blaue schießen müssen. Wie hätte er ahnen können, dass die Schweine Torben schon vor ihm verhört hatten? Wären sie beide heute Nachmittag zusammen im gleichen Kurs gewesen, dann hätte er es ja mitbekommen und sich mit ihm abstimmen können. Aber auch vor dem Büro, in dem die Gespräche stattgefunden hatten, hatte er Torben nicht gesehen. Dieser kleine Furz, der war doch wirklich zum Scheißen zu blöde. Definitiv kein Homie, auch wenn er es gerne gewesen wäre, dieser Vollspast! Jetzt musste er überlegen, wie er aus der Sache rauskam. Am besten würde er sagen, er habe sich mit dem Datum vertan, das könne ja mal passieren in der Aufregung. Das würde jeder verstehen. Der arme Junge war ja zum ersten Mal mit der Polizei in Kontakt, da wird man eben nervös. Ken Wolters lachte in sich hinein. Er würde schon die passende Show abliefern und man würde ihm glauben. Wie hätte er den Bullen auch sagen können, was er tatsächlich gemacht hatte! Er war in der besagen Nacht tatsächlich unterwegs gewesen, aber allein. Er hatte eine Möglichkeit ausbaldowert, wie er in das Lager einer Computerfirma in Langenfeld einbrechen konnte. Und auf dem Rückweg hatte er auf dem Rastplatz Wolfhagen an der A59 Halt gemacht, um sich dort von einem der immer herumlungernden alten Säcke für Geld einen blasen zu lassen. Dies hatte er schon öfter getan und irgendwie machte ihn dieser anonyme Sex unglaublich an. Er war sich über das Risiko durchaus im Klaren, zumal es immer wieder zu Übergriffen kam. Aber er hielt sich für fit und schnell genug, im Notfall entkommen zu können. Und im schlimmsten Falle hatte er ja noch immer seine „Lebensversicherung“ dabei.

# Kapitel 6

*Aus den Erinnerungen von Melanie an Annalisa:*

*Annalisa machte sich fertig, küsste ihre Mutter zum Abschied auf die Wange und machte sich auf ihrem Motorroller auf den Weg. Dieses Fahrzeug war ein hart erkämpftes Stück Freiheit und Unabhängigkeit, dem ihre Mutter mit ihrem Sicherheitsfanatismus sehr kritisch gegenüber gestanden hatte. „Wart doch dieses eine Jahr ab, dann kannst du direkt den Führerschein auf Probe machen. Dann fährst du sicherer mit dem Auto“, so das Standardargument. Dem hielt ihre Tochter entgegen, dass sie dann aber nur in Begleitung fahren dürfe. Das würde ihre Mutter oder ihren Vater wieder zeitlich binden und sie abhängig machen. Lange Argumentationen und auch der eine oder andere Krach hatten ihre Eltern endlich überzeuge*

*n können. Annalisa hatte von ihrer Konfirmation noch einen größeren Geldbetrag auf dem Konto und die Eltern sowie ihre Großeltern hatten einen Beitrag geleistet. So war sie seit einem Jahr stolze Besitzerin einer kleinen cremeweißen Vespa. Gewiss, sie musste für Versicherung und Sprit immer etwas Geld übrig haben, aber dafür arbeitete sie ja auch im Supermarkt in Reisholz, Regale auffüllen war zwar nicht sehr anspruchsvoll, aber sie war zuverlässig und hatte den Job wenigstens fest. Hinzu kam noch die eine oder andere Nachhilfestunde für jüngere Schüler an ihrem Gymnasium, die ihr von den Lehrern vermittelt worden waren. Insofern kam sie gut zurecht.*

*Die Chorprobe fand wie immer im Musik-Klassenraum ihrer Schule statt. Sie war rechtzeitig da und Frau Bach kam kurze Zeit nach ihr. So ganz bei der Sache war ihre erste Solo-Stimme nicht, das merkte sie gleich. Nach der Probe sprach sie Annalisa unvermittelt an. „Was war los? Du hast gesungen, als würdest du neben dir stehen. Es ist nicht hinderlich, gelegentlich auch mal einen Ton zu treffen, wenn man sich als Sängerin bezeichnen will. Comprende?" Die Schülerin nickte nur und war dann auch schon wieder aus dem Raum – um wenige Minuten später wieder vor Frau Bach zu stehen. „Ich will bei einem Gesangscontest mitmachen. Und ich wäre dankbar, wenn sie mir bei der Musikauswahl helfen würden." Frau Bach war sofort bereit dazu. Ihr Enthusiasmus sank jedoch merklich, als sie hörte, dass es sich um eine TV-Casting-Show handelte. „Willst du dich wirklich bei so einer medialen Schlammschlacht zur Schau stellen? Du weißt doch selbst, dass so gut wie keiner der ehemaligen Gewinner einer dieser zahllosen Auswahlverfahren langfristig Erfolg hatte. Die Sender oder Produzenten lassen die Jungs und Mädels doch nach dem kurzen Hype fallen wie ne heiße Kartoffel – oder besser ne eiskalte! Ich kann es nicht leiden, wenn so ein Casting-Goebbels eine meiner besten Schülerinnen zerfleischt, und das noch mit einer musikalischen Inkompetenz, die zum Himmel schreit - dieser Tanz-Guru!" Sie spielte damit auf einen Juror einer anderen Casting-Show an, der wie Jekyll und Hyde seine Charakterzüge während des Fortgangs der Show wandelte und mal die jungen Menschen drangsalierte und beschimpfte, andererseits aber auf Papa Gnädig machte und dann den großen, verständnisvollen Schmusebär gab. Annalisa hatte sich aber mittlerweile entschieden und kein Argument der Welt hätte sie davon abbringen können. EIN MAL Anerkennung, EIN MAL Erfolg – nur ein einziges Mal, war das denn zu viel verlangt? Sie übersah dabei völlig ihre anderen Talente und Erfolge, obwohl diese wesentlich nachhaltiger und härter erarbeitet waren, wie z.B. ihre schulischen Leistungen und Bewertungen. Aber war es ihr zu verdenken? Eher nicht, so dachte Frau Bach, und half ihr nach Kräften. Man musste sich vom Einheitsbrei der Charts abgrenzen, denn jede Jury wäre gelangweilt, wenn sie den gleichen Rihanna- oder Beyoncé-Song zum 15. Mal am gleichen Tag hören würde. Nach langer Diskussion wurde es dann „Summertime" und als Kontrast*

*„Running up that hill“ von Kate Bush, einer der Lieblingstitel ihres Vaters. Frau Bach war klar, dass Annalisa mit der „Königin der Nacht“ oder Bach-Kantaten keine Chance haben würde. Und sie würde es ihr so sehr wünschen, dass sie erfolgreich wäre!*

*Frau Bach ermöglichte Annalisa, sich ungestört in der Schule vorbereiten zu können. Nur Melanie war eingeweiht, ihre Eltern würde sie erst informieren, wenn sie zum offiziellen Casting eingeladen werden würde.*

---

Ich erwachte nach einer viel zu kurzen Schlafphase, ohne dass der Wecker hatte klingeln müssen. Sarahs Bett stand unter einer Gaube mit einem Kippfenster und ich hatte freien Blick auf den langsam heranziehenden Morgen. Ich sinnierte über die vergangene Nacht.

Sarah hatte das Schlafzimmer vorbereitet und als ich es betrat, kniete sie bereits neben dem Bett, das Haupt gesenkt, Hand- und Fußgelenke mit Lederschnallen versehen. Wir hatten uns über die Jahre hinweg in unserer Neigung und unseren Rollen angenähert und so entstanden gewisse Rituale, nicht anders als in stinknormalen Beziehungen. War unser Verhältnis durch Sarahs Transsexualität schon ungewöhnlich genug, trieben wir es für das Verständnis Außenstehender mit unserer SM-Neigung geradezu auf die Spitze. Dabei hatte unser Sexualleben so gar nichts mit den in den Medien wie RTL und einschlägigen Magazinen propagierten Praktiken zu tun. Devotion und Dominanz spielten sich bei uns auf einer derart verkopften Ebene ab, dass die üblichen Spielereien wie Auspeitschen oder Züchtigung mit dem Gürtel völlig unnötig waren. Sie ergänzten zeitweilig das Spiel, und nur das war es für uns. Diese Vollzeit-SM'ler, auch 24/7 genannt, stellten für uns keine Option dar. Dafür lebten wir unser Alltagsleben jeder für sich zu dominant und selbstbestimmt.

Ich hatte Sarah nach Art der japanischen Fesselkunst Shibari sehr attraktiv „verschnürt" und ihr damit jegliche Möglichkeit der freien Bewegung genommen. Allerdings hatte ich dabei darauf geachtet, dass ihre weiblichen Vorzüge durch die Art der Fesselung sogar noch betont wurden und frei zugänglich waren. Ich legte ihr einen Gagball an, eine Art gelochte Gummikugel an einem Lederband, das als Knebel diente. Sie genoss dieses spezielle Spielzeug ganz besonders. Dann zog ich aus einer Nachttischschublade ein Wartenbergrad hervor, ein Untersuchungsinstrument aus der Neurologie, mit dem Schmerzwahrnehmung getestet werden konnte. Vergleichbar einem Pizzaschneider war statt der Rollklinge eben ein Rad mit kurzen, spitzen Stahlnadeln an einem Edelstahlgriff angebracht. Damit fuhr ich nun über ihre Waden, die Innenseite ihrer Oberschenkel und den Rücken. Der dominante Part hatte die Verantwortung, den Druck genau zu dosieren, worauf ich auch strengstens achtete. Keine der sexuellen Handlungen, die andere als extrem erachten würden, hatte ich jemals bei ihr angewandt, ohne sie vorher an mir selbst getestet zu haben. Ich wusste also genau, was ich tat.

Mir war auch klar, dass ich durch dieses Verzögern ihre Lust zur Extase treiben würde. Sarah versuchte mit der Zeit immer mehr sich zu winden und mir zu entkommen. Ihr Stöhnen und Keuchen durch den Knebel ließ mich jedoch klar erkennen, dass es kein Ausweichen vor dem Schmerz war. Sie genoss es und nach fast einer Stunde intensiver Behandlung flüsterte sie etwas in den Knebel, was ich zwar verstand, ihr aber noch nicht bereit war zu geben. „Du nuschelst! Wenn du nicht deutlich redest, kann ich mich nicht auf dich einstellen! Also sei still und gehorche!“ Fest presste ich sie in die Kissen und fuhr mit dem Nadelrad um den Warzenvorhof ihrer rechten Brust, während ich vorsichtig an ihrer anderen Brust saugte. Da gelang ihr das eigentlich Unmögliche. Durch den Gagball presste sie hervor: „Bitte fick mich!“ Der Rest unseres Liebesspiels erfolgte ungefesselt und wild. Erschöpft schliefen wir Arm in Arm ein.

All das durchwanderte meine Gedanken, als sie sich auf die Seite drehte und mich ansah. „An was denkst du?“, fragte sie noch etwas verschlafen. „Ich denke, welches Glück ich mit dir habe und dass wir es jetzt auf's Spiel setzen.“ Sie richtete sich auf und fuhr mich ärgerlich an: „Ich dachte, das Thema wäre durch und wir hätten alles geklärt. Warum fängst du jetzt wieder damit an?“ Ich zog sie gegen ihren Widerstand an mich, umarmte sie und flüsterte: „Weil ich mir einfach Sorgen mache und nicht weiß, wie mein Leben weitergehen soll, wenn etwas mit dir passiert!“ Sie küsste mich und antwortete: „Mir wird nichts passieren und wir haben noch viele wunderbare, gemeinsame Jahre vor uns!“ Ich erwiderte: „Sagten Romeo und Julia auch!“, was mir einen Schlag mit dem Kopfkissen einbrachte. “Raus aus den Federn, Herr Kommissar, du hast mit deiner Praktikantin einen wichtigen Termin und musst vorher noch zum Jürgensplatz!“

Ein schnelles Frühstück aus aufgebackenen Croissants und zwei großen Milchkaffee mussten uns reichen. Ich machte noch einen Thermobecher mit Kaffee fertig und packte zwei Croissants in eine Papiertüte. Nachdem ich mich von Sarah mit einem Kuss verabschiedet hatte, stieg ich die Treppen zu Alexandras Apartment hoch und klopfte. Eine Minute später öffnete sie, zwar angezogen, aber mit noch nassen Haaren. „Nur kurz durchrubbeln. Können wir gleich bei nem Bäcker halten? Ich hab Mordskohldampf!“ Statt einer Antwort hielt ich Becher und Tüte hoch. „Du bist klasse, Chef!“

Dankbar nahm sie beides entgegen und sie begann noch auf der Treppe zu kauen und zu schlürfen.

Nach einem Abstecher ins Büro und Runterladen der neuesten Mails und Berichte machten wir uns auf den Weg nach Gerresheim. Jupp wollte indessen noch einmal zur KTU fahren und seinen Charme spielen lassen. Charme? Wohl eher landsmannschaftliche Verbundenheit, denn einer der Mitarbeiter der KTU war wie Schmitz fanatischer Kölner.

Auf der Fahrt nach Gerresheim fing Alex an zu erzählen: „Ich habe gestern Abend noch einige Seiten in dem Tagebuch gelesen. Wirklich erschütternd! Soll ich dir mal ne kurze Zusammenfassung geben?“ Ich nickte und sie begann mir zu berichten. So erfuhr ich, welche Bedeutung Musik für die Tote gehabt hatte, welche Träume sie sich zu erfüllen hoffte, wie sehr sie unter der Situation in der Schule gelitten hatte.

Das Restaurant Fuchsjagd hatte bereits ab 11 Uhr geöffnet. Alex und ich betraten es vom Eingang des Gerricusplatzes aus, da wir dort einen Parkplatz gefunden hatten. Das Lokal war verwinkelt, sodass wir nicht direkt unsere Gesprächspartnerin entdecken konnten. Dann, unmittelbar am Fenster an einem Vierertisch, saß eine einzelne Frau. Dies musste Frau Fahrsen sein. Wir gingen auf sie zu und sie erhob sich. „Guten Morgen, Herr Oberle. Danke, dass sie sich die Zeit nehmen und sich hier mit mir treffen. Wissen sie, ich bin die jüngste Lehrkraft am Triple-G (schon wieder diese Bezeichnung) und daher noch immer unter verstärkter Beobachtung, besonders durch die Rektorin. Frau Garcia ist der Ansicht, dass ich nicht genügend emotionale Distanz von den Schülern halte. Ich hingegen glaube, dass die etablierten Kräfte einfach den Blick verloren haben für die alltäglichen Kleinigkeiten, die die Kids beschäftigen. Aber bitte, setzten wir uns doch.“ Wir nahmen Platz, bestellten Kaffee und warteten mit dem Gespräch, bis die Getränke vor uns standen.

Ich begann das Gespräch: „Was wollen sie uns denn mitteilen, was sie uns nicht auch in der Schule hätten sagen können?“ Die junge Frau erwiderte: „Allein die Tatsache, dass ich beim Gespräch mit ihnen gesehen würde, hätte eine fast inquisitorische Befragung zur Folge. Frau Garcia ist enorm ehrgeizig und versucht aus dem Triple-G eine Art Elite-Gymnasium zu machen. Renommee, Fördermittel und Karriere scheinen die Triebfeder zu sein. Ich kann das ja nachvollziehen, aber sie hat aus der Schule fast einen Überwachungsstaat gemacht. Die älteren Kollegen haben sich damit arrangiert und reißen ihren Stiefel ab, aber ich kann das einfach nicht. Dafür bin ich nicht Lehrerin geworden. Der Leistungsdruck ist nicht nur für die Lehrer enorm. Auch die Schüler sollen zu Spitzenleistungen angetrieben werden. Wer schwach ist, bleibt auf der Strecke. Förderunterricht? Fehlanzeige! Inklusion? Nicht bei uns.“ Sie seufzte und ich hakte ein: „Und was hat das mit Annalisas Tod zu tun?“ „Ich habe mehr als einmal das Gespräch mit Frau Garcia und dem Stufenleiter gesucht. Man musste doch nur einfach genau hinsehen, dann war unübersehbar, wie sehr das Mädchen litt. Ständig die Anfeindungen, kleinen Sticheleien in der Klasse. Sie war eine wirkliche Spitzenschülerin, intelligent, freundlich, hilfsbereit, aber leider auch zu harmoniesüchtig. Wie oft habe ich ihr im Vertrauen gesagt, dass sie sich wehren müsse. Nicht nur dulden, sondern auch mal aufstehen und mit der Faust auf den Tisch schlagen. Aber sie sagte, das sei nicht IHR Weg. Sie könne so etwas nicht.“

Sie wandte den Blick aus dem Fenster und beobachtete die Passanten. Irgendwie schien sie in einer Erinnerung festzustecken. Seltsam, auf mich wirkte diese Lehrkraft unglaubwürdig. Dann ging mir auf, was mich störte. Sie projizierte ihr eigenes Versagen oder Schweigen auf Annalisa und machte ihr zum Vorwurf, was eigentlich gegen sie selbst zu richten gewesen wäre. Auch sie hatte offenbar nicht den Mut gehabt, nachhaltig gegen das aufzubegehren, was sie störte. Insofern war sie vielleicht für die Ermordete die schlechteste Ratgeberin, aber nun konnte sie zumindest für uns eine gute Informantin sein. Wenn sie schon dem Mädchen nicht hatte helfen können und sich dadurch aus ihrer Sicht mit schuldig an ihrem Tode gemacht hatte, so konnte sie jetzt wenigstens bei der Suche nach ihrem Mörder helfen.

Frau Fahrsen kehrte aus ihrer Erinnerung zurück und wandte sich jetzt direkt an Alex. „Sie sind doch auch noch nicht lange aus der Schule raus. Wie wirkt denn unser Gymnasium auf sie?“ Meine Praktikantin überlegte. „Wie es auf mich wirkt, ist nicht das Entscheidende. Ich beobachte nur Verhaltensmuster der Schüler, was sie sagen, wie sie sich geben. Diese Fakten trage ich dann zusammen und lege sie vor. Die Bewertung überlasse ich meinem Chef“, meinte sie diplomatisch.

Frau Fahrsen fuhr fort: „Wir haben bei uns keinen irgendwie gearteten Notfallplan oder eine Leitlinie, wie wir mit Mobbingfällen umgehen sollen. Was machen wir, wenn wir selbst einen solchen Mobbingfall bemerken oder der betroffene Schüler wendet sich an den Vertrauenslehrer oder die Vertrauensschüler? Jeder wurschtelt für sich herum und ignoriert mal mehr, aber meistens eher weniger. Ja, wir haben eine tolle Durchsage, wenn es zu einem Amoklauf kommen sollte. Das üben wir auch einmal im Jahr, genau wie die Evakuierung bei einem Brand. Aber Prävention, das wache Auge, DAS wird nicht trainiert oder gefördert. Ich will nicht in einer Schule arbeiten, in der es mal zu einem Amokfall kommt. Egal, wo ich mich danach bewerbe, es steht in meinem Lebenslauf und glauben sie mir, das Gedächtnis der Fachleute ist gut, auch wenn sich der Normalbürger vielleicht nicht mehr an Winnenden oder Erfurt erinnert."

Mir kamen die Bilder der damaligen Polizeieinsätze in Erinnerung. Die teilweise Hilflosigkeit der Kollegen vor Ort, die unkalkulierbare Situation, die lange Zeitspanne, bis die Polizei eingeschaltet wurde und dadurch für so viele junge Menschen zu spät kam. Wir hatten in einer internen Schulung beide Fälle nachvollzogen und einen Masterplan für NRW entwickelt. Ich war selbst zusammen mit anderen Spezialisten an der Entscheiderkommission beteiligt gewesen. Auch wenn ich in der Argumentation der Lehrerin vorrangig die Sorge um die eigene Karriere sah (was sie auf die gleiche Stufe mit der von ihr angefeindete Rektorin stellte), hatte sie doch Recht mit dem Argument, dass Vorbeugung ganz sicher sinnvoller wäre als der erfolgreichste Polizeieinsatz.

„Herr Oberle, ich will ihnen mal ein Beispiel nennen: da muss erst ein Küken wie ich an diese Schule kommen und auf DyRiAS hinweisen. „Sie beantwortete meinen fragenden Blick direkt. „DyRiAS ist ein Programm zur Verifikation und Einordnung von potentiellen Amokläufern. Man kann damit Trittbrettfahrer und Wichtigtuer von den echten möglichen Irren unterscheiden. Man kauft eine Lizenz und macht ein Seminar, wie damit umzugehen ist und eine psychologische Schulung kommt noch dazu. Also machbar und mit einem hohen Effizienzgrad. Allerdings müssten dafür Krisenteams an Schulen gebildet werden und es muss ein Masterplan erstellt werden. Wissen sie, was ich zur Antwort bekam, als ich das den Kollegen und der Schulleitung vorschlug? Ach, die schon wieder mit ihren neumodischen Vorstellungen! Was soll das denn bringen? Zu viel zu tun! Und dann das Killerargument schlechthin: die Kosten, die Kosten! Soll ich ihnen sagen, was das kostet? 300 beschissene Euro pro Jahr und Person! So viel ist unserem Schulsystem der Schutz der Schüler nicht wert!“

Sie hatte sich regelrecht in Rage geredet und nur nach den von ihr genannten Fakten konnte ich das verstehen. Aber ich wollte auf meinen Mordfall im Einzelnen eingehen. „Glauben sie, einer der Mitschüler wäre zu der Tat fähig gewesen?“ Sie sah zur Decke und flüsterte: „Jeder wäre zu so einer Tat fähig, wenn der richtige Auslöser da ist und eine Schmerzschwelle überschritten wurde. Aber um konkret zu antworten: ja! Ich halte Ken Wolters für durchaus fähig zu dieser Tat. Aus meiner Sicht handelt es sich bei ihm um einen intelligenten, hochmanipulativen Soziopathen!“ Diese Einschätzung deckte sich ja sehr genau mit den Eindrücken, die ich bei der Befragung von ihm gewonnen hatte.

Frau Fahrsen erhob sich und wollte sich verabschieden. „Herr Kommissar, ich muss jetzt leider los. Wenn sie keine Fragen mehr haben? Wenn noch was sein sollte, rufen sie mich doch bitte an und sprechen sie nicht in der Schule mit mir. Das würde mir wirklich schwere Probleme bereiten.“ Sie winkte nach dem Kellner, bezahlte und machte den ersten Schritt in Richtung Ausgang. Dann zögerte sie noch einen Augenblick. „Wissen sie, Herr Oberle? Annalisa war ein so herzlicher Mensch. Ich finde, man musste sie einfach gern haben. Ich werde es nie begreifen. Sie war so gutherzig, sie hatte so ein reines Herz!“

Das hatte ich doch schon einmal gehört? Ja, ich erinnerte mich. Genau diese Formulierung hatte auch Melanie, die Freundin der Toten, gewählt. Was war es dann nur, das einen Menschen dazu gebracht hatte, dieses Mädchen vom Typ „Papas Liebling“ so brutal zu töten?

---

### *Aus den Erinnerungen von Melanie an Annalisa:*

*Der Tag des Pre-Casting war da und Annalisa hatte sich mit Hilfe von Melanie gestylt. Nicht zu auffällig, aber auch nicht wie ein Mauerblümchen. Ihre Freundin war geradezu perfekt in Sachen Makeup und Mode, war dies doch auch ihr Berufswunsch: Maskenbildnerin oder Kostümschneiderin beim Film. Annalisa hatte einige Extra-Schichten beim Edeka in Reisholz geschoben, sodass sie sich einige zu ihrem Typ passende Kleidungsstücke leisten konnte: die einzige Jeans von Desigual, die es in ihrer Größe gab - sicher ein Ausrutscher, der die Designerin ihren Job gekostet haben dürfte, und eine Jacke sowie ein Shirt von Alprausch. Melanie betrachtete ihre Freundin zufrieden und begleitete sie zur Straßenbahn. Für ihre Eltern war heute gemeinsames Üben für die nächste Mathe-Klausur angesagt. Mit zittrigen Fingern stand Annalisa an der Haltestelle und wartete auf den Bus, der sie auf die erste Etappe nach Neuss bringen würde. Sie schaute zur Sicherheit nochmals auf den Fahrplan, als ihr jemand auf die Schulter tippte. Nein, bitte nicht, jetzt bloß keiner von den Arschlöchern aus ihrer Schule!*

*Langsam drehte sie sich um und blickte – in das grinsende Gesicht ihrer Freundin Melanie. „Du glaubst doch selbst nicht, dass ich dich heute alleine da hingehen lasse. Vor allem nicht, wenn du möglicherweise auf Larissa triffst."*

*Gut gelaunt tratschten die beiden jungen Frauen während der Fahrt und nach einer guten Stunde waren sie vor der Stadthalle Neuss angekommen. In einer Stunde würde das Pre-Casting beginnen. Vor dem Eingang war schon eine große Gruppe überwiegend junger Mädchen in Stellung gegangen, um möglichst als Erste ins Foyer vordringen zu können. Melanie ging bewusst einige Schritte vor ihrer Freundin um abzuchecken, ob evtl. Larissa schon da wäre. Glück gehabt, nicht zu entdecken. Also reihten sich die Mädchen in die Reihe ein und vertrieben sich die Zeit mit Gesprächen mit anderen Bewerberinnen und Bewerbern. Punkt elf Uhr wurden die Glastüren von einem Kordon breitschultriger Securityleute geöffnet und mit lautem Gekreische strömte der Pulk in den Vorraum. An den Anmeldetischen gab es ein wildes Gedränge und Geschubse, um möglichst schnell an die Anmeldebögen zu kommen. Annalisa hatte sich mehrere Kugelschreiber eingesteckt, was für einige Jungs und Mädchen offensichtlich schon zu viel der Vorbereitung gewesen war. Hilfsbereit wie immer gab sie einige der Werbekulis der Firma ihres Vaters ab. Dann füllte sie konzentriert den Fragebogen aus und heftete sich den Aufkleber mit ihrer Nummer, 217, an die Jacke. Dann begann das erneute große Warten. Immer wieder ließen die beiden ihre Blicke schweifen, um eine Begegnung mit Larissa zu vermeiden.*

*Es war gegen 14 Uhr, als Annalisas Nummer aufgerufen wurde. Gemeinsam mit elf weiteren Jugendlichen betraten sie die große Halle und eine*

*Mitarbeiterin der Casting Agentur gab ein paar allgemeine Tipps: „Bleibt locker und konzentriert, ich weiß, das klingt unlogisch. Aber das ist erst mal die Grundvoraussetzung. Ich hoffe, ihr habt euch ein-zwei Sätze über euch überlegt, denn jeder von euch hat nur 45 Sekunden Zeit, den Juror zu überzeugen. Gebt euer Bestes und viel Glück!“ Damit trat jeder vor einen Tisch, hinter dem eine Einzelperson saß. Die Tische standen weit auseinander und waren mit Schamwänden abgetrennt, die ein wenig das Geräusch der Nachbarplätze dämpften und für einen minimalen Rest von Intimität sorgten. Annalisa stand vor einer gelangweilt dreinblickenden Brünetten von vielleicht 30 Jahren. „Soso, Summertime also – mehr so der ambitionierte Jazzgesang. Dann leg mal los.“ Annalisa hatte sich vor der Tür ein wenig eingesungen und war gut vorbereitet. „Ich bin Annalisa und Solistin in einem Chor. Ich mache hier mit, weil ich meine Fähigkeiten von neutralen Profis bewerten lassen möchte.“ Die Brünette horchte auf. Nicht Superstar werden, kein* ICH BIN JA SO KREATIV, *sondern nur ein bewusstes bescheidenes Statement. Interessiert lehnte sie sich zurück in ihrem Stuhl und forderte das Mädchen mit einem Fingerzeig auf zu beginnen. Nach 30 Sekunden war alles vorbei. „Alles klar, das war richtig gut. Hier, nimm diesen rosa Zettel mit deiner Laufnummer und gib ihn einem der Mädchen an den Anmeldetischen draußen. Die helfen dir dann weiter. Glückwunsch, du bist im Casting!“ Mit zitternden Fingern und stumm griff Annalisa nach diesem Zettel, der so viel für ihr weiteres Leben bedeuten konnte. Ein leise gehauchtes Danke und schon war sie weg.*

*Vor der Tür hockte sie sich hin und atmete mehrere Male schwer durch. Melanie eilte zu ihr und fragte: „Was ist los? Ist dir schlecht? Nun sag endlich was!“ Ihr Gegenüber blickte auf und am Gesichtsausdruck konnte die Freundin erkennen, dass sie es geschafft hatte. Mit einem Aufschrei zog Mel ihre Freundin hoch, küsste sie herzhaft, was diese sich gefallen ließ, und zerrte sie dann an einen Anmeldetisch. Dort wurden ihr Unterlagen ausgehändigt, die sie zum ersten Casting in die Rheinterrassen mitbringen sollte. Diese Veranstaltung würde in genau vier Wochen stattfinden.*

*Auf der Heimfahrt waren die beiden völlig aufgedreht. Nachdem die Anspannung von ihr abgefallen war, konnte Annalisa auch ihren Gefühlen freien Lauf lassen. Schnatternd wie ein Schwarm Gänse alberten sie in der Bahn herum, mit der sie in die Düsseldorfer Altstadt fuhren. Von dort rief die junge Nachwuchskünstlerin ihre Mutter an und teilte ihr mit, dass sie mit ihrer Freundin zur Belohnung für die harten Übungsstunden jetzt in die Altstadt für eine Pizza und einen Shopping-Bummel fahren würde. Dann verbrachten sie mehrere unbeschwerte Stunden in der Altstadt und am Rhein. Ein Glas Wein bei Gosch's und ein Krabbenbrötchen dazu, ein wenig über die Passanten tuscheln, ein paar Teile im Street One Store anprobieren. Und zum krönenden Abschluss noch einen Abstecher in das Nobelkaufhaus „Breuninger", um dort über Touris und Möchtegern-Reiche abzulästern.*

*Am Montag konnte Annalisa in der Pause wieder ein Gespräch von Larissa und ihrer Entourage belauschen. „Ich hab nur ganz kurz was ansingen müssen und schon war ich weiter. Tja, da sitzen eben Fachleute, die erkennen Qualität auf den ersten Blick. Ich bin natürlich bei Dieter Halcon gewesen, ihr wisst schon, der berühmte Düsseldorfer Produzent. Ich hab sogar seine private Handynummer und er hat mich zum Essen eingeladen. Mal sehen, ob ich ihn noch ein wenig zappeln lasse." Annalisa musste sich auf die Knöchel beißen, um nicht laut aufzulachen, wusste sie doch, dass auch gar nichts von dieser Story stimmen konnte. Sie zweifelte sogar daran, dass Larissa überhaupt beim Pre-Casting erschienen war. Ihr würde sicher eine plausible Ausrede einfallen, warum es dann doch nichts mit der Gesangskarriere geworden sei.*

*Dieses Erfolgserlebnis wirkte so nachhaltig auf die junge Frau, dass sie viel leichter mit den üblichen Sticheleien umgehen konnte. Alles schien irgendwie an ihr abzuperlen. Das merkten auch ihre Widersacher und versuchten den Druck zu erhöhen. Dem stand aber Melanie entgegen, die bei einem Vorfall sogar gegen einen Mitschüler handgreiflich wurde. Folge davon war ein zerstochener Reifen an Annalisas geliebtem Roller. Wütend und verheult hatte sie das Fahrzeug nach Hause geschoben, wo sie von ihrer Mutter bereits fast panisch erwartet wurde. „Warum kommst du jetzt erst? Warum hast du dich nicht gemeldet? Wer war das mit dem Roller? Ich hab's dir ja immer gesagt, das geht nicht gut mit dem Ding." Zum ersten Mal in ihrem Leben schrie Annalisa ihre Mutter an. „Kannst du dir nicht vorstellen, dass ich EIN MAL nicht permanent daran denke, wie es euch beiden geht? Dass ich einfach mal nur für mich sein möchte!" Das abendliche Gespräch zu dritt brachte auch keine Klärung. Annalisa war verschlossen wie eine Auster und schwieg sich aus.*

*Frau Bach reagierte sehr indifferent auf die Nachricht. Sie gratulierte ihr zwar, war aber keineswegs euphorisch. Das Übungsangebot in der Schule bestand weiter und ihre beste Schülerin nutzte es auch aus. Drei Tage vor dem entscheidenden Casting schenkte die Tochter den Eltern reinen Wein ein. „Ich habe an einem Pre-Casting für einen Gesangswettbewerb teilgenommen und bin eine Runde weiter. Am Samstag werde ich vor Musikproduzenten auftreten und hoffe, so an einen Plattenvertrag zu kommen." Ihr Vater brauchte einige Sekunden, um sich zu sortieren. „Und was ist mit Schule? Dein Abi? Die ganze Arbeit soll jetzt also umsonst gewesen sein. All das Geld und die Zeit, die auch wir investiert haben, alles für die Katz? Nein, mein Fräulein, SO ganz sicher nicht!" Erstmals nutzten die Eltern das Totschlagargument „Noch bist du nicht volljährig". Annalisa wusste, dass sie nur mit Ehrlichkeit und sachlicher Argumentation weiterkommen würde. Also packte sie aus, beschrieb ansatzweise ihre*

*Beweggründe für ihre Entscheidung am Casting teilzunehmen. Sie verschwieg natürlich ihre gesamte Mobbing-Geschichte, damit wollte sie ihre Eltern nicht auch noch belasten. Dies zu offenbaren hätte nur zur Folge gehabt, dass insbesondere ihre Mutter noch stärkeren Kontrolldruck ausgeübt hätte und ihr Vater noch ängstlicher geworden wäre als er an sich schon war.*

*Langsam beruhigten sich ihre Eltern. Pa, wie sie ihren Vater liebevoll nannte, ließ sogar einen neuen Reifen springen. Annalisa nutzte die Gunst der Stunde und stellte ihrem Vater eine Frage, die sie seit mehr als einem Jahr beschäftigte. Auslöser war eine Schlägerei zwischen zwei Jugendlichen auf dem Schulhof gewesen, die ihr Vater aufgrund seiner bloßen physischen Präsenz spielend hätte beenden können. Stattdessen war er zurückgewichen und hatte sich wie ein Verbrecher weggestohlen, seine Tochter an der Hand mit sich zerrend wie ein Kleinkind. „Sag mal, Pa, was ich dich immer fragen wollte: weshalb bist du bei Konflikten immer so ängstlich? Das hast du doch gar nicht nötig, so ein starker großer Kerl wie du. Du weißt bestimmt, welchen Vorfall ich meine. Die Schlägerei damals, in der Schule. Ich hab mich damals sowas von geschämt für dich, echt wahr. Das war voll peinlich.“*

*Ihre Mutter blickte den Ehemann an und beide schienen eine Art wortlose Zwiesprache zu halten. „Sag's ihr, irgendwann kommt es ja doch raus“, flüsterte sie. Jonathan Eckström erhob sich, ging in die Küche und holte sich ein großes Glas Brandy. Er setzte sich auf die Couch, starrte aus dem Terrassenfenster in den Garten und schien in Gedanken eine Art Zeitreise zu beginnen. Instinktiv fühlte Annalisa, dass sie ihren Vater jetzt nicht bedrängen durfte. Es mochten fünf Minuten vergangen sein, da fing er an zu sprechen. „Du wirst dich erinnern, dass ich dir erzählt habe, dass meine Familie aus Norwegen stammt und deine Großeltern schon lange tot sind.*

*Das ist nicht die vollständige Wahrheit. Meine Mama war Norwegerin, mein Papa war ein deutscher Besatzungssoldat im zweiten Weltkrieg. Ich wurde kurz vor Kriegsende geboren und mein Vater konnte gerade noch den norwegischen Partisanen entkommen. Meine Mutter war als Nazi-Hure verschrien und wurde gemieden. Als dann noch rauskam, dass sie schwanger war, hatte sie jeden Beistand verloren. Eltern, Nachbarn, jeder mied sie und dann kam das Schlimmste: man nahm mich ihr weg und steckte mich in ein Heim für Tyskerbarne, Deutschenkinder. Die Ärzte behaupteten damals allen Ernstes, dass wir aufgrund unserer Abstammung genetisch minderwertig und von vornherein als schwachsinnig galten. An einigen von uns wurden geheime medizinische Versuche vorgenommen, viele wurden sexuell missbraucht – auch ich. Manchen Kindern, die älter waren, nahm man die Papiere weg und vernichtete sie. Das alles wurde von der Regierung Norwegens als hochgeheim eingestuft. Die Schweine haben sogar 50 Millionen D-Mark damals in den fünfziger Jahren bekommen. Das Geld sollte an uns als Wiedergutmachung ausgezahlt werden. Das gesamte Geld ist bis heute verschwunden und ist von der Regierung unterschlagen worden. Du siehst, also nicht nur Deutsche haben Rassengesetze gehabt." Er schluckte schwer, nahm einen tiefen Schluck aus dem Brandyglas und fuhr fort. „Mama hat mich dann endlich gefunden, als ich schon acht Jahre alt war. Sie hat mich dann nach Deutschland mitgenommen und nach meinem Vater gesucht. Nach zwei Jahren musste sie feststellen, dass er wohl doch in russische Gefangenschaft geraten war und nicht mehr aus Sibirien zurückgekehrt war. Aufgrund der besonderen Situation konnte sie in Deutschland bleiben und zog mich alleine groß. Während meines Studiums starb sie dann an Krebs. Ich höre heute noch ihre Worte: Joni, so rief sie mich, Joni, geh jedem Streit aus dem Weg. Schlag dich nicht, bleib still, halt dich zurück. Und wenn du so ein Mantra jahrein, jahraus hörst, dann verinnerlichst du das und es wird Teil deines Selbst. Und so ging ich jedem Streit aus dem Weg, immer den geringsten Widerstand suchend.*

*Glaub mir, ich bin nicht stolz darauf, aber jetzt bin ich auch zu alt, um mich noch zu ändern."*

***Annalisa starrte ihren Vater mit weit aufgerissenen Augen an. Einiges an seinem Verhalten schien nun klarer, nachvollziehbarer. Er war wie ein Pawlowscher Hund auf diese radikal-pazifistische Grundhaltung konditioniert. Aber mit den Jahren musste man doch erkennen, dass es Alternativen gibt. Sie suchte sich doch gerade auch so eine Alternative, zu ihrer täglichen Qual in der Schule. Der Gesang, möglicherweise sogar der Erfolg beim Casting, all das bot ihr den nötigen seelischen Ausgleich zu den Angriffen und Bösartigkeiten. Ihr Vater fuhr fort: „Ich weiß, es ist nicht deine Musik, aber die Gruppe ABBA kennst du doch bestimmt, oder? Die Dunkelhaarige, Anni-Frid, ist auch eine Tyskebarne. In den 70ern wurde unsere Leidensgeschichte daher erstmals einer breiten Öffentlichkeit bekannt. Aber heute weiß kein Mensch mehr was davon. So, jetzt hast du zumindest eine Erklärung, warum dein Vater so feige ist." Annalisa stand auf und nahm ihren Vater in den Arm, gefolgt von ihrer Mutter. So standen die drei nun vor dem großen Terrassenfenster, Arm in Arm, einander Halt gebend, eine kleine Insel, ein Schutzwall vor Gefahren. Nie zuvor in ihrem Leben hatte es einen Augenblick gegeben, in dem sie ihre Eltern so geliebt hatte, dachte Annalisa.***

## Kapitel 7

Wir saßen noch immer in der „Fuchsjagd“. Alex hatte mir bei zwei weiteren Tassen Kaffee berichtet, was sie noch über die Tote aus den Aufzeichnungen erfahren hatte. Der Vater hatte also ein mehr als schweres Schicksal zu bewältigen gehabt. Ich wollte ihn heute erstmals zu Hause aufsuchen, um mir selbst ein Bild der Wohnverhältnisse zu machen. Er war mir bei unserem ersten Zusammentreffen etwas weich und verängstigt vorgekommen und die Erklärung mochte in den Erlebnissen seiner Jugend liegen. Wir fuhren also zurück ins Polizeipräsidium, wo wir bereits von Jupp erwartet wurden.

„Na? Häddet jeschmeckt?“ Wir nickten und setzten uns zu ihm. „Was gibt’s Neues? Ist schon was von der Kriminaltechnik da?“ Jupp lehnte sich zurück. „Neues gibt es schon, etwas besonders Schönes. Wir gucken uns heute ein Häuschen an, in Volmerswerth auf der Abteihofstraße. Wir haben durch Sarahs Hilfe die eierlegende Wollmilchsau erwischt, hoffe ich. Kein Makler, zivile Miete, frisch renoviert und mit Kaufoption. Micha, deine Süße hat wirklich gezaubert. Sie hatte mir eine Mail geschickt. Einer der Landwirte dort hat ein Haus mit drei Wohnungen, also perfekt für uns. Seine Tochter war bei Sarah in Behandlung und sie hat sie wohl wieder auf die Spur gebracht. Ich vermute, ich partizipiere jetzt von seiner Dankbarkeit.“ Er prostete uns mit seinem Kaffeepott zu und nahm genüsslich einen tiefen Schluck. Nach einem zufriedenen „AAAAHhhhhhh“ fuhr er fort. „Die KTU hat auch was Schönes zu vermelden. Aber erst das Schlechte, was aber von vornherein klar war. Am Schlüsselbund aus dem Wasser war nichts, aber auch gar nichts mehr feststellbar. Da diese Zehner den jedoch erkannt hatte, ist das kein großes Problem. Mit dem Messer dauert das noch. Die Spuren haben zwar durch den Regen gelitten, aber sie meinten, es wären zwei wirklich brauchbare Fingerabdrücke dabei. Daumen und Zeigefinger. Sie wollten zuerst die gesamte Datenbank durchforsten, aber ich habe sie gebeten, sich zunächst auf die Gläser zu beschränken. Notfalls müssen wir uns einen Beschluss für einen Massengentest an der Schule besorgen, falls wir doch nicht weiterkommen. Sie haben Blut an der Bluse festgestellt, das nicht zu Annalisa gehört." Ich horchte auf. „Was? Und wo haben die das entdeckt?" Schmitz rollte zu seinem PC rüber und rief die Datei auf, die ihm die KTU zugesandt hatte. „Ich sag doch, an der Bluse, in der Mitte der Knopfleiste. Die Kleidung war extrem eingeblutet und es war mehr ein Zufall, dass einer der Techniker den Fleck untersucht hat. Die Färbung war irgendwie anders und hatte seine Aufmerksamkeit erregt."

Jupp wollte wieder zu uns herüberrollen, als wir ein deutlich vernehmbares PING hörten. „Jupp, wie oft hab ich dich schon gebeten, die akustische Benachrichtigung für deine Emaileingänge abzustellen? Das NERVT, genau wie die Scheiß-Pfeiferei bei diesem WhatsApp!" Entschuldigend zog mein Freund und Kollege die Schultern hoch, meinte „ca. 500 Mal" und öffnete seinen elektronischen Briefkasten. Er las konzentriert. Dann überzog ein geradezu sardonisches Grinsen sein Gesicht, wie beim Grinch in dem Weihnachtstrickfilm. „Wat jut, dat ich noch ens nitt op dich jehöht han. Se han nen Treffer, en „Mätsching", wie se emmer saje." Betont langsam und provozierend ließ er sich das Ergebnis ausdrucken und legte es mir vor. Die Fakten bestätigten unsere

Ahnung und die Hinweise der Befragten. Es gab eine 100%ige Übereinstimmung der Fingerabdrücke des Messers und eines der Gläser. Sie gehörten zu Ken Wolters!

„Los, einpacken, wir fahren sofort los. Ich frag unten in der Wache mal an, ob die jemand haben, der mitkommen kann. Sicher ist sicher. Komm, Alex, schnapp dir deine Tasche. Jetzt geht's los und so was wolltest du doch sicher auch mal erleben!" Sie nickte und wir nutzten die Treppe, da uns der Paternoster zu langsam war.

An der Glastür angekommen, klopfte ich lautstark gegen die Scheibe. Die diensthabende Kollegin drückte auf den Öffner und empfing uns mit den Worten: „Nun mal langsam mit den jungen Pferden. Was gibt's denn so Eiliges, Herr Kollege?" Bevor ich antworten konnte, kam ein anderer Uniformierter aus dem hinteren Büro. „Papa, hast du Zeit? Wir wollen einen Verdächtigen festnehmen. Kannst du mitkommen?" Alexandra war zwar ein wenig vorlaut und voreilig, aber warum nicht? Klaus galt als besonnen und hatte mehr als einmal eine brisante Situation mit seinem Humor und seiner Gelassenheit in den Griff bekommen. Mit der für ihn so typischen hohen, leicht hektischen Stimme fragte er: „Darf ich vorher noch meine Jacke und meinen Spannmann holen?" Huldvoll wie die englische Königin hob sie den Arm, winkte wie vor einer jubelnden Menge und sagte: „Ich gestatte es. Aber flott, wir vom KK11 warten nicht gerne!" Dann grinste sie mich von der Seite an. Ich knuffte sie mit dem Ellbogen in die Seite, war aber insgeheim von dem kleinen Schlagabtausch amüsiert. Keine Minute später standen „Stickel und Inge", eigentlich Ingo Hoffmann, vor uns und wir versorgten sie mit den Fakten. Wir machten uns auf den Weg nach Unterbach. Auf der Fahrt sah Alex aus dem

**Seitenfenster, hauchte auf die Scheibe und malte mit dem Zeigefinger irgendwelche Mandalas. Ich wand den Kopf und erkannte, dass sie geistig gar nicht bei uns im Wagen war.**

**---**

***Aus den Erinnerungen von Melanie an Annalisa:***

***Der Tag des großen Ereignisses war da. Überall in der Stadt sah man Plakate mit Hinweisen auf die neue Casting Show „B the 1- Die große Chance“ (Be the one). Den echten Fans solcher Shows war das natürlich bekannt und da ja auch immer ein paar Promis (oder solche, die sich dafür hielten) bei solchen Veranstaltungen auftauchten, kamen sie aus der ganzen Region angereist. So hatten selbst die für das Casting ausgewählten Personen ihre von Andy Warhol beschriebenen 15 Minuten Ruhm in ihrem Leben, denn für einen flüchtigen Augenblick standen auch sie im Brennpunkt des medialen Interesses. Bei den meisten, besonders den skurrilen, würde es auch dabei bleiben, das war sicher. Sie waren die Paradiesvögel, das Spiegelbild, an dem sich der Betrachter abätzen konnte, so hatte mal Melanie gespottet. Sie saß mit im Auto von Jonathan Eckström und würde ihrer Freundin natürlich beistehen. Die Mutter war zu Hause geblieben. Sie hatte gesagt, sie würde das nicht verkraften, die Anspannung usw. Annalisa war das auch recht, denn ihr wäre wenig geholfen, wenn sie sich in der Konzentrationsphase noch um ihre Mutter hätte sorgen müssen.***

***Sie parkten den Wagen unten am Rheinufer und gingen die Stufen hoch in Richtung des Haupteingangs. Überall waren Fahnen aufgespannt, es***

standen Kundenstopper mit Postern auf den Gehwegen und bereits vor der Treppe musste Annalisa die verkrampft in ihrer Hand gehaltene Zutrittsberechtigung vorweisen. Jeder Teilnehmer war berechtigt drei Personen als „persönlichen Support“ mitzunehmen. Da sie nur mit zwei Personen ankam, waren sie tatsächlich bereits auf dem Parkplatz massiv bedrängt worden, eine Person mitzunehmen. Ein Mädchen von höchstens 17 Jahren war sogar so weit gegangen, ihr T-Shirt hochzuziehen und sich Jonathan Eckstöm anzubieten, wenn sie mit rein dürfe. „Der Leo C-Ville ist doch in der Jury, der ist so toll, ich will den unbedingt kennenlernen!“ Eckström war konsterniert und wieder einmal nahm Melanie das Heft in die Hand. „Süße, no chance, claro? Und jetzt verpiss dich!“ In Annalisa kam wieder diese Mischung aus Bewunderung und Fremdschämen hoch, wenn sie ihre Freundin so in Aktion sah.

Im Foyer der Rheinterrassen wurden sie von einer Mitarbeiterin der Casting Agentur und einem Mitarbeiter von RTL begrüßt. Sie bekamen einige Hinweise, wie sie sich verhalten sollten und wie der zeitliche Ablauf vorgesehen war. Man solle aber nicht zu genau auf die Uhr sehen, das wäre eben live und damit nur bedingt planbar. Schreie im hohen Diskant unterbrachen den Vortrag. Die Jury war aus einem Nebenraum gekommen. Sie bestand aus Dieter Halcon, dem Musikproduzenten aus Düsseldorf, Leo C-Ville, dem Gewinner des Vorjahreswettbewerbs und Gina Campioni, Redakteurin bei Europas größter Jugendzeitschrift. Die Drei waren sofort umringt von Teilnehmern, die sich erhofften, schon vorab einen positiven Eindruck hinterlassen zu können. Die Security drängte sich jedoch unmittelbar dazwischen und sorgte für ein ungestörtes Durchkommen zu den auf einem Podium aufgebauten Tischen mit Mikrofonen. Ein kurzer Austausch von Blicken, ein Nicken und Dieter Halcon begrüßte die Teilnehmer. „Liebe Gewinner des Pre-Casting – (Pause) – herzlich willkommen in Düsseldorf, meiner Heimatstadt!“ Lauter Jubel, Pfiffe und

*Klatschen ertönten. Gina, Leo und ich werden uns heute mit euch beschäftigen und ihr werdet mit all eurer Liebe, eurem Herzblut und Leidenschaft uns zeigen, wozu ihr fähig seid. Im Gegensatz zu anderen Formaten werden wir euch NICHT fertig machen, aber wir werden euch ehrlich unsere Einschätzung sagen. Das habt ihr verdient und wir werden auch keine Mehrheitsentscheidung korrigieren!" Der erneute Applaus fiel etwas verhaltener aus. Sollten bereits jetzt einige mit sich hadern? Die Teilnehmer traten an einen Tisch heran und erhielten eine neue Laufnummer. Annalisa hatte die Startnummer 73 von 92 Teilnehmern. Diese hohe Zahl bedeutete eine lange Wartezeit für sie. Ein junger Mann mit einem T-Shirt der Casting Agentur führte sie in einen Cateringraum, wo sie sich mit kalten Getränken und Kaffee versorgen konnten. Jonathan saß stumm neben seiner Tochter und hielt ihre Hand, während Melanie immer wieder neue Tipps aus dem Hut zauberte und im stündlichen Rhythmus das Make-up korrigierte. Annalisa beobachtete vereinzelte andere Teilnehmer. Wie unterschiedlich sie doch mit ihrer Nervosität umgingen! Der eine quatschte ohne Punkt und Komma mit seinen Freunden, eine andere hatte sich auf den Rücken auf den Boden gelegt und machte Atemübungen. Um die Mittagszeit wurde das Casting unterbrochen und die Teilnehmer sowie die Jury konnten sich ein wenig erholen. Bis zu diesem Zeitpunkt hatte Annalisa nur wenige Ausbrüche unbändiger Freude bei den Erfolgreichen erlebt. Die weitaus größere Zahl der angehenden Künstler kam jedoch unter Tränen oder völlig niedergeschlagen durch die riesige Stahltür zurück ins Foyer.*

*Die junge Sängerin konnte nicht wissen, welches Verhalten für sie besser war: sich komplett abzuschalten mit einem Kopfhörer auf den Ohren oder aber die Reaktionen der Personen zu beobachten, die ihren Auftritt bereits hinter sich hatten. So wurde es eine Mischung aus beidem und mit jeder Stunde stieg die Anspannung. Irgendwann hielt Annalisa es nicht mehr aus und sprach einen der Organisatoren an. " Sagt mal, ich hab die Nummer 73.*

*Was glaubst Du, wann ich dran komme? Ich meine nur, weil ich gerne mal rausgehen und etwas frische Luft schnappen möchte!" Der Mitarbeiter schnappte sich ein Klemmbrett und suchte auf mehreren Ausdrucken nach ihrer Nummer." Kein Problem, wenn du nicht für 2 Stunden in die Altstadt gehen willst!" Er zeigte ihr den Zugang zur Terrasse und Annalisa bat ihren Vater und Melanie, sie allein zu lassen. Der Boden der Terrasse war trotz herumstehender Aschenbecher übersät mit ausgetretenen Kippen. Sie hatte kein Verständnis dafür. Tief sog sie die Luft in ihre Lungen und genoss dabei das ruhige Tuckern der vorbeiziehenden Frachtkähne. Sie nahm noch einen Schluck aus der Flasche mit Orangensaft und spürte plötzlich ein dumpfes Grummeln in ihrem Bauch. Oh Gott, jetzt bloß keinen Durchfall! Sie eilte zu den Toiletten und schaffte es gerade noch rechtzeitig. Sie übergab sich und musste einige Minuten auf dem Boden sitzenbleiben. Ihr Kreislauf spielte nicht mehr mit und sie sah Sterne. War sie doch zu schwach? Hatte sie sich doch überschätzt? Aber jetzt war sie schon hier angekommen, da durfte sie nicht aufgeben. EIN Mal, nur ein einziges Mal Anerkennung und Respekt für ihre Fähigkeiten oder Leistungen, von all denen, die sonst nur Spott für sie hatten. Melanie hatte immer versucht ihr klarzumachen, dass sie den gar nicht nötig habe, den Respekt von diesen Arschlöchern. Sicher, aber sie wollte doch auch nur EIN Mal dazugehören, nicht abseits stehen, nur ein einziges Mal!*

*Sie rappelte sich auf und wusch sich lange das Gesicht mit kaltem Wasser. Neben ihr stand ein Mädchen, das seine Handtasche auf dem Waschbecken abgestellt hatte und nun ein weißes Pulver auf einem Schminkspiegel verteilte. Mit einem silbernen Röhrchen zog sie sich die Line in ein Nasenloch, massierte sich mit geschlossenen Augen die Nasenflügel und atmete dann schwer durch. Ein Blick zur Seite auf Annalisa. „Ich schaff den Stress sonst nicht, willst du auch was?“ Annalisa lehnte kopfschüttelnd ab und ging dann wieder zu ihrem Vater und ihrer Freundin ins Foyer. Melanie blickte sie entsetzt an. „Was ist mit deinem Make-up passiert? Du bist weiß wie die Wand. So kannst du da nicht rein." Eine Organisatorin hatte die Situation beobachtet und näherte sich jetzt. Sie blickte auf den Aufkleber mit Annalisas Startnummer, sah auf ihr Klemmbrett und sagte: „Macht hin, maximal eine halbe Stunde bis zu deinem Auftritt!" Melanie erwiderte: „Dann Knallgas, ich krieg das hin!" Tatsächlich, zehn Minuten später war Annalisa perfekt geschminkt und ihre Blässe war verschwunden. Sie ging wieder auf die Terrasse und begann mit Atem- und Stimmübungen – dabei fiel ihr auf, dass sie tatsächlich die einzige war, die sich so auf ihren Auftritt vorbereitete. Dann sah sie ihren Vater wild mit einer Zeitung gestikulieren und eilte zurück. Ein ziemlich alter Mann erwartete sie, stark tätowiert, Halbglatze mit weißem langen Pferdeschwanz und neben dem Agentur-T-Shirt ganz in schwarzes Leder gehüllt. Er berlinerte los: „Du bist de 73, wa? Ick soll dich holen kommen. In fünf Minuten biste dran. Uffjerecht, oda? Na, mach dir nix draus, det is ooch schon den besten passiert!" Er legte väterlich den Arm um ihre Schultern und sagte noch zu Jonathan Eckström: „Mach dir keene Sorjen, ick bring se wieder, wenn allet jeschafft is!"*

---

Ken Wolters stand am Fenster des zu einer kleinen Wohnung ausgebauten Dachstuhls des elterlichen Reihenhauses. Vor beinahe 20 Jahren hatte seine Eltern hier auf der Dellestraße in Unterbach das Haus der Großeltern abgerissen und sich ein modernes Zweifamilienhaus gebaut – dem Erbe der Großeltern sei Dank. Als sich die pubertären Konflikte zwischen ihm und seinen Eltern verstärkten, was bereits im Alter von zwölf Jahren anfing, hatte sein Vater kurzentschlossen den bislang ungenutzten Dachboden ausgebaut und seinem Sprössling eine autarke Wohnung eingerichtet. Dies hatte zur Folge, dass Ken mit 13 Jahren seine Leidenschaft für das Kochen entdeckte und entwickelte. In seiner kleinen Küche hatte er mit den Gerichten begonnen, die er durch das Abgucken bei seiner Mutter bereits kannte. Die Ergebnisse hatte ihm so viel Freude bereitet und Bestätigung verschafft, dass es für ihn keine Frage war, welches Kursangebot er wählen würde, als Zusatzkurse in seiner Schule angeboten wurden. Er entschied sich für die altmodische Hauswirtschaftslehre, den Hänseleien seiner Freunde zum Trotz. Es blieb jedoch der angenehme Nebeneffekt aus, dass Ken mehr Verständnis oder Wertschätzung für die Arbeit seiner Mutter aufbrachte. Eher im Gegenteil: er nutzte jede sich bietende Gelegenheit, die Kochkünste seiner Mutter zu kritisieren und sich über sie lustig zu machen, was zur Folge hatte, dass diese regelmäßig in Tränen ausbrach und seinem Vater zuletzt die Hand ausgerutscht war. „Letzte Warnung, Ken, letzte Warnung! Noch EINMAL so eine Entgleisung und wir ziehen Konsequenzen!“ Welche das sein würden, ließ sein Vater offen. Das kümmerte den Jungen wenig, waren seine Eltern doch bislang NIE konsequent gewesen und erst recht nicht untereinander einig in der Art der Erziehung. Von frühester Jugend an war es ihm gelungen, die Elternteile gegeneinander zu seinem Vorteil auszuspielen.

Der Tag war wieder einmal richtig Scheiße gewesen. Der unangekündigte Test in Englisch war voll in die Hose gegangen und Timo, der Arsch neben ihm, hatte noch weniger Ahnung als er selbst und daher war Abschreiben unnütz. Seine Mutter hatte wieder einmal gemeckert, als er aus der Schule nach Hause kam, weil er ihr nicht seine Schmutzwäsche rausgelegt hatte. Wortlos war er an ihr vorbeigegangen, ins Dachgeschoss hochgestiegen und hatte die Tür hinter sich abgeschlossen. Sprachlos hatte seine Mutter ihm nachgeblickt und beschlossen, noch diesen Abend gemeinsam mit ihrem Mann eine Entscheidung über Kens Zukunft zu treffen.

Ken zündete sich eine Zigarette an, die er sich zuvor gedreht hatte. Mist, kein Gras mehr in seinem Geheimversteck hinter der Fußleiste in der Küche. Heute lief auch alles schief. Da sah er, wie zwei Fahrzeuge langsam die Straße hochfuhren, ein dunkelblauer BMW und ein Polizeifahrzeug. Sie hielten unmittelbar hinter der Bushaltestelle an und den Fahrzeugen entstiegen zwei Männer in Zivil mit einer Frau sowie zwei uniformierte Polizisten. Die beiden Bullen aus der Schule mit ihrer kleinen Streberschlampe! Mit gemessenen Schritten näherten sie sich dem Nachbarhaus und Ken wandte sich ab, um sein Notebook hochzufahren. Gerade bevor er sich seine Kopfhörer aufsetzten wollte, hörte er das Klingeln an der Haustür. Entsetzt sprang er auf und sah aus dem Fenster. Durch den ungünstigen Blickwinkel konnte er nicht viel erkennen, aber einer der Zivilbullen war zurückgetreten und blickte zu ihm hoch. Entsetzt schreckte er zurück. Waren die etwa hier wegen der Eckström-Fotze, dieser blöden Kuh? Was hatte er denn damit zu tun, wenn die Schlampe abgemurkst worden war? Wegen DEM bisschen Shit würden sie nicht zu fünft auftauchen. Hastig suchte er seine Papiere, sein Portemonnaie, sein Handy und seine Schlüssel zusammen und öffnete das rückwärtige Giebelfenster, das sich in seinem Bad befand. Von dort aus konnte er auf das Dach der Garage springen, in der sich sein Cross-Bike befand, ein geländetaugliches Fahrrad. Er wählte dieses Fortbewegungsmittel, da er nicht mehr ungesehen an den Schlüssel für seinen Motorroller oder den Wagen seines Vaters herankäme. Außerdem hoffte er durch die geräuschlose Flucht einen Zeitvorsprung zu gewinnen.

Mit einiger Mühe hob er das Rad über den Zaun zum Nachbargarten und durchquerte diesen. Noch ein weiterer Zaun und er würde auf der Rückseite einer Hausanlage angekommen sein, die ihm für einige hundert Meter Sichtschutz von der Straße bieten würde. SO konnte er mit Sicherheit den Polizisten entkommen.

---

Jupp und ich klingelten an der Tür des adretten Einfamilienhauses in Unterbach. Es dauerte einige Augenblicke, bis uns eine blonde Mittvierzigerin öffnete. „Ja bitte? Wenn sie uns etwas verkaufen möchten oder von einem Meinungsforschungsinstitut sind, wir haben kein Interesse!“ Damit wollte sie die Tür demonstrativ schließen, aber ich presste mit einer Hand dagegen und mit der anderen hielt ich ihr meinen Dienstausweis vor die Nase. Sie las konzentriert und fuhr dann zurück. „Kommen sie wegen meinem Mann? Ist ihm was passiert? So reden sie doch!“ Jupp setzte an: „Frau Wolters, es geht um ihren Sohn Ken und ...“ Sie schrie uns unvermittelt an: „Was wollen sie von uns? Mein Sohn hat nichts getan. Er ist ein guter Junge. Ja, ein wenig schwierig ist er, aber er würde nie etwas anstellen. Er hat ihnen doch schon alles gesagt. Ich warne sie, mein Mann hat beste Verbindungen. Der macht sie fertig, wir haben Freunde ...“ Ich wollte ihren Redeschwall unterbrechen, da hörte ich Klaus Stickelbroeck meinen Namen rufen. „Oberle, da haut einer ab!“ Der uniformierte Kollege wies mit dem Arm in Richtung Süden. Frau Wolters krallte sich an meinen Arm und versuchte mich festzuhalten.

# Kapitel 8

Sönke Hismann lag unter dem Hubschrauber Eurocopter Typ EC 155 und hatte eine Revisionsklappe geöffnet, als das Telefon klingelte. Das Telefon im Büro der Fliegerstaffel NRW, Flugeinsatzgruppe Düsseldorf, war mit einem Lautsprecher verbunden, der sich in der Wartungshalle befand. Neulinge und Nichteingeweihte zuckten jedes Mal bei dem monströsen Krach zusammen, den das Klingeln auslöste. An sich sollte der Polizeiflieger dieses Geräusch gewöhnt sein, aber dieses Mal erwischte es ihn auf dem falschen Fuß. Er schreckte hoch, rammte seine Stirn gegen die offenstehende Klappe des Schachtes und zog sich eine kleine Platzwunde zu. Fluchend und sich die Stirn haltend robbte er unter der Maschine hervor, kam stöhnend auf die Beine und rannte zum Telefon. „Hismann, Flugeinsatzgruppe?“ „Oberle, KK11, guten Tag, Herr Kollege. Habt ihr im Moment einen Hubschrauber verfügbar? Ich brauche dringend Luftunterstützung bei der Suche nach einem flüchtigen Verdächtigen. Es ist wirklich wichtig, es besteht unter Umständen Suizidgefahr!“ Hismann reagierte unmittelbar. „Der Kleine ist gerade von der Verkehrsüberwachung zurück. Wir können in sieben Minuten starten. Geben sie mir Suchkoordinaten?“ „Genaue Koordinatenhaben wir leider nicht, aber Start der Flucht war auf der Dellestraße in Unterbach, Fluchtrichtung ist Süden, Unterbacher See. Könnt ihr da überhaupt was ausrichten? Ich meine, der Wald ist doch noch ziemlich belaubt.“ Hismann wiegelte ab: „Das stellt mit der Wärmebildtechnik nur ein geringes Problem dar. Wir melden uns über Funk auf der üblichen Frequenz, sobald wir das Suchgebiet erreicht haben. Rechnen sie mit uns in ca. acht Minuten.“ Ich seufzte erleichtert auf. Es wäre nicht das erste Mal gewesen, dass ein Hubschrauber nicht verfügbar gewesen wäre und eine Anforderung eines Helis aus Dortmund, dem zweiten Standort der Fliegerstaffel, hätte viel zu lange gedauert.

Der Koordinator der Flugeinsatzgruppe hatte das Team des gerade gelandeten Hubschraubers aufgesucht und mit den erforderlichen Daten des neuen Suchauftrages ausgestattet. Der Pilot winkte jedoch direkt ab. „Sorry, Sönke, aber ich hab mich heute eh mit Mühe hergeschleppt. Irgendwie hab ich mir einen Magen-Darm-Virus eingefangen. Ich schaff's kaum noch auf den Boiler!“ Und schon eilte er in Richtung der Toiletten davon. Seufzend stimmte Hismann sich mit Copilot und Operator ab, instruierte den weiteren Kollegen, der auf der Basis blieb und schlüpfte in seine Fliegerkombi. Eine kurze Betankung als Sicherheitsreserve und schon hob das Fluggerät mit seinem typischen satten Brummen ab. Der zurückbleibende Kollege wandte sich dem EC 155 zu, der mit seiner langen Schnauze und seiner grauen neutralen Bemalung wesentlich schnittiger, aber auch bedrohlicher aussah als seine „Senioren-Kollegen“, die BK 117, deren Tage in Kürze gezählt sein würden. Glücklicherweise war man im Ministerium so einsichtig gewesen, die Piloten der Flugeinsatzgruppen NRW mit in die Erstellung eines Pflichtenheftes für die Neuanschaffung eines Hubschraubers einzubeziehen. Er wollte gerade nach seiner Tasche greifen, die Hismann ihm fürsorglich in die Halle gestellt hatte, da spürte er erneut das Grollen, das seinen Bauch zu zerreißen schien. Gleich einem Pinguin watschelte er erneut in Richtung Sanitäranlagen.

---

Jupp und ich wollten uns gerade auf den Weg machen, als wir von einer Frau aus dem Nachbarhaus der Familie Wolters angesprochen wurden. „Ich will mich ja nicht einmischen, aber ich weiß, dass Ken und seine nichtsnutzigen Freunde oft am Zameksee wild gezeltet haben. Vielleicht hilft ihnen das ja weiter.“ Ich dankte der Frau und bat die beiden uniformierten Kollegen, über die Rothenbergstraße zum Unterbacher See zu fahren und dort das Gelände abzusuchen bzw. Passanten zu befragen. Jupp und ich würden über Hilden und Hassels nach Eller fahren, um uns von dort direkt dem Zameksee zu nähern. Ich zog auch in Erwägung, die Diensthundestaffel anzufordern, aber Jupp meinte, wir sollten erst mal den Heli abwarten. Die Hunde wären in der Lage, auch ein paar Stunden alte Spuren sicher aufzuspüren. Ich rannte nochmals zum Haus der Familie Wolters und klingelte die verängstigte Mutter hinaus. „Frau Wolters, schnell, ich brauche ein Kleidungsstück ihres Sohnes.“ Die arme Frau war noch so geschockt, dass sie mir wortlos eine Jacke von der Garderobe reichte. Ich ergriff sie, nachdem ich mir einen Einmalhandschuh übergezogen hatte. Jupp saß bereits am Steuer und jagte mit Blaulicht und Sirene los, während ich die Jacke in einem großen Asservatenbeutel verstaute. Die Streifenkollegen waren bereits unterwegs. Ich gab die Infos der neuen Suchlage per Funk an den inzwischen gestarteten Hubschrauber durch.

Wir fuhren Richtung Hilden und bogen auf die Westtangente ab. Sicher, die Autobahn wäre logischer gewesen, aber seit der Nerv tötenden Baustelle an der Ausfahrt Eller war hier in Fahrtrichtung Düsseldorf nur in den Nachtstunden kein Stau. Wir kamen erstaunlich gut durch und waren bereits nach 8 Minuten auf der Brücke, die die A46 bei Eller überquerte. Ab jetzt mussten wir leider etwas verhaltener fahren, da dieses Gebiet nur sehr enge Straßen hatte und wir ständig mit Kindern oder Reitern aufgrund des nahegelegenen Gestüts rechnen mussten. Zum Glück kannte ich eine gute Zufahrt zum See von den vielen Spaziergängen mit Sarah - Sarah, da war es wieder. Die Sorge, die Nervosität um meine Lebensgefährtin. Der Tag der Operation rückte immer näher und mir gelang es kaum noch, meine Anspannung vor ihr zu verbergen. Jupp räusperte sich und blickte mich fragend an. „Nach links, Hasseler Richtweg.“ Wir parkten auf der schmalen Straße direkt vor den Kleingärten und rannten mit unseren Handfunkgeräten ausgestattet über einen Trampelpfad zum See. Wir hatten die stille Hoffnung, dass Ken hier irgendwo aus einem der zahlreichen Waldwege auftauchen würde.

---

Wie von Furien gehetzt - dieser Ausdruck kam Ken in den Sinn, als er mit seinem Rad über die Spazierwege rund um den Unterbacher See raste. So zumindest fühlte er sich - damals, als sie im Lateinunterricht Homer lesen mussten und er diese Phrase das erste Mal gehört hatte, konnte er nichts damit anfangen. Er hatte mehrmals knapp Fußgänger, Hundebesitzer oder Mütter mit Kinderwagen umkurvt und sich deren Unmut zugezogen. „Rüpel“ war da noch der mildeste Kommentar, der ihm nachgebrüllt wurde. Seine Kleidung war inzwischen vom aufspritzenden Matsch völlig versaut und seine Lunge brannte vor Gier nach Sauerstoff. Er hatte sich immer für fit gehalten, merkte jetzt aber, wie schnell er an seine Grenzen gekommen war. Ständig wandte er seinen Blick nach hinten, um eventuelle Verfolger im Blick zu behalten. Die Ratio in ihm sagte ihm zwar, dass keiner der Polizisten ihn zu Fuß hätte verfolgen können, aber die Panik unterdrückte jede sachliche Überlegung. Noch schnell ein Blick über die Schulter und dann - als er sich nach vorne wendete, war es schon zu spät. Eine Joggerin hatte eine dänische Dogge an einer breiten ledernen Schleppleine und das Drecksbiest musste jetzt natürlich den Kackehaufen untersuchen, den irgendeine andere Töle am Wegesrand hinterlassen hatte. Dieses lederne

Band wirkte nun wie ein Fallstrick, in den Ken hineinraste. Er selbst machte einen Salto vorwärts über den Lenker und kam mit einem Krachen auf dem Rücken auf, zu seinem Glück in einem durch Wind und Wetter angesammelten Laubhaufen. Die Frau und ihr Hund waren geradezu slapstickreif von den Beinen gerissen worden und purzelten nun in entgegen gesetzten Richtungen durch das herbstliche Gestrüpp. Das große Tier jaulte und jammerte wie ein Welpe und die Besitzerin rang nach Luft. Ken rappelte sich mühsam hoch, besah sich sein Fahrrad und sprang wieder in den Sattel. Die wütenden Rufe der verletzten Frau verhallten hinter ihm, während er seinen Weg in Richtung Süden fortsetzte. Niemand konnte von seinem Versteck aus Kindertagen wissen und seine Freunde würden ihn sicher nicht verraten. Schon mit 13 Jahren hatten sie damals den verlassenen Fuchsbau gefunden und gemeinsam mit Hacke, Schaufel und alten Brettern ausgebaut und abgesichert. Hier hatten sie die erste Zigarette geraucht, das erste Bier getrunken und sich das erste pornografische Magazin angesehen, das Ken seinem Vater aus dem Schreibtisch geklaut hatte. Er war zwar seit einem Jahr nicht mehr dort gewesen, aber er war sicher, dass er den Unterschlupf noch immer für ein paar Stunden nutzen konnte. Und in der Dunkelheit würde es ihm schon gelingen, durch die Maschen der Polizei zu schlüpfen.

Wenige Minuten später hatte er den Fuchsbau erreicht. Zu seinem Glück war tatsächlich alles noch immer so, wie er es zuletzt zurückgelassen hatte. Das Versteck war einige hundert Meter von der letzten befestigten Straße, dem Kleinen Torfbruch, entfernt im Wald gelegen und der Zugang war gut mit Erde und Totholz getarnt. Ken räumte den Zugang frei, entzündete eine Petroleumlampe (diese war dort von den Mitgliedern seiner „Gang“ deponiert worden, falls jemand mal seine Taschenlampe vergessen hatte) und kroch hinein, nachdem er sein Rad unter einem Reisighaufen versteckt hatte. Komisch, es war doch erst ein gutes Jahr her seit seinem letzten

Besuch, und doch kam ihm der Raum so unsagbar klein vor, dass er sich gar nicht mehr vorstellen konnte, wie sie hier als Kinder zu viert gehockt hatten. Er kaschierte von innen den Zugang mit Totholz und streckte sich so gut es ging auf der alten Isomatte aus, die das einzige luxuriöse Mobiliar darstellte. Er lehnte sich zurück, zündete sich eine Zigarette an und betrachtete die Decke der Höhle, die ebenso wie die Wände gründlich mit Holzstempeln abgestützt war. Die zuckende Flamme der Petroleumlampe zeichnete Schattenspiele an Wand und Decke und nun kehrte die Erschöpfung ein, die das Adrenalin bislang unterdrückt hatte. Nach wenigen Minuten war Ken eingeschlafen.

---

„Gottverdammter Eller Forst, wer ist nur auf die bekackte Idee gekommen, HIER einen Cache zu deponieren?“ Sören Dirksen fluchte und hielt sein GPS-Gerät hoch über seinen Kopf. Seit mehr als zwei Stunden waren er und seine beiden Mitstreiter unterwegs. Auf der Homepage „my-cache-nrw.de“ hatten sie nach interessanten Standorten und Bewertungen von anderen sogenannten Geo-Cachern gesucht. Nach kurzer Beratung hatte man sich für den Cache mit den Koordinaten 51°12'02.8"N 6°52'33.5"E entschieden und war mit einem PKW in Hattingen aufgebrochen.

Bei dieser modernen Form der Schnitzeljagd machen sich Menschen anhand von GPS-Daten auf die Suche nach versteckten Fundstücken, bei denen es sich in der Regel um Behältnisse unterschiedlichster Größe handelt. In diesen Behältern befinden sich je nach Größe kleine Geschenke für den nächsten Finder sowie eine Art Logbuch, in das sich die jeweiligen

Finder mit persönlichen Daten und Anmerkungen eintragen. Was sich aufgrund modernster Satellitentechnik so einfach anhört, ist in Realität oftmals eine echte Herausforderung, da sich die „Caches“ in unwegsamem Gelände befinden können und die Positionsdaten nicht immer auf den Zentimeter genau sein können. Eine Suche „von Hand“ vor Ort ist also immer notwendig und macht mit den Reiz des Ganzen aus.

Sören und seine Kumpels Fatih und Daniel hatten speziell dieses Objekt ausgewählt, da es sich um einen „Multi-Cache“ handelte. Dabei musste man mehrere Orte mit Hinweisen finden, die dann erst zum eigentlichen Hauptziel führten. Sie hatten alle Punkte gefunden, aber jetzt, zum Ende der Suche, schien sie das Glück verlassen zu haben. In der Anfangsphase des Geocachings war es verpönt gewesen, die Objekte zu vergraben. Diese Regel war mittlerweile deutlich aufgeweicht, was das Auffinden noch mehr erschwerte. So stapften die drei, bewaffnet mit Klappspaten, Rucksack und Taschenlampen, durch den Eller Forst und strapazierten die Batterien ihrer GPS-Geräte. „Fatih, hast du noch was zu trinken übrig? Mein Wasser ist alle!“ Der Angesprochene öffnete seinen Rucksack und warf seinem Freund Daniel eine Flasche zu. „Das Kackding MUSS doch hier sein, das gibt’s doch gar nicht. Auf der Homepage war doch genau beschrieben, dass man im Wald suchen müsse und dass sich der Fund lohnen würde.“ Sören stapfte wütend mit den Füßen auf.

In diesem Augenblick geschahen mehrere Dinge gleichzeitig. Sören sank mit dem Fuß in den weichen Waldboden ein, stürzte nach vorne und dann gab der Boden komplett unter ihm nach. Er sank komplett ein und seine

Freunde starrten einige Sekunden ungläubig auf den Krater, aus dessen Tiefe ein herzhaftes und lautstarkes „SCHEISSE“ ertönte. Nach den Schrecksekunden mühten sie sich auf die Beine und rannten zu der Grube, um ihrem Freund zu helfen. Sören befand sich in einem gut zwei Meter tiefen Loch, welches sich an der Seite zu einer Art Höhle erweiterte. Rund um ihn lagen Trümmer vermoderter Schalbretter und Holzlatten und im Dunkel der Grube nahmen die drei „Schnitzeljäger“ einen hellen Schimmer wahr. Daniel und Fatih kletterten in die Grube hinab. Lag dort ein Mensch? Hatten sie eine Leiche entdeckt? Nein, eine Gestalt bewegte sich, stand mühsam auf und wischte sich Erde und Reisig von der Kleidung. Die Erscheinung blickte ihre Gegenüber mit weit aufgerissenen, leicht irren Augen an und stürmte auf sie zu. Mit wuchtigen Armbewegungen stieß der junge Kerl die drei Männer beiseite und kletterte mit Mühe aus dem Loch hervor, da der Untergrund unter seinen Kletterversuchen immer wieder nachgab. Schlussendlich gelang es ihm aber und er rannte zu einem Reisighaufen, aus dem er ein Fahrrad hervorzog und mit diesem verschwand.

Sören, Fatih und Daniel mühten sich ebenfalls aus dem Loch und blickten sich verwundert gegenseitig an. „Was war das denn für ein Irrer? Welch ein Arschloch. Hat der da unten gelebt, der Penner? Ich hätte mir das Genick brechen können!“ Sören rieb sich fluchend den schmerzenden Rücken und wühlte in seiner Jacke nach seinem Handy. „Brauchst du einen Arzt? Sollen wir einen Krankenwagen rufen?“ Daniel blickte den Freund besorgt an. „Nee, danke, so heavy ist es nicht. Aber ich ruf die Bullen an, der Typ hat bestimmt Dreck am Stecken!“ Er wählte die 110 und schilderte den Vorfall so genau wie möglich. Anhand ihrer Ausrüstung konnten sie der Polizei die genauen GPS Koordinaten des Vorfalls angeben.

---

Manchmal durfte man auch mal Glück haben, so auch in diesem Fall. Wir hatten über die üblichen Kanäle die laufenden Infos aus dem Präsidium erhalten und von dem Zwischenfall im Eller Forst erfahren. Jupp gab diese Info inklusive der Koordinaten an den Hubschrauber durch, der sofort bestätigte und seinen Suchradius veränderte. Wir konnten nun, am Rande des Zamek-Sees stehend, deutlich die Rotorengeräusche hören. Mein Kollege hielt nun ständig Kontakt zum Helikopter, der die Region mit Hilfe der Wärmebildkamera absuchte. Eine Zwischenmeldung von Hismann ergab, dass sie zwar diverse Personen auf den Waldwegen ausgemacht hätten, unser Gesuchter aber nicht unter diesen sein konnte. Es waren meist Jogger oder Spaziergänger mit Hunden. Irgendwann würde ich mir mal einen Flug mit den Kollegen schnorren müssen, damit ich selbst mal sehen konnte, wie solche Wärmebilder aussehen. Alex sah uns fasziniert zu.

Jetzt hörten wir das satte, aber bedrohliche Blubbern des Hubschraubers. Die Baumkronen bogen sich an den Stellen, über denen das Fluggerät ruhig schwebte, vermutlich weil sie einen Fund genauer untersuchen wollten. Dann meldete sich Hismann über Funk: „Wärmebildabtastung positiv, er müsste gleich am See rauskommen!“ Was dann in der Folge geschah, lief mit einer derartigen Rasanz ab, dass wir uns im Nachhinein gegenseitig unsere Eindrücke erzählen mussten, um den Hergang genau zu rekonstruieren:

Über den See schallte auf einmal ein Ruf, der so ähnlich wie „Pass auf du Arschloch“ klang. Wildes Hundegekläffe folgte und dann sahen wir am gegenüberliegenden Ufer aus einer Schneise einen Menschen auf einem

Fahrrad hervorbrechen. Mit irrer Hast strampelte er sich ab, dabei den Kopf immer wieder wendend und in die Höhe nach dem Hubschrauber blickend. Dieses ständige Umdrehen machte seinen rasanten Fahrstil noch unsicherer, mit dem er vermutlich bereits im Wald Passanten gefährdet hatte. Wolters, denn um niemand anders konnte es sich handeln, tauchte immer wieder auf den Lichtungen des an sich von großen Bäumen dicht bewachsenen uns gegenüber liegenden Ufers auf. Und dann geschah das Unvermeidliche! An einer Stelle, an der die Böschung mindestens drei Meter über dem Wasserspiegel lag, verlor er die Kontrolle und raste über die Böschung hinaus in den See. Mindestens fünf Meter weit flog er über das Gewässer, bis er endlich mit einem lauten Platschen ins Wasser stürzte. Das Rad ging sofort unter, die Person jedoch trieb an der Wasseroberfläche – mit dem Gesicht nach unten. Höchste Eile war geboten, denn es bestand Ertrinkungsgefahr. Ich signalisierte mit beiden Armen hinauf zu Hismann, der über der Unfallstelle schwebte. Dieser hob zum Zeichen des Verständnisses den Daumen und brachte den Helikopter, den wir unter uns nur die Hummel nannten, runter. Ich sah, wie er kurze Zwiesprache mit seinem Co-Piloten hielt und dann den Kopf nach hinten wandte. „Was quatschen die denn da? Der Junge säuft uns noch ab. Ich bin doch niemals rechtzeitig schwimmend bei ihm.“ Trotzdem begann ich mich meiner Schuhe zu entledigen, als Jupp mich dabei zurückhielt. Und nun sah ich zum ersten Mal, wozu ein echter Profi mit seinem Gerät fähig war. Hismann steuerte den Heli direkt über den Verunfallten. Die Rotoren verursachten heftigste Wellenbewegungen. Dann öffnete sich die seitliche Schiebetür des Gefährts. Ich nahm an, jetzt würde jemand aus der Maschine springen, aber wer? Beide Piloten saßen noch immer im Cockpit, so viel konnte ich sehen. Scheinbar war aber noch ein dritter Mann an Bord. Dieser hatte sich jetzt mit einem Gurt an einer Öse an der Außenseite des Hubschraubers gesichert und kniete nun auf einer der Kufen. Hismann senkte die Maschine nun ganz auf das Wasser herab. Von unserem Standort wirkte es, als würde er mit der

Kufe Ken Wolters ins Wasser drücken. Aber weit gefehlt! Die Kufe tauchte neben dem Körper ins Wasser, der dritte Mann ergriff einen Arm des Jungen, fixierte ihn damit an der Kufe und sprach dann etwas in sein Helmmikrofon. Im gleichen Augenblick machte der Hubschrauber einen Satz nach vorne und raste mit wahnsinniger Geschwindigkeit auf das südliche Ufer des Sees zu, an dem sich ein kleiner Sandstrand befand. Die Fläche dort war zu klein, um das Riesengefährt zu landen. Daher ließ der Retter den Körper los, sprang aus dem knapp über der Wasseroberfläche schwebenden Heli in das hier knietiefe Wasser und zog den Bewusstlosen an Land. Während ich zusammen mit Alex in Richtung des Strandes loshumpelte, forderte Jupp über die Leitstelle einen Notarzt an. Dann folgte er uns.

Als wir bei dem Verletzten anlangten, hatte der Mann der Fliegerstaffel bereits die Kleidung von Wolters geöffnet und überprüfte die Vitalzeichen. Er rief mir zu: „Keine Atmung, kein Puls!" Ich nickte, kam schwerfällig auf die Knie und begann mit der Herzdruckmassage, während der Kollege nach meinem 30maligen Pumpen zwei Mal eine Atemspende gab. Alex und Jupp hatten ihre Jacken ausgezogen. Damit bedeckten sie zunächst den Unterkörper des Jungen. Mit erschien es unendlich lange, aber es waren wohl erst drei Minuten seit Beginn der Maßnahmen vergangen. Ich jedenfalls schwitzte schon wie ein Tier und ließ mich von Jupp ablösen. Da zuckte Wolters ein Mal, hustete und erbrach eine erhebliche Menge Wasser und sonstigen Mageninhalt. Wir atmeten auf, sprachen ihn an und er reagierte. Er kannte seinen Namen und meinte auch, dass ihm nichts fehle, nur sein Kopf täte weh und ihm sei schwindelig. Kein Wunder, denn jetzt fand ich die Ruhe, ihn näher zu betrachten und sah die große Kopfplatzwunde auf seiner Stirn. Sein linker Arm stand in einem etwas ungewöhnlichen Winkel ab und als der Mann aus dem Hubschrauber ihn dort leicht berührte, schrie Wolters auf. „Vermutlich ausgerenkte Schulter, möglicherweise beim

Bergungsversuch passiert. Hoffentlich kommt bald der Arzt. Übrigens, Welke, Operator der Hummel.“ Damit reichte er mir die Hand. Und endlich vernahmen wir das erlösende Sirenenheulen des Rettungswagens. Alex lief zurück zu dem Durchgang des Waldes, um die Sanitäter und den Arzt zu lotsen. Erstaunlicherweise waren keine Schaulustigen am Ufer eingetroffen. Lediglich von der gegenüberliegenden Seeseite sah man das Aufblitzen der Linsen von Ferngläsern. Ich wusste, dort befand sich das Vereinsheim eines Angelclubs.

Im Eilschritt näherten sich die Rettungskräfte und übernahmen die Versorgung des mittlerweile wieder bewusstlosen Ken Wolters. Um den Schaden für Wolters möglichst gering zu halten, verabreichte der Notarzt eine Spritze mit Schmerzmittel und renkte die Schulter ein. Trotz des Medikaments schrie der Junge auf und wurde sofort wieder bewusstlos. Dies nutzten die Sanitäter aus und legten ihm einen provisorischen Verband an, der das Gelenk fixierte. Der Zustand des Weges und des Verletzten ließ einen Transport mit der klappbaren Rädertrage zu. So zogen wir ab, neugierig beäugt von einem Dutzend Stockenten.

Wolters wurde in die Universitätsklinik gebracht, da man dort die meiste Erfahrung mit Fällen von Beinahe-Ertrinken hatte. Das Problem war, so hatte mir der Notarzt auf der Fahrt erklärt, dass es oftmals noch nach Stunden zu Folgeerscheinungen kommen konnte, wie Herz- oder Atemstillstand. Jupp war mit Alex in unserem Wagen nachgefahren und ich saß nun mit den beiden nun im Wartebereich der Station. Man wollte uns Bescheid geben, wenn Wolters vernehmungsfähig wäre.

Eine halbe Stunde später traf ein uniformierter Kollege ein, der nach unserem Weggang die Überwachung des Verdächtigen übernehmen würde. Nach seinem letzten Versuch zu entkommen, der zum Unfall geführt hatte, bestand Fluchtgefahr. Dies sah der diensthabende Staatsanwalt Neumann genauso und beantragte aufgrund der Sachlage einen vorläufigen Haftbefehl gegen Ken Wolters.

Wir sahen den Stationsarzt den Gang entlangkommen und sprachen ihn an. „Tut mir leid, der Patient ist von mir mit einem schweren Beruhigungsmittel versorgt worden. Er hat eine leichte Gehirnerschütterung und eine Kopfplatzwunde sowie links eine Schulterluxation. Nichts Lebensbedrohliches, aber die Nahtod-Erfahrung ist ein Schock, von dem man sich erst mal erholen muss." Welch eine Weisheit! Ich hatte selbst einige Wochen im Koma gelegen und war schon mal auf „der anderen Seite" gewesen. Mir war das also bestens vertraut. Naja, aber woher sollte der Weißkittel das auch wissen? „Sie können ihn aber sicher morgen befragen." Ein Lichtblick! „Sollen wir dich zum Bahnhof bringen oder fährst du mit deinem Vater?", bot ich Alex an. Sie bat: „Kann ich heute nochmal in Sarahs Apartment schlafen? Ich bin jetzt viel zu aufgedreht und möchte wissen, wie es weitergeht." Ich telefonierte mit meiner Freundin und dem Vorhaben stand nichts im Wege.

# Kapitel 9

Wir waren auf dem Weg zum Jürgensplatz ins Präsidium. Dort wurden wir bereits erwartet. Seit mehreren Stunden saß Jonathan Eckström mit seiner Frau auf unseren Besucherstühlen. Wir baten die beiden herein und boten ihnen Platz an. Eckström zog aus seiner Jacke eine Brieftasche heraus und entnahm ihr einige Fotos. Diese legte er vor uns hin. „Sehen sie sich bitte diese Bilder an. Wer bringt so einen Menschen um? Sie war so lieb und wehrlos. Das kann doch nicht wahr sein. Ich begreife das einfach nicht." Er knackte nervös mit den Knöcheln seiner Finger. Seine Frau hingegen öffnete und schloss unentwegt den Reißverschluss ihrer Handtasche, um ihr nichtige Dinge zu entnehmen und gleich danach wieder dort zu verstauen.

„Herr Eckström, sie haben mir doch schon einige Bilder von Annalisa gezeigt. Ich habe verstanden, was sie mir sagen wollen. Wir können ihnen aber noch nichts zum Stand der Ermittlungen sagen. Bitte haben sie Verständnis dafür. Aber ich mache ihnen einen Vorschlag. Ich würde mir gerne noch einmal das Zimmer ihrer Tochter ansehen. Kann ich sie vielleicht direkt begleiten?" Bevor Herr Eckström etwas erwidern konnte, begann seine Frau zu sprechen: „Ich bin nicht sicher, ob Annalisa das recht wäre. Sie hat noch nicht aufgeräumt und heute ist noch Chorprobe. Vielleicht kommen sie lieber etwas später, wenn sie dann da ist." Wir blickten die Frau entgeistert an. „Liebes, unser Schatz ist tot, das weißt du doch. Du darfst dich jetzt nicht aufregen. Bitte beruhige ..." Er versuchte den Arm um ihre Schultern zu legen, doch sie sprang auf. „Wo ist mein Kind? Bringen sie mich zu ihr! Ich will sie sofort sehen!" Sie begann zu stammeln, zu krampfen und sank dann zuckend zu Boden. Auf ihren Lippen bildeten sich leichte Schaumbläschen. Der Anfall ebbte bereits nach einer guten Minute ab und Frau Eckström schien bewusstlos zu sein. Ich hatte den Sanitätsdienst gerufen, der auch unmittelbar erschien und die Erstversorgung übernahm. Wieder riefen wir einen Krankenwagen und die Mutter des Mordopfers wurde ins EVK nach Bilk gebracht. Eckström wollte seine Frau dieses Mal nicht begleiten. „Ich kann das nicht schon wieder. Das ist jetzt der zweite Anfall seit ihrem Besuch bei uns. Aber so schlimm waren sie noch nie zuvor. Meine Frau leidet an Petit-Mal-Epilepsie und ist an sich gut eingestellt. Aber dieser Schock hat alles über den Haufen geworfen. Sie wird dort sicher gut versorgt, ich fahre nachher zu ihr. Ich ertrage das einfach nicht mehr. Ich muss irgendwas tun, was hilft, diesen Schmerz zu überwinden. Kommen sie, Herr Kommissar, wir fahren zu uns und ich zeige ihnen das Zimmer." Ich bat ihn vor dem Büro Platz zu nehmen. „Wie wollen wir vorgehen?", fragte ich Jupp. „Du warst ja noch nicht in dem Haus. Du solltest es dir ansehen. Vielleicht kann ja auch Neumann mitkommen." Ich nickte und informierte den Staatsanwalt. Wir wollten uns direkt in Urdenbach treffen.

Bevor wir uns für diesen Tag trennten, schaute Jupp noch einmal in seinen PC. Die Kriminaltechnik hatte erste Informationen zu den PC's von Larissa Zehner und Torben Bäcker. Nach einer Ebene-1-Analyse waren beide sicherlich an den Schmähungen im Internet beteiligt gewesen. Über Geschmack ließ sich ja bekanntlich streiten, aber sie hatten zumindest keine Morddrohungen ausgestoßen oder manipuliertes Bild- und Filmmaterial eingestellt. Wir würden uns also weiter auf Wolters als mutmaßlichen Täter konzentrieren.

Wir fanden nur in weiter Entfernung von der Gänsestraße einen Parkplatz. Eckström hatte eine Garage und war bereits mit Staatsanwalt Neumann ins Gespräch vertieft, als Alex und ich eintrafen. „Bitte kommen sie nach oben,

Herr Kommissar. Sie auch, Frau – äh, wie war doch bitte ihr Name?" „Stickelbroeck, Alexandra Stickelbroeck!" „Also dann, meine Herren, Frau Stickelbroeck, ich darf vorangehen?" Er stieg die Treppe hoch und ich sah, wie schwer es ihm fiel. Ob es allerdings an seinem Alter oder seiner seelischen Verfassung lag, war mir nicht klar.

Das Zimmer des Mädchens, oder besser der jungen Frau, wirkte auf mich sehr ordentlich, aber diesen Eindruck hatte schon der Bericht von Jupp seit dessen Besuch vermittelt. Ich setzte mich auf den Stuhl am Schreibtisch und blickte aus dem Fenster in der Dachgaube. Von hier aus hatte sie Ausblick auf den schmalen langen Garten hinter dem Haus gehabt. Im Frühjahr konnte sie die Kirschblüte in Nachbars Garten sehen, im Herbst reichte der Blick bis zu den Urdenbacher Kämpen. Wenn ich mich hinstellte, konnte ich sogar den Parkplatz erahnen, an dem mein Stammrestaurant EXTRATOUR lag. Ich ging zum Bücherregal und blätterte wahllos in einzelnen Bänden. Staatsanwalt Neumann war mittlerweile mit Eckström wieder nach unten gegangen und unterhielt sich mit ihm.

Alex war wie ich das erste Mal in diesem Raum. „Seltsam", meinte sie, „ich stehe im Zimmer eines Mordopfers und ich empfinde so gar nichts. Ist das schlimm, Michael? Habe ich nicht genug Feingefühl für den Job?" Ich zögerte: „Das ist der falsche Ausdruck. Ich glaube eher, du bist in diesem Fall fast zu emotional eingebunden, aber das ist kein Wunder. Die Tote war in deinem Alter. Und jetzt, hier im Raum, ist der Eindruck erst einmal nur fremd und verwirrend für dich. Ganz normal, das gibt sich mit den Jahren der Berufserfahrung. Schau dich um und sag mir, was dir auffällt."

Ich ließ Alex Zeit, um die Eindrücke zu vertiefen. Dann begann sie: „Ich sehe hier keine Poster oder Fanartikel. Ich halte das für untypisch. Normalerweise haben Leute in meinem Alter irgendeinen Tick, Sänger, Sportler,

Schauspieler. Aber das fehlt hier völlig. Es wirkt wie das Zimmer einer Frau, die bestimmt zehn Jahre älter ist." Ich nickte. „Auch wenn ich ein alter Sack bin, genau das habe ich auch bemerkt. Deshalb habe ich auch die Bücher durchgeblättert. Schau mal, was ich gefunden habe." Damit reichte ich ihr ein DINA-4 Heft mit Noten und Liedtexten des Musicals „Les Misérables". Ich hatte das Musical selbst vor vielen Jahren in Duisburg gesehen, als es damals in der Stadt ein eigens für das Stück gebautes Theater gegeben hatte. Aus reiner Neugier und weil ich diese Musik liebte, hatte ich auch dieses Heft ergriffen und darin geblättert. „Schau mal bei dem Lied „Nur für mich" nach – das Lied einer verzweifelt Liebenden, deren Liebe jedoch nie erwidert wird!" Alex tat es und sog dann die Luft scharf durch die Zähne ein. „DAS gibt's doch nicht. Das kann doch jetzt nicht wahr sein", sagte sie und starrte auf ein Foto von –Ken Wolters.

„Er war also ihre heimliche Liebe. Und ebenso genau der Kerl, der sie einfach fertig gemacht hatte und zu ihrem Mörder wurde. Welch eine Ironie des Schicksals. Jetzt ist die Sache doch klar, oder? Sagst du es jetzt dem Vater?" Ich schüttelte den Kopf. „Nichts ist zum jetzigen Zeitpunkt klar. Das Beste wäre ein Geständnis, aber bei diesem Früchtchen rechne ich nicht damit. Wir haben bislang nur Indizien, sehr starke, aber eben nur Indizien."

Wir gingen hinab und ich nahm den Juristen beiseite, während Alex das Gespräch mit Eckström suchte. „Sie sind doch in etwa in Annalisas Alter. Warum tut jemand sowas? Können sie mir das sagen? Ich verstehe es einfach nicht!" Alexandra stand hilf- und ratlos vor dem zitternden Mann, dessen Augen sich mit Tränen füllten. „Herr Eckström, wir würden gerne dieses Notenheft mitnehmen. Ist das in Ordnung?" Er nickte mir zu und dann verabschiedeten wir uns mit dem Versprechen ihn zu informieren, sobald es etwas Neues gäbe.

„Schicht für heute, meine Liebe! Mir reicht's, ich bring dich jetzt zu Sarah. Du hast noch den Schlüssel für die Wohnung, meinte sie.“ Alex wühlte in ihrem Rucksack. „Stimmt, sorry, hab ich glatt vergessen zurückzugeben. Welcher Bus fährt da hin?“ „Quatsch, ich fahr dich. Dann kann ich mit Sarah noch ein Glas Wein trinken.“ Sie sah mich schief von der Seite an und grinste. „Oder mehr!“ Dieses kleine Miststück! Wir waren in der vergangenen Nacht wohl etwas zu laut gewesen oder eines der Fenster musste offen gestanden haben. Ich ging auf den Kommentar nicht ein und wir verabschiedeten uns an Sarahs Wohnungstür.

Sarah begrüßte mich mit einem langen Kuss. Wir vermieden heute schwierige Gespräche, hockten uns mit einer Riesenpackung Eis auf die Couch und kuschelten uns aneinander. Im Fernsehen lief wieder einmal „Schlaflos in Seattle“, bei dem Sarah regelmäßig heulen musste. Wie sehr ich sie in diesen gefühlvollen Augenblicken liebte!

Als wir ins Bett gingen, hörten wir aus dem Apartment über uns Musik. Alex war wohl noch wach und entspannte sich bei den Klängen von Andreas Bourani und Adel Tawil.

---

*Aus den Erinnerungen von Melanie an Annalisa:*

*Der Mann, Simon wurde er genannt, öffnete ihr die schwere Stahltüre. Dahinter befand sich aber noch nicht der Saal mit den Juroren, sondern eine Art Hinterbühne, mit Paletten, Stühlen und einer Art Schnürboden. Verwirrt blickte sie sich um. Simon bemerkte das und erklärte: „Det is der Raum der Ruhe, so nenn ick den. Hier hol ick die Leute imma kurz vorm Auftritt rein, damit se sich beruhijen und noch üben könn. Mach ruhich, wat dir jut tut. Ick stör dich nich!“*

*Die Ruhe dauerte noch vier Minuten. Dann leuchtete eine rote Birne neben einer Tür auf und Simon öffnete sie. Annalisa trat in den großen Saal ein, dessen Seitenwand komplett verglast war und den Blick auf den Rhein und das gegenüberliegende Oberkasseler Ufer freigab. Sie ging entlang einer Reihe von Personen, deren Funktion ihr unklar war. Eine legte ihr ein Headset und einen Sender an. Die Kamera- und Tonleute nahm sie gar nicht bewusst wahr. An drei Tischen saßen die Juroren nebeneinander, Gina in der Mitte. Sie war es auch, die Annalisa freundlich bat näher zu treten. „Du hast dir aber ein ungewöhnliches Stück ausgesucht, Summertime ist irre schwer. Aber du bist ja im Chor, da hast du schon Erfahrung. Dann leg mal los.“ Woher wusste die das? Wie konnte das sein? Ach ja, der Fragebogen beim Pre-Casting. Also tief durchatmen und – wie war noch mal der Text? DAS KONNTE DOCH JETZT NICHT WAHR SEIN! Der Text war weg. Sie sang das Lied jetzt seit beinahe zwei Jahren und nie hatte es gehakt. Aber jetzt, wo es darauf ankam, stak sie fest. Sie wurde rot, dann bleich, zitterte und – Dieter Halcon erhob sich und kam mit einem Glas Wasser zu ihr. „Trink mal nen Schluck. Das war bei meinen Jungs auch so, als sie am Konservatorium vorspielen mussten.“ Er legte ihr beruhigend die Hand auf die Schulter und lächelte sie an. Der kleine Mann mit stoppelig geschnittenen weißblonden Haar, kaum größer als sie, strahlte solche Ruhe und Zuversicht aus, dass sie sofort runterkam. Zum Glück, denn der neue Star am Pop-Himmel, der sich Leo C-Ville nannte, fing an zu drängeln: „Wird das heute noch mal was? Die anderen da draußen warten auch auf ihre Chance.“ Er war genervt, hatte heute zum gefühlten 100. Mal „Dark Horse“ von Kate Perry gehört – eines schlechter als das andere – und hatte Unterzucker. Er schnippte nach einem Mitarbeiter vom Support und orderte einen Saft und einen Obstsalat.*

*Dieter sah ihn verärgert an und zischte: „Ist jetzt vielleicht mal gut?“ Gina war gelangweilt und konzentrierte sich auf ihre lackierten Nägel. Halcon schüttelte den Kopf und lächelte Annalisa ermutigend zu. „Geht's jetzt?“ Sie nickte und räusperte sich. Der Service-Mann war inzwischen mit den georderten Sachen bei Leo erschienen und dieser aß den Obstsalat mit deutlich klapperndem Löffel. Das Mädchen war wieder aus dem Konzept gebracht. Halcon erhob sich erneut, stellte sich neben sie und sagte in einem deutlich scharfen Tonfall: „Wir schicken sie jetzt noch mal raus und holen zwischenzeitlich den Nächsten rein. Sie bekommt dann einen neuen Anlauf, bei dem wir“, dabei blickte er einmal scharf in die Runde zu seinen Mitjuroren und dem TV-Team, „uns ALLE dann konzentrieren können.“ Ein Glück, dass diese Castings nicht vor Publikum stattfanden. Sie hätte nie den Mut aufgebracht, nochmals anzutreten.*

*Gesagt, getan. Ein sehr aufgeregter Junge mit gegeltem Haar schob sich lächelnd an ihr durch die Tür vorbei. Nach wenigen Minuten leuchtete die rote Lampe erneut auf. Simon hatte sie die gesamte Zeit in Ruhe gelassen, mit dem untrüglichen Gespür für die Zeitpunkte, wann man mal die Klappe halten sollte. Sie reichte ihm beim Durchqueren der Tür die Hand und flüsterte ein „danke“. Seine Antwort kam prompt: „Ick mach dat ooch schon seit paar Jahren und ick hab deinem Papa doch versprochen, uff dich zu achten!“ So betrat Annalisa Eckström erneut den Raum, in dem sie wenige Minuten zuvor gescheitert war. „Auf ein Neues“, munterte Halcon sie wieder auf und Annalisa begann. Es kam den Aufnahmen gleich, die man von Paul Potts in Erinnerung hatte: der Telefonverkäufer, der in einer englischen Casting-Show ein ganzes Land mit seiner Opernarie zu Tränen gerührt hatte. Leo und Gina hoben langsam die Köpfe, sahen sich gegenseitig ungläubig an, während sich Dieter Halcon zufrieden in seinen Stuhl zurücklehnte und sich im Rhythmus des Liedes über den nicht vorhandenen Bauch strich. Annalisa ließ die letzten Noten von „Summertime“ in der Akustik der Halle ausklingen und schloss die Augen. Das TV-Team begann zu johlen, pfeifen und klatschen. Im gleichen Augenblick hob Halcon eine Tafel mit einer goldenen Eins hoch, das Zeichen, dass er für Annalisas Weiterkommen war. Erwartungsvoll sah er seine Kollegen an und nahezu zeitgleich gingen auch ihre Tafeln hoch. Annalisa war weiter!*

*Wenn man sie später danach fragte, was dann geschehen sei, konnte sie nur vage antworten. Alles geschah wie durch einen Nebel. Sie wurde weitergereicht, man stellte ihr tausend Fragen und endlich kamen ihr Vater und Melanie zu ihr. Die beiden löcherten sie mit Fragen und sie antwortete geduldig, aber stockend. Dann kam Dieter Halcon nochmals zu ihr. „Egal, wie das Ding hier jetzt ausgeht: du DARFST nicht mit der Musik aufhören! Und ich weiß, wovon ich rede, Mädchen!“ Dann drückte er sie kurz an sich, verabschiedete sich von Jonathan Eckström und Melanie und war schon wieder in der Menge verschwunden.*

*Die Aufnahmen dieses Castings würden geschnitten und als Aufzeichnung in den nächsten Wochen ausgestrahlt werden. Annalisa war sicher dabei, wie alle, die in den Recall berufen worden waren. Wie die in ihrer Schule oder im Chor wohl darauf reagieren würden? War die Zeit der Hänseleien jetzt endlich vorbei? Wäre sie JETZT akzeptiert? Sie hatte mit Melanie Stillschweigen über den Wettbewerb vereinbart. Das war noch einfach und sie war zuverlässig. Aber ihre Mutter war ein größeres Problem. Claudia Eckström platzte fast vor Stolz über den Erfolg ihrer Tochter und so fiel es ihr unsagbar schwer, mit der Neuigkeit nicht hausieren zu gehen. Annalisa bekam nach einem langen Gespräch zwischen ihren Eltern und der Schulleitung eine Ausnahmegenehmigung, vom Unterricht fernzubleiben, falls sie bei dem Contest weiterkommen würde. So war eigentlich alles bestens vorbereitet und alle Eingeweihten hielten dicht bis zum Tag des Recalls. Im Gegensatz zu anderen Shows wurde bei dem Konzept von „B the 1“ nicht auf ein unendlich langes Auswahlverfahren Wert gelegt. Medienberater hatten die Stimmung in der Zielgruppe analysiert und waren zu dem Schluss gekommen, dass man die bisherigen ewigen Castings, Recalls und Re-Recalls leid war und daher nicht mehr an dem Prozess teilnahm. Also wurde das Programm gestrafft und das Casting und der Recall wurden zu einer ersten Gesamtshow kombiniert. Dafür gab man der Ausbildung der Sängerinnen und Sänger mehr Sendezeit und somit Werbepotential. So zumindest die Hoffnung der Fachleute!*

*Daher hatte RTL auch nicht gekleckert, sondern geklotzt. Sehr zum Ärger der verfeindeten Schwesterstadt auf der anderen Rheinseite, sollten die Übertragungen aus dem ISS Dome in Düsseldorf stattfinden. Mit mehr als 11.000 Sitzplätzen bestuhlt ein finanzielles Wagnis, aber der Kartenvorverkauf lief mehr als vielversprechend an. In einer Art Green Room, in dem sich die angehenden Künstler zurückziehen und vorbereiten konnten, saß Annalisa in einer Ecke und versuchte nochmals die Phrasierungen in „Summertime“ durchzugehen, die sie mit ihrer Lehrerin eingeübt hatte. Direkt das erste „Summertiiiiiiiiiiime“ des Refrains sollte die Bandbreite ihrer Stimme zeigen. Dazu hatte sie ein MP3 angefertigt, welches den Moment der perfekten Wiedergabe dokumentiert. Wenn sie sich recht erinnerte, war ihr das an dem Tag der Aufnahme erst beim 32. Versuch gelungen. Dies hörte sie nun immer wieder, um es zu verinnerlichen. Eine halbe Stunde vor ihrem Auftritt wurde sie von einem RTL-Mitarbeiter abgeholt, der mit ihr in einen Einzelraum ging, wo sie von Dieter Halcon erwartet wurde. „Ich spreng jetzt mal alle Regeln des Wettbewerbs. Eigentlich darf ich nicht hier sein. Mir ist klar, dass ich dich jetzt unter Druck setze, aber das würde so oder so passieren. Daher: dir darf nicht noch einmal das Gleiche wie beim Casting geschehen. Dann bist du raus! Ist dir das klar?" Annalisa nickte stumm. „Kann ich dir sonst noch irgendwie helfen? Es bleibt doch bei Summertime, oder? Da ist deine Stimme wirklich stark und du kannst zeigen, was du drauf hast. Außerdem ist es außergewöhnlich und daher einzigartig in der Show. Und dein zweiter Titel? Nicht mehr Kate Bush? Ah ja, Chasing Cars von Snow Patrol. Auch ein starker Titel!" Sie reichten sich die Hand. Halcon spukte rituell dreimal angedeutet über ihre Schulter und ließ sie dann allein. Der RTL-Mann verkabelte sie, prüfte Sitz und Funktion des Headsets und wünschte ihr vor dem Verlassen des Raumes Glück.*

*Es klopfte an der Tür. Als sie geöffnet wurde, tat ihr Herz einen Sprung. Simon, der alte Mann vom Casting stand da und lächelte sie an. „Siehste? Ick hab's jleich jeahnt, du kannst wat. So, nun bring ick dich inne Arena, vor die Löwen. Jetzt zeich denen mal, aus wat für nem Holz du jeschnitten bist." Ein langer Weg durch endlose Gänge, weiß gestrichen, kalte Beleuchtung an der Decke. Es wirkte wie bei der Kamerafahrt vom Einmarsch eines Klitschko-Boxkampfes, wie sie in Begleitung von Kamera- und Tonleuten in Richtung des immer lauter werdenden Jubels geführt wurde. Dann gleißendes Licht, direkt auf sie, ohrenbetäubender Lärm, sie wurde vorwärts geschoben und dann stand sie auf der Bühne. Die Moderatorin Amelie Amour (sowas KONNTE doch nur ein Künstlername sein – klang fast wie bei einer Pornoproduktion) stellte Annalisa vor: „Und hier, quasi als Heimspielerin, Annalisa Eckström aus Düsseldorf. Annalisa ist 17 Jahre alt und lebt mit ihren Eltern im Süden, fast am Rhein. Gesang ist ihre Liebe und Leidenschaft. Und wie fühlst du dich, das erste Mal vor so einem großen Publikum?" Annalisa antwortete zögernd: „Eingeschüchtert – und nervös. Und am liebsten würde ich jetzt direkt loslegen!" „Na, dann machen wir das doch einfach. Ich kann dich ja so gut verstehen!" Die Moderatorin nahm sie kurz in den Arm, aber in dieser Geste lag nichts Herzliches, sondern eher*

*Kalkül des Effekts. „Liebe Jury, ich hoffe, ihr seid bereit. Annalisa – deine Bühne – ROCK THE RHINE!“*

*Die folgenden Minuten verflogen wie im Rausch. Annalisa sang überwiegend mit geschlossenen Augen. Sie hatte genau die Übergangspassage trainiert, in der sie von Summertime auf Chasing Cars umschwenkte. Jetzt, genau jetzt kam die Stelle und – geschafft! Problemlos gelang ihr der Wechsel und sie hatte das Gefühl, nie zuvor so gut gewesen zu sein. Der letzte Ton ihrer Stimme verklang, wieder eine Sekunde der Stille im Saal wie beim Casting, dann lauter Jubel. Sie verbeugte sich, wurde knallrot und wurde von Amelie zum Tisch der Jury geführt. Alle gaben ihre Kommentare ab. Leo C-Ville begann: „Naja, dass du eine hammergeile Stimme hast, brauch ich dir ja nicht noch mal sagen. Das hat auch jeder hier im Saal und da draußen gehört. Mich störte jedoch, dass du zwei Titel ausgewählt hast, die sich zu ähnlich sind und daher nicht dein Spektrum zeigen. Ich kann also beim besten Willen die Bandbreite deiner Fähigkeiten nicht einschätzen!“ Dann Gina, die Journalistin: „JA, wie Leo sagte, eine einzigartige Stimme, die sicher noch Förderung braucht, aber die jetzt schon berührt. Mir fehlte es allerdings an Performance. Wenn du „the 1“ werden willst, muss da einfach mehr kommen. Einfach nur still da stehen und verzaubern, ist einmal ganz nett, reicht aber für eine Karriere nicht aus.“ Zum Abschluss Dieter Halcon, der Musikproduzent. „Ich bitte meine Mitjuroren zu bedenken, dass es sich bei Annalisa um ein 17jähriges Mädchen handelt, das noch am Anfang steht. Klar können wir von ihr keine Perfektion zum jetzigen Zeitpunkt erwarten, aber dann wäre sie sicher auch nicht hier, sondern bereits auf den großen Bühnen. Ich bin dein Fan und das werde ich bleiben, egal, wie du hier abschneidest. Für mich war das berührend und etwas für dich, Leo“, damit wandte er sich mit dem Blick vorbei an Gina zu seinem Jury-Kollegen, „es ist völlig in Ordnung, wenn sich jemand für ein Genre spezialisiert. Wenn er darin gut ist, sollte er es auch perfektionieren und nicht überall in Dingen herumstochern, wovon er keine Ahnung hat." Diese unverhohlene Spitze gegen den Anderen ließ die Zuschauer im Saal scharf den Atem einziehen. Die offensichtliche Antipathie zwischen den beiden Männern war im Verlauf des Abends immer deutlicher hervorgetreten. Leo war puterrot vor Wut und stumm starrte er den älteren Profi an. Dieter lehnte sich zurück und wartete nun die weitere Moderation von Amelie ab. Diese hatte sich gut im Griff. „So, dann sind wir an dem alles entscheidenden Punkt angekommen. Liebe Juroren, eure Wertungen bitte! Top oder Flop für Annalisa aus Düsseldorf!" Halcon hob als einziger seine goldene Eins hoch. Damit war der Traum ausgeträumt. Amelie fand noch ein paar tröstende Worte und geleitete die vor Erschütterung fast erstarrte Annalisa von der Bühne. Dort wurde sie von Simon in Empfang genommen und in eine Garderobe geleitet, wo bereits ihre Eltern und Melanie warteten. Deren Gesichter waren aufgenommen und während Annalisas Vortrag auf riesigen Bildschirmen in den Saal übertragen worden.*

*Ihre Eltern umarmten sie, gaben ihr Halt und versuchten sie zu ermutigen. Annalisa ließ es stumm über sich ergehen, ebenso wie die zärtlichen Streicheleinheiten von Melanie. Mein Gott, wenn ihre Eltern wüssten, dass die mal ein Junge war. Dann klopfte es energisch und Halcon trat ein. „Nur ganz kurz, es ist Werbepause und ich muss gleich wieder rein. DAS war nicht das Ende. Hier hast du meine Karte und", dabei schrieb er mit einem Kuli etwas auf die Rückseite, „meine Privatnummer. Du rufst mich bitte übermorgen an und wir treffen uns. Ich werde weiter mit dir arbeiten, egal, was die Vollspacken da gesagt haben." Und schon war er wieder verschwunden.*

## Kapitel 10

Am nächsten Morgen fuhren wir erst gar nicht ins Präsidium, sondern direkt ins Krankenhaus. Da ich den Dienstwagen hatte, musste Schmitz mit seinem privaten Fahrzeug kommen. Auf der Station angekommen, sahen wir den gleichen älteren Kollegen vor dem Zimmer sitzen wie gestern. „Nanu? Keine Ablösung? Das geht doch nicht!“, empörte ich mich. „Ist schon in Ordnung“, meinte dieser, „ich habe Zahnschmerzen und könnte eh nicht schlafen. Die Wache ist total unterbesetzt und da wird jeder Mann gebraucht. Außerdem“, er winkte mich verschwörerisch näher, „ist hier eine nette Schwester, die einen Arzt aus der Zahnklinik kennt. Der fängt in einer halben Stunde seinen Dienst an und nimmt mich direkt vor. Manchmal sind so kleine Privilegien echt angenehm.“ Dann lehnte er sich wieder in den Stuhl zurück und blätterte in seiner Tageszeitung.

Wir betraten das Zimmer, in dem Wolters alleine lag. Anwesend waren ebenfalls eine Medizinerin sowie ein Mann und eine Frau, die ich sofort als Kens Mutter erkannte. Der Vater bestürmte uns direkt. „SIE kommen mir gerade recht. SIE haben meinen Sohn auf dem Gewissen!“ Seine Frau stieg direkt mit ein. „Sie haben ihn fast umgebracht. Mein armer Junge ist völlig fertig. Keiner Fliege könnte er was zuleide tun. Aber sie behandeln ihn wie einen Schwerverbrecher. Eine Entschuldigung ist jetzt ja wohl das Mindeste. Über eine Dienstaufsichtsbeschwerde denken wir noch nach. Wissen sie, mein Mann ist nämlich gut befreundet mit Oberbürgermeister Hüneke. Und er wird seinen Einfluss geltend machen, DAS verspreche ich ihnen.“ Ich wusste, wie unser Chef, Kriminaloberrat Richter, zu solchen Kungeleien stand. Die unbekannte Größe hingegen war der neue Staatsanwalt Neumann. Wir kannten ihn kaum und wussten nichts um seine Ambitionen oder sein Netzwerk. Daher hielt ich mich noch ein wenig zurück. „Wissen sie, Frau Wolters, wir sind hier nicht in Amerika, wo Sheriffs gewählt werden und von der Politik abhängig sind. Insofern ist es mir völlig gleichgültig, ob sie Frau Merkel, Papst Franziskus oder den Dalai Lama kennen. Auf meine Ermittlungstätigkeit hat das keinen Einfluss. Und jetzt würden wir gerne mit Ken reden." Die Angesprochene japste nach Luft und starrte mich wütend an. Dafür ergriff wieder ihr Mann das Wort. „Aber nicht ohne unseren Anwalt. Außerdem ist Ken überhaupt nicht vernehmungsfähig. Sagen sie doch auch mal was, Frau Doktor!" Die Ärztin hatte den Ausbruch der Mutter interessiert beobachtet und sagte dann: „Ihr Sohn hat nur eine leichte Gehirnerschütterung. Da er ansonsten stabil ist, sehe ich keinen Grund, weshalb man ihn nicht vernehmen könnte." Frau Wolters hatte sich inzwischen von dem Schock durch meine Reaktion erholt und legte nach: „Und was ist mit der Kopfverletzung? Die Wunde auf der Stirn! Die haben mein Kind doch ganz sicher niedergeschlagen. Sonst hätte er sicher keine so schwere Verletzung! Auch das wird noch ein Nachspiel haben, meine Herren!" Bevor sich die Frau weiter in Rage reden konnte, hakte die Ärztin ein. „Darf ich sie kurz unterbrechen? Ich habe ihren Sohn nach der Einlieferung bei uns direkt versorgt. Wenn sie möchten, kann ich gerne den Verband an seiner Stirn lösen. Die Wunde, und das werden sie dann selbst sehen, stammt in keinem Falle von einem Schlag." Frau Wolters schrie: „Sind sie etwa Gerichtsmedizinerin, um das beurteilen zu können?" Ken hatte den Disput anfangs noch belustigt verfolgt, ohne sich zu beteiligen. Als der Diskant seiner Mutter jedoch immer höher wurde, zog er die Bettdecke hoch und klinkte sich mit den Kopfhörern seines MP3-Players aus. Mit den riesen schwarzen Ohrmuscheln sah er wie eine Micky Maus aus.

Die Medizinerin blieb ganz ruhig und erwiderte: „Man muss kein RECHTSMEDIZINER sein, so lautet die korrekte Bezeichnung, um zu wissen, dass man durch einen Schlagstock oder ähnliches keine SOLCHEN Wunden bekommt." Damit trat sie an das Bett und riss mit einem Ruck das Pflaster von Kens Stirn. Kens Abwehrbewegung kam zu spät und so fluchte er: „Bist du bescheuert, du blöde Kuh?" Aha, das Bürschchen hatte sich nicht immer unter Kontrolle! Mitten auf der vom Jod gelben Stirn prunkte eine exakt sechseckige Narbe! „Das dürfte eher von der Mutter stammen, mit der ein Lenker am Fahrrad fixiert wird", lautete die Diagnose der Medizinerin.

Hatten wir erwartet, dass die Frau jetzt Ruhe geben würde, sahen wir uns getäuscht. „Mein armer Junge. Er ist für sein Leben entstellt. Dafür werden sie bezahlen, meine Herren, das schwöre ich ihnen. Und überhaupt, warum sind so gefährliche Dinge an einem Fahrrad dran? Den Hersteller müsste man auch verklagen. Ganz nebenbei, musste die Narbe so groß und hässlich sein? Das kann man doch auch ganz unauffällig machen, das habe ich schon mal gesehen. Warum lassen sie das nicht jemanden machen, der Ahnung hat? Ich werde sie genau beobachten, Frau Doktor, und behalte mir rechtliche Schritte wegen eines Behandlungsfehlers vor." Bevor die völlig außer Kontrolle geratene Frau auch noch einen Prozess gegen Petrus wegen Regenwetters ankündigen konnte, unterbrach ihr Mann den Ausbruch. „Nun komm mal langsam wieder runter, sonst machst du dich hier nur noch lächerlicher!" Sie verstummte und sah ihren Mann entsetzt an. Scheinbar war sie solche Töne, vor allem vor anderen, nicht von ihm gewohnt.

„Herr Kommissar, wir werden in jedem Falle auf unseren Anwalt warten, bevor sie mit dem Verhör beginnen!" Als er diesen Satz sprach, war die Tür des Zimmers aufgegangen und Staatsanwalt Neumann betrat den Raum. „Na, dann komme ich ja wohl zum genau richtigen Zeitpunkt, wie mir scheint. Herr Oberle, Herr Schmitz, verehrte Anwesende – junger Mann, ich wäre ihnen dankbar, wenn sie ihre Ghettobeschallung jetzt abschalten und meinem Vortrag lauschen würden.“ Neumann war ans Bett getreten und hatte Ken rigoros den Kopfhörer heruntergezogen. „Schließlich geht es hier um SIE! Ich habe hier einen Haftbefehl für Ken Wolters wegen des Verdachts des Mordes an Annalisa Eckström. Aufgrund ihres Alters, sie sind ja wohl schon 18, und sowohl ihres Manipulationsversuches hinsichtlich ihres Alibis als auch ihrer Flucht hat der Richter entschieden, dass sie in Untersuchungshaft kommen und nicht bis zur Verhandlung auf freiem Fuß bleiben können. Haben sie mich verstanden, Herr Wolters? Ich erhebe Anklage gegen sie wegen Mordes!“ JETZT war die Mutter starr vor Schreck und still. Der Vater blieb ruhig und sage. „Ken, du wirst jetzt nichts weiter dazu sagen. Wir warten auf das Eintreffen von Dr. Waltz, unserem Anwalt. Dagegen spricht doch sicher nichts, Herr Staatsanwalt?“ „Aber nein, das ist doch selbstverständlich. Die Personalien ihres Sohnes werden sie uns doch sicher aber schon vorab bestätigen!“ Frau Wolters hatte sich gefasst und zupfte ihren Mann am Arm. „Sag ihm, dass du mit OB Hüneke befreundet bist. Sag ihm das!“ Neumann sah die Frau belustigt an und ich war nun sehr gespannt auf dessen Reaktion. „Ach wissen sie, gute Frau, ihr Freundeskreis mag ja ganz interessant sein, aber ich bin der Neffe unseres Innenministers und gehe damit auch nicht permanent hausieren. Insofern, lassen sie mich und meine Kollegen“, damit wies er auf Jupp, Alex und mich, „zukünftig mit solchen Einwürfen in Ruhe. Es nutzt sowieso nichts. Sie, Ken Wolters, werden unverzüglich dem zuständigen Haftrichter vorgeführt. Das heißt, sofern sie vernehmungsfähig sind?!“ Diese Frage richtete er an die Ärztin. Es mochte an dem Ausbruch des Jungen gelegen haben, dass sich auf ihr Gesicht ein grimmiges Lächeln stahl, als sie antwortete: „Aus medizinischer Sicht würde ich auf Nummer sicher gehen und rate noch zu zwei Tagen Bettruhe. Vernehmungsfähig ist Herr Wolters in jedem Falle.“ Neumann rieb sich zufrieden die Hände. „Na, dann ist das auch geklärt.“ Er zog sein Handy und wählte eine Nummer. „Ja, hier Neumann. Herr Ripphahn, in der Sache Eckström, Tod am Elbsee – ja, genau der – nein, im Moment nicht – ja, er ist vernehmungsfähig – gut, einverstanden. Ich veranlasse alles Weitere. Bis nachher dann und vielen Dank.“ Er blickte in die Runde und wir sahen ihn erwartungsvoll an. „Ken Wolters gilt als haft-, vernehmungs- und transportfähig?“ Die Ärztin nickte. „Gut, dann hat Richter Ripphahn die sofortige Überführung von Ken Wolters in die JVA nach Ratingen angeordnet. Er wird dort im medizinischen Trakt versorgt und wird dort seine Untersuchungshaft antreten, die der Richter soeben vorläufig angeordnet hat. Er wird selbst die Befragung heute Nachmittag führen. Sie, meine Herren und die Dame der Kripo, werden bitte für die gesicherte Überstellung Sorge tragen. Ich vermute mal, im Rettungswagen? Wir wollen doch nicht, dass ihnen noch mehr passiert, Herr Wolters!“, fügte der Jurist mit einem süffisanten Lächeln hinzu. An dessen Eltern gewandt, merkte er an: „Teilen sie dies bitte auch Dr. Waltz mit, damit er nicht den Weg hierher umsonst macht. Ich darf mich verabschieden, man erwartet mich im Innenministerium.“ Er reichte höflich allen die Hand und gab mir mit einem Augenzwinkern zu verstehen, dass er mich draußen unter vier Augen sprechen wollte.

Vor der Tür raunte er mir zu: „Oberle, ich kenne sie und Schmitz zwar noch nicht, habe aber einiges über ihren Ruf gehört. Ich will, dass das Ganze rechtlich exakt abläuft. Keine Ermittlungspannen bitte, die Volksseele kocht schon genug wegen dieses Falles. Haben sie heute schon die Zeitung gelesen?“ Mir war nur die Titelseite der Zeitung aufgefallen, die der uniformierte Kollege vor der Tür gelesen hatte. „SIND UNSERE KINDER NOCH SICHER?“ titelte das Blatt in großen roten Lettern. „Oberle, ich habe mitbekommen, dass sie beide unorthodox arbeiten, aber mit zu den Besten gehören. Deshalb mein Deal: ich halte ihnen so sehr, so lange und so gut den Rücken frei wie es geht und solange ich das Gefühl habe, dass wir einander vertrauen können. Gegeneinander haben wir keine Chance und blockieren uns nur. Haben wir einen Deal?“ Er streckte mir die Hand entgegen. Meine Erfahrungen mit der Staatsanwaltschaft waren aus früheren Fällen eher zwiespältig gewesen, aber sein Auftritt eben hatte mich schon beeindruckt. Ohne Absprache hatte er sich auf unsere Seite geschlagen und direkt klar gemacht, dass mit ihm nicht zu spaßen sei. Ich schlug ein: „Wir haben einen Deal. Mal sehen, ob sie zu den wenigen Rechtsverdrehern gehören, denen man trauen kann. Viel Spaß bei ihrem Onkel!“ Er blickte mich fragend an. „Onkel? Ach so, wegen Innenministerium. Nee, Jäger kennt mich doch gar nicht, ich hab ihn noch nie live gesehen. Das war doch nur ein Bluff, um die dumme Pute ruhig zu stellen!“ Grinsend hob er den Daumen und verschwand. Diese gewiefte kleine Ratte! Wenn der wirklich so war, wie er tat, war ich froh, ihn auf unserer Seite zu haben. Mal abwarten!

Innerhalb der nächsten zwei Stunden stellten wir die Überführung von Wolters in die JVA in Ratingen sicher. Als Termin für die Vorführung vor dem Richter war 16 Uhr angesetzt worden. Alex war von den Ereignissen im Krankenhaus schwer beeindruckt. Sie bat jedoch darum, heute etwas früher gehen zu können. „Ich muss heute dringend mal wieder zu Hause schlafen. Erstens kann ich mir nicht schon wieder von Sarah Wäsche ausleihen und zweitens habe ich heute Abend Training. Meine Bowling Mannschaft schmeißt mich sonst raus, auch wenn wir kurz vor den Landesmeisterschaften stehen.“ Das war natürlich kein Problem und wir brachten sie direkt zum Bahnhof.

Einer Eingebung folgend, rief ich Melanie Forst an. Irgendwie fühlte ich mich dem Mädchen verpflichtet, da sie uns den ersten Hinweis auf Wolters gegeben und die engste Beziehung zur Toten gehabt hatte. Ich wollte sie noch einmal zur Beziehung zwischen Annalisa und Ken befragen und nachbohren, ob sie vielleicht etwas über die heimliche Zuneigung des Mädchens wusste. Ich wollte mit der Information der Eltern erst noch abwarten, bis ich dieses Gespräch geführt haben würde. Melanie war auch direkt am Telefon. „Passt im Moment ganz schlecht, Herr Kommissar. Ich habe gleich einen Kurs in der Schule, aber wenn sie wollen kommen sie doch her. Dann können wir danach reden. Worum geht es denn?“ „Bitte überlegen sie bis wir uns treffen, ob ihnen irgendetwas einfällt, wem Annalisas Zuneigung gehört haben könnte. Wenn überhaupt, dann können nur sie etwas darüber wissen.“ Sie schwieg einen Augenblick und sagte dann: „Außer mir gibt’s da nur noch Frau Bach, die Chorleiterin. Die ist im Moment auch hier, sie bereitet eine Gedenkfeier für Annalisa vor.“

Schmitz und ich machten uns auf den Weg. Auf dem Schulhof fanden wir ziemlich schnell den Hausmeister, der gerade eine Laterne reparierte. Er führte uns in die Aula, wo er uns Frau Bach vorstellte. Sie war zunächst etwas reserviert, taute aber zusehends auf, als wir unsere Ermittlungsergebnisse andeuteten. „Annalisa war in mancher Beziehung sehr verschlossen. Ich weiß letztlich nur genau von ihrer Freundin. Ein seltsames Mädchen, diese Melanie. Ständig auf Angriff programmiert, spitzzüngig, redegewandt und sehr intelligent. Ich habe sie gebeten, auf der Feier eine Gedenkrede zu halten. Sie hat nur sehr widerwillig zugesagt und das auch nur unter der Voraussetzung, dass ihr Text nicht redigiert würde. Ich kann ihnen sagen, Frau Garcia hat getobt. Aber ich konnte mich durchsetzen. Nein, also mir ist nicht bekannt, ob Annalisa einen Jungen zum Freund hatte.“ „Ist ihnen Ken Wolters auch bekannt?“ Sie nickte. „Ja, aber ich erinnere mich nur ungern. Der Kerl kann mit Misserfolg nicht umgehen. Einmal war er bei mir zum Vorsingen, aber er ist völlig talentfrei, was Musik angeht, in jedweder Hinsicht. Als ich ihm absagte, war er einen Augenblick wie versteinert und sah mich an, als würde er mir gleich an die Gurgel springen. Und eine Sekunde später lächelte er mich an, als sei nichts gewesen. Kann man nichts machen, war sein Kommentar. Am gleichen Abend waren alle vier Reifen meines Autos zerschnitten. Ich kann es nicht

**beweisen, aber ich bin sicher, dass es ein Racheakt von dem Jungen war. Aber mit so einem hätte sich Annalisa nie abgegeben. Intellektuell weit unter ihrem Niveau. Er kommt so halbwegs zurecht und wie die Lehrer sagen, wird er das Abi wohl packen. Aber Zukunftssorgen hat der eh nicht, sein Vater ist gut vernetzt, wie man hört, und wird den Filius schon unterbringen."**

**Mist, also hier kein Ansatzpunkt. Wir erwarteten Melanie in der Mensa. „Frau Forst, hat Annalisa ihnen gegenüber je angedeutet, ob sie für einen bestimmten Mann oder Schüler schwärmen würde?" Sie überlegte kurz. „Nein, ich hatte zwar angenommen, dass sie mir davon etwas erzählen würde, nachdem ich mich ihr offenbart hatte. Aber vielleicht hat sie auch geschwiegen, weil sie meinte, sie würde mir damit wehtun. So war sie halt, die Ali." „Ali?" Über ihr Gesicht huschte ein Lächeln. „Ja, mein Spitzname für sie. So durfte nur ich sie nennen. Niemand sonst weiß das, außer ihnen jetzt. Aber warum stellen sie mir die Frage?" Ich reichte ihr das Text- und Notenheft von „Les Misérables"."Schlagen sie mal bei dem roten Aufkleber auf." Sie tat es und wurde auf einmal steif wie ein Brett. „Dieses Schwein! Dieses gottverdammte Schwein! Hat er das getan? HAT ER SIE UMGEBRACHT?" Sie schrie mir den letzten Satz ins Gesicht, sodass sich sämtliche Anwesenden in der Mensa zu uns umdrehten. „Wir wissen es noch nicht genau, aber es ist möglich. Wir ermitteln in alle Richtungen, aber Ken Wolters ist der Hauptverdächtige. In diesem Augenblick durchsuchen Mitarbeiter der KTU sein Zimmer. Der Durchsuchungsbeschluss wurde heute gleichzeitig mit dem Haftbefehl ausgestellt. Mal sehen, was wir auf dem PC finden oder was er in seinem Zimmer versteckt hat." Melanie hatte den Kopf sinken lassen. „Ich kann einfach nicht glauben, dass Ali hinter diesem Arsch her war. Er hat sie behandelt wie den letzten Dreck. Aber was rede ich? Man kann eben doch nicht gegen seine Gefühle ankommen. Mir geht's doch nicht anders. Ich habe sie doch trotzdem noch immer lieb, mein kleines reines Herz!"**

Wir schwiegen einige Sekunden. Dann straffte sie sich und sah in diesem Augenblick Frau Garcia an unseren Tisch treten. „Guten Tag, die Herren Kommissare. Hat Melanie ihnen weiterhelfen können? Ich hoffe doch, dass sie keinen schlechten Eindruck von unserer Schule haben. Melanie, ich würde gerne noch einmal mit dir wegen der Rede auf der Gedenkfeier sprechen. Hast du jetzt Zeit?“ Ihr Blick sagte jedoch eindeutig, dass sie ein Nein der Schülerin nicht akzeptieren würde. Diese erhob sich betont langsam und sagte: „Aber sicher doch, Frau Garcia. Ich habe übrigens die beiden Herren zur Gedenkfeier eingeladen und sie haben direkt zugesagt. Stimmt doch, oder?“ Flehentlich sah sie mich von der Seite an. Garcia wandte ein: „Aber die Polizei hat doch ganz sicher Wichtigeres zu tun als so eine Feier zu besuchen. Sie müssen doch noch den Täter finden – oder haben sie schon jemanden verhaftet?“ „Zwei Mal nein, Frau Garcia. Nein, wir haben noch keinen Verdächtigen (diese Lüge kam mir problemlos über die Lippen) und nein, wir kommen gerne zur Gedenkfeier, auch im Rahmen der Ermittlungen.“ Die Rektorin wurde sichtlich nervös. „Hmmm, gut, ja - dann – dann sehen wir uns ja spätestens am nächsten Montag. So, Melanie, dann komm mal mit.“ Bereits im Weggehen redete die Schulleiterin mit Händen und Füßen auf die Schülerin ein und einmal meinte ich sogar das Wort WEHE zu vernehmen. Melanie Forst hingegen schien total cool zu bleiben.

Es wurde Zeit, uns auf den Weg nach Ratingen zu machen. Der einsetzende Berufsverkehr hatte die Straßen dichter gemacht und so dauerte es unerwartet lange, bis wir über die Münchener Straße kommend in Richtung Hassels abbogen und dort auf die A59 und A46 bis zum Kreuz Hilden auffuhren. Am Abzweig Ratingen-Ost wechselten wir von der A3 auf die A44. Das Blöde war, dass wir von der Autobahn aus das Gefängnis bereits sahen, aber noch eine Riesenschleife fahren mussten, um dorthin zu gelangen. Wir schafften es noch gerade rechtzeitig zum Termin.

Ken saß im Verhörraum, zusammen mit seinem Vater und seinem Anwalt. Ich atmete auf, dass uns wenigstens jetzt die neurotische Mutter erspart bleiben würde. Wir nahmen neben Neumann und Richter Ripphahn Platz. Kens linker Arm war mit einem Gurtsystem am Körper fixiert, keine polizeiliche, sondern medizinische Maßnahme. Dr. Waltz, Kens Anwalt, eröffnete das Gespräch. „Bevor wir hier überhaupt loslegen, teile ich ihnen mit, dass mein Mandant außer den Daten zu seiner Person keine Aussagen machen wird. Der Vater macht ebenfalls von seinem Zeugnisverweigerungsrecht Gebrauch." Klar, dass das so anfangen würde. Ripphahn überprüfte jedoch ordnungsgemäß zunächst die Fakten und verlas dann die Wolters zu Last gelegte Tat. Der Form halber stellte er trotz der Einlassungen des Anwaltes die Frage: „Wollen sie etwas zu dem Sachverhalt aussagen?" Er wollte ein Verfahren nicht an einem läppischen Formfehler scheitern lassen. „Keine Aussage!" War ja nicht anders zu erwarten.

„Tja, wenn die Herren neben mir auch keine Fragen im Moment mehr haben?" Ripphahn sah uns fragend an. Neumann und Schmitz schüttelten den Kopf, ich hingegen wollte noch etwas loswerden. „Ist ihnen bekannt, Herr Wolters, wie viel Annalisa Eckström für sie empfand? Hatten sie beide eine Beziehung, von der niemand wissen durfte? War es eine Tat aus Liebeskummer?" Ich hatte einfach ins Blaue geschossen und – TREFFER! Wolters sprang auf und brüllte: „ICH? MIT DIESER FETTEN KUH? Niemals, da werde ich ja eher schwul!" Bingo! Ich hatte seinen wunden Punkt gefunden. Wenn es um seine Eitelkeit ging, dann hatte er sich nicht mehr unter Kontrolle. Hybris – eine Schwäche, die er mit einigen geschichtlichen Größen gemein hatte, ohne deren Größe tatsächlich zu besitzen. Dr. Waltz und sein Vater zwangen ihn wieder auf den Stuhl und tauschten sich flüsternd mit ihm aus. „Wenn das dann jetzt alles wäre für heute? Mein Mandant hat mir mitgeteilt, dass er sich nicht wohl fühle und ihm schwindlig sei. Er möchte zurück in seine Zelle. Wobei ich ausdrücklich gegen diese Untersuchungshaft protestiere. Ken Wolters hat keine Vorstrafen, einen festen Wohnsitz und einen unbefleckten Leumund. Diese Untersuchungshaft ist ein Skandal!" Ripphahn sah Waltz gelassen an. „Also wie ich das anhand der Akten sehe, ist ihr Mandant ein notorischer Lügner und Denunziant. Aber das werden sie ja noch alles aus den Ermittlungsakten entnehmen können. Ich lasse sie ihnen umgehend zukommen." Ein solches Statement eines Haftrichters war eher ungewöhnlich. Daher wollte Waltz noch das letzte Wort haben und verließ mit einem „Darum möchte ich auch gebeten haben" den Raum. Wolters junior wurde von einem Justizbeamten abgeführt und der Vater folgte dem Anwalt. Neumann sah mich nachdenklich an. „Gar nicht schlecht, Oberle, gar nicht schlecht. Das hätte von mir sein können. Gut, dass wir jetzt seinen wunden Punkt kennen." Er veranlasste noch, dass eine Speichelprobe von Ken Wolters genommen wurde, um DNA mit den Blutspuren an der Kleidung der Toten zu vergleichen. Das Ergebnis würde uns bereits am nächsten Tag vorliegen.

# Kapitel 11

Am nächsten Morgen war der Besuch bei Familie Eckström unumgänglich. Wir hatten zwar noch keine Infos an die Pressestelle weitergeleitet, um diese an die Medien zu verteilen, aber die Zeitungsleute hatten auch bei uns ihre Informanten. Ich wollte in keinem Falle, dass die Eltern etwas von der Festnahme erst durch die Presse erfahren würden.

Jupp und ich fuhren gemeinsam vor Dienstbeginn nach Urdenbach. Frau Eckström öffnete uns und machte einen einigermaßen stabilen Eindruck auf uns. Jonathan Eckström saß, wie eigentlich immer, in seinem Sessel und starrte in den Garten. Wir bekamen wieder einen Kaffee angeboten und nahmen auf der Couch Platz. Für Jupp war es wie ein Déjà-vu. Nach kurzer Zeit, in der wir tatsächlich alle schwiegen, kam Sabine Eckström mit einem Tablett aus der Küche. Sie verteilte die Tassen und goss Kaffee ein. Jetzt erst drehte der Mann seinen Sessel zu uns und rückte näher. Dann roch ich es. Selbst aus dieser Entfernung war zu merken, was für eine Fahne er hatte. Als er jedoch zu sprechen begann, war keine Unsicherheit zu bemerken. „Herr Oberle, Herr Schmitz, was können wir für sie tun?" Ich begann: „Dieses Mal können wir, so glaube ich, etwas für sie tun. Wir haben eine Person festgenommen, die unter dringendem Tatverdacht steht. Es handelt sich um einen Mitschüler ihrer Tochter." Sabine Eckström hatte ihre Hand in den Arm ihres Mannes gekrallt, der kerzengerade im Sessel saß „Auf der Tatwaffe haben wir Fingerabdrücke gefunden, die eindeutig ihm gehören. Hinzu kommen Blutspuren an der Kleidung ihrer Tochter. Wir gehen davon aus, dass es sich um sein Blut handelt. Genaueres erfahren wir dazu heute Vormittag." Mit kaum verständlicher Stimme fragte Eckström: „Wie ist der Name des Täters?" „Des mutmaßlichen Täters", korrigierte ich ihn. „Es handelt sich um einen Ken Wolters. Haben sie den Namen schon einmal gehört oder hat Annalisa ihn mal erwähnt?“ Beide schüttelten den Kopf. Was wussten diese Eltern überhaupt von ihrem Kind?

„Ken Wolters sitzt in Untersuchungshaft. Es wird Mordanklage erhoben und es wird zeitnah zum Prozess kommen. Wir wollten, dass sie das direkt durch uns erfahren.“ „Wir danken ihnen, Herr Oberle, dass sie sich die Mühe gemacht haben, zu uns herzukommen. Es gibt uns unser Kind zwar nicht wieder, aber -“. Er brach ab und begann hemmungslos zu schluchzen. Steif wie ein Roboter stand Frau Eckström auf und brachte uns zur Tür. „Ihr Kollege, ein Herr Vollmer, hat mich angerufen. Er sagte, wir könnten uns jetzt um die Beisetzung von Annalisa kümmern. Stimmt das?“ Ich nickte. Richter Ripphahn hatte die Leiche gestern freigegeben. „Darf ich sie beide noch um etwas bitten?“ Sie sah uns flehend an. „Meinem Mann und mir würde es viel bedeuten, wenn sie an der Beerdigung teilnehmen würden. Bringen sie doch bitte auch das junge Fräulein mit. Bitte tun sie uns den Gefallen!“ Jupp und ich sahen uns an und Schmitz sagte: „Wir können nichts versprechen, aber wir werden sehen, was möglich ist.“ Die Beisetzung hatte man vorbehaltlich der Freigabe für gleichen Tag wie die Gedenkfeier geplant. Sie sollte um 10 Uhr stattfinden. Die Familie hatte eine Grabstätte auf dem Friedhof an der Urdenbacher Dorfstraße.

Nachdem wir das Haus verlassen hatten, meinte Jupp: „Ich weiß nicht, wie es dir geht. Aber ich muss einfach mal einen Moment Auszeit haben. Wenn ich mir vorstelle, dass meine Nichte auch bald in das Alter kommt!“ „Du übertreibst, sie ist doch gerade mal“, ich überlegte, „neun Jahre alt?“ „Fast zehn, aber das ist egal. Die paar Jahre vergehen rasend schnell, zumindest für alte Säcke wie uns. Wann macht das EXTRATOUR auf?“ Ich erwiderte: „Gerade jetzt, um elf und wir haben Glück. Diese Woche ist die letzte, in der sie vormittags öffnen. Komm, einen Kaffee und einen Cognac!“

Wir saßen in den Strahlen einer noch immer kräftigen Herbstsonne, aber die Färbung der Blätter um uns war eine Ankündigung des nahenden Herbst und Winters. Mir war melancholisch zumute. Irgendwie kam alles zusammen: dieser Fall einer jungen Frau, die ihr Leben noch vor sich hatte - diese leicht morbide Herbststimmung, in der sich die Natur in strotzender Kraft aufbäumte, um kurze Zeit später in sich zusammenzufallen - die anstehende Operation meiner Lebensgefährtin mit ungewissem medizinischen Ausgang und letztlich mein 50. Geburtstag im nächsten Jahr. Ich ließ Jupp an meinen Gedanken teilhaben und er meinte lakonisch, dies seien wohl die ersten Anzeichen einer Midlife-Crisis. Aber dann erwähnte er, dass es ihm vor nicht langer Zeit ähnlich ergangen war. Was das beste Mittel dagegen sei? Seine Antwort war ebenso simpel wie logisch: es annehmen und LEBEN! Ihm habe geholfen, dass er sich für seine Nichte verantwortlich fühlte und quasi Vaterersatz spielte. Hinzu kam die Suche nach dem Mehrgenerationenhaus Schmitz, wie er es gerne nannte. DAS Thema war zumindest abgeschlossen. Sarahs Tipp war die absolute Ringeltaube auf dem Düsseldorfer Immobilienmarkt gewesen und Jupp würde mit seiner Schwester, deren Tochter und mit seiner neuen Lebensgefährtin in zwei Monaten nach Volmerswerth ziehen. Nachdem wir bei Sandra Kaffee und Cognac bezahlt hatten, machten wir uns wieder auf den Weg ins Präsidium.

Alexandra war sichtlich bewegt von der Bitte der Familie. Nach kurzem Überlegen sagte sie zu. „Aber passt bitte dabei auf mich auf. Ich war noch nie auf einer Beerdigung und ich habe Angst, etwas falsch zu machen und damit jemand zu kränken." Wir sicherten ihr unsere Unterstützung zu. Mittlerweile fühlten wir uns fast wie eine Art Patenonkels für unsere Praktikantin und wir dachten zum ersten Mal mit ein wenig Wehmut daran, dass das Praktikum in wenigen Wochen enden würde. Mit ihrer ganzen Art und ihrer Bereitschaft sich einzubringen hatte Alexandra Stickelbroeck unsere Herzen im Sturm erobert.

---

*Aus Annalisas Tagebuch:*

*Heute war Inferno. Larissa und Ken waren die Schlimmsten. Melanie war nicht da. Wo ist sie, wenn ich sie brauche? In der Toilette hat eine ihr Handy über meine Kabine gehalten und mich fotografiert. Ich konnte nix machen. Fast alle haben es gesehen und wer es nicht gesehen hat, dem haben sie den Film auf youtube gezeigt. In der Schule hängen Ausdrucke mit meinem Gesicht, wie ich nach dem Ausscheiden aus der Show gucke. Total spooky! Ich bin nur eine Fratze! Wäre ich doch tot!*

*Der Tag begann friedlich. Keiner sagte was. Dann Getuschel. Handys werden gezeigt. Ich kann nur kurz einen Blick darauf werfen. Dann Physik, ein Film über Stephen Hawking. Als er zu Ende war, flackerte das Bild und es kam noch was nach. Fotos aus Facebook, ein Profil – mit Bildern von MIR! Der Name: ANAL-LISA EXTREM. Die Fotos sind alles Fakes, mein Kopf auf Pornoweibern- Ich mit weit gespreizten Beinen, ich mit nem Kerl, der mich von hinten nimmt. Und dazu mein Gesicht, wie ich blöde bei der Show in die Kamera grinse. Ken hat am lautesten gelacht, das Schwein. Ich bin abgehauen. Mein Handy ist voll mit SMS und hat den Geist aufgegeben. Die widerlichsten Kommentare, so abstoßend, so obszön! Ich gehe nicht mehr zur Schule!!!*

*Ein wildfremder Junge aus meiner Schule hat mir heute in der Pause einfach im Vorbeigehen an die Brüste gegriffen und gesagt: nicht schlecht, wenn du nicht zu teuer bist, versuch ich dich mal. Melanie hat ihm eine gescheuert. Dann haben wir auf ihrem Handy nachgesehen, voll krass. Bei dem Fake Profil stand, dass ich für Geld zu haben bin. Ich habe heute an Facebook geschrieben, aber da war die Seite zum Glück schon vom Netz. Aber die Fotos, die findet man noch immer. Ich will, dass sie dafür bezahlen, alle …*

*Ken hat mir Nachrichten auf meinen AB gesprochen. Das Schwein! Hat mich als Bitch bezeichnet, als Schlampe, dass ich mit den Lehrern für gute Noten schlafen würde. Ich blöde Kuh hab's gelöscht und den AB ausgeschaltet.*

*Ich mag nicht mehr. Das muss aufhören. Heute hat Ken mir mitten auf dem Schulhof an die Brüste gepackt, er will mit mir schlafen und das filmen. Ich weiß nicht mehr, was ich machen soll. Wildfremde sprechen mich mit ANAL-LISA an. Wieso haben meine Eltern mich so genannt?*

*Gestern Abend war Party in der Schule, Gründungsjubiläum. Mit Multimedia- und Licht-Show! Ich wollte gar nicht hin, aber Melanie hat gedrängelt, ich soll mich nicht verstecken. Die hat gut reden. Aber nein, vielleicht hat sie sogar Recht. Und mitten in der Präsentation, zwischen den Fotos und Animationen, die gefakten Nacktfotos von mir! Rektorin Garcia hat die Party sofort abgebrochen. Ich kann nicht mehr.*

*Ich überlege, ob ich meinen Eltern überhaupt etwas sagen soll. Mam dreht durch, Pa wird sich eh nicht trauen, etwas zu unternehmen. Melanie meint, ich sei einfach gaga, denen das so durchgehen zu lassen. Sie hat keine Ahnung, wie wenig belastbar meine Eltern sind. Ich bin so allein!!!*

---

Die folgenden Tage verliefen mit stoischer Ermittlungsarbeit an diesem und anderen Fällen, die ebenfalls auf unserem Tisch lagen. Alex widmete sich weiter der Auswertung der Dateien auf Annalisas Notebook. Jupp und ich vernahmen nochmals Torben Bäcker. Dieser blieb bei seiner Aussage, dass er den Abend des Mordes alleine verbracht habe und unterschrieb dieses Protokoll auch direkt. Larissa Zehner hatte nur wenig an Informationen beizutragen. Sie würde jedoch noch erklären müssen, wie ihr Schlüsselbund in den Elbsee gekommen war. Sie hatte nach wie vor dafür keine Erklärung. Wir sorgten jedenfalls dafür, dass sowohl sie als auch Torben Bäcker nicht unerheblich eingeschüchtert waren und sich künftig beleidigende Kommentare im Internet zweimal überlegen würden. Mit dazu beigetragen hatte vielleicht auch eine kleine Sauerei, die Alex veranstaltet hatte. Mit einem gefälschten Profil hatte sie sich bei Facebook, Twitter und Co angemeldet und dort mit manipulierten Fotos einige Postings hinterlassen, die Larissa und Torben in denkbar schlechtem Licht dastehen ließen. Es waren keine Infos, die aus ihnen vielleicht auch noch Helden machen würden, „Gangsta's" wie Bäcker sagen würde. Nein, sie wirkten eher wie die Volldeppen der Nation und demensprechend waren auch die Kommentare der Netzgemeinde. „Dummes Fickgeflügel" und „Bumsnuss" für Larissa sowie „Vollpfosten und Honk (Hilfskraft ohne nennenswerte Kenntnisse)" für Torben waren in diesem Fall noch die harmloseren.

Wir mussten zwar offiziell diese Handlungsweise rügen, klopften ihr aber im Stillen anerkennend auf die Schulter.

Der Tag der Bestattung und Gedenkfeier rückte näher. Wir kleideten uns entsprechend und auch Alex hatte sich in schwarze Jeans mit passender Bluse und Mantel gekleidet. Es waren erstaunlich wenige Menschen in der Kapelle, keine 20 Personen. Der Pfarrer hielt eine eher neutrale Predigt, die auch auf jeden x-beliebigen hätte passen können. Dementsprechend sahen wir, wie Melanie, die natürlich anwesend war, mit den Augen rollte und den Kopf schüttelte.

Nachdem der schneeweiße Sarg ins Grab gelassen worden war, traten die Trauergäste nacheinander an den Abgrund heran, hielten stille Zwiesprache mit wem auch immer und warfen eine Blume hinterher. Wir drei traten als letzte an die Grabstätte. Gemeinsam warfen wir eine weiße Nelke hinab. Nacheinander reichten wir den in Tränen aufgelösten Eltern die Hand und diese dankten uns stumm. Ich bot ihnen an, sie nach Hause zu fahren, aber sie wollten noch ein wenig auf dem Friedhof bleiben. Die Trauerfeier würden sie nicht aufsuchen.

Gegen 19 Uhr fanden wir uns in der Aula des Gymnasiums ein. Nach den Eindrücken von der Beisetzung waren wir einigermaßen überrascht, wie viele Stühle dort aufgebaut und bereits besetzt waren. Melanie entdeckte uns und kam auf uns zu. „Danke, dass sie gekommen sind. Beobachten sie genau, vielleicht hilft es bei den Ermittlungen und vermittelt ihnen die richtigen Eindrücke. Mittlerweile weiß ja jeder, dass Ken verhaftet ist. Die Lehrer sind alle zwangsverpflichtet und sollten auch Druck auf ihre Schüler machen, diese Veranstaltung zu besuchen.“ Dieses Mal war die Gothic-Kleidung der jungen Frau absolut passend, ebenso wie heute Morgen. Jetzt hatte sie ein langes schwarzes Kleid an, das ihr unglaublich gut stand. Ihre an sich knabenhafte Figur wirkte jetzt total weiblich. „Frau Garcia hat versucht mir einen Maulkorb zu verpassen. Ich hatte zwar die Zusage, dass ich frei reden könne, aber sie kam mit dem Argument, dass die Ermittlungen noch liefen und daher nichts über Ken gesagt werden dürfe. Sie verlangte, dass ich ihr meinen Text vorab zur Verfügung stelle. Für wie blöd hält die mich eigentlich? Klar hat sie einen bekommen, aber nicht den, den ich lesen werde." Mit einem Grinsen schob sie ab. Wir setzten uns in die hinterste Reihe, einerseits um gut beobachten zu können, andererseits um aus dem Blickfeld und fern des Interesses der Schüler zu bleiben. Frau Garcia sah uns zwar und nickte kurz zum Gruß, war aber zu nervös, um sich länger mit uns zu unterhalten.

Dann begann der Festakt mit dem Auftritt von Annalisas Chor. Frau Bach trat auf die Bühne und eine Solistin trat vor. Dann stimmten sie das Lied „Hallelujah" von Leonard Cohen an. Es war sehr bewegend. Die Solistin brach nach dem Vortrag in Tränen aus. Wie wir später erfuhren, hatte sie Annalisas Part bei diesem Stück übernommen. Dann erschien Frau Garcia auf der Bühne, blickte streng in die Runde und jedes Getuschel erstarb in dem Augenblick. Sie hielt eine zehnminütige Rede über den Wert von Integrität, Loyalität und Leistung, den Kernwerten, für die diese Schule stünde. Die Rede hätte auch auf einem Lehrerkongress gehalten werden, so unpersönlich war sie.

Dann trat der Chor erneut auf, dieses Mal mit Klavierbegleitung. Sie sangen einen Gospel, den ich aus dem Film der Coen-Brüder „Oh brother where art thou" kannte: „Down to the River to pray". Kaum ein Gesicht blieb unbewegt bei diesem Stück und auch ich kämpfte gegen die Tränen an. Ein Blick zur Seite und ich sah Alexandras Gesicht tränenüberströmt. Ich beugte mich rüber und flüsterte: „Möchtest du rausgehen? Vergiss nicht, lass ein wenig Distanz zwischen dem Fall und dir. Es ist immer ein Balanceakt." Sie schüttelte den Kopf. „Nein, ich bleibe in jedem Fall. Aber ich habe das Tagebuch weitergelesen. Es kommt mir vor, als würde ich sie seit Jahren kennen. Es ist entsetzlich, was ihr angetan wurde.“ Ich wusste, was sie meinte, denn ich hatte mir die letzten Nächte auch mit der Lektüre der Datei um die Ohren geschlagen.

Melanie Forst trat vor das Mikrofon und begann:

„Meine liebe Annalisa, meine Freundin Ali, meine einzige Liebe“, ein Raunen ging durch den Saal und Frau Garcia in der ersten Sitzreihe hatte sich mit einem Ruck vorgebeugt. Ich stand auf und konnte ihr Gesicht erkennen. Es war zornesrot. DAS hatte sie sich anders vorgestellt, konnte jetzt aber nicht mehr einschreiten.

„Annalisa, wenn du uns jetzt hier sehen könntest! So viele sind hier, um an dich zu denken! Die wenigsten, um dich zu ehren, so viel ist sicher. DIE Gelegenheit hätten sie genug gehabt zu deinen Lebzeiten. Ali, du warst eine zarte Blüte, zu zart vielleicht für diese Welt. Dabei warst du gut, gut genug, um diese Welt ein wenig besser zu machen. Jedoch hatte kaum einer den Blick dafür. In einer Welt von Facebook, Twitter und WhatsApp zählen nur noch die schnellen Erfolge, die Oberflächlichkeit, die Äußerlichkeiten. Die Dinge, die einen Menschen wertvoll machen, bleiben unter der Oberfläche verborgen. Gewiss, du warst keine Heilige. Du hattest Schwächen und Fehler wie wir alle. Aber nie wäre es dir in den Sinn gekommen, anderen nicht zu helfen oder sie im Stich zu lassen. Selbst den größten Arschlöchern hier an der Schule hast du noch Nachhilfe gegeben und die haben zum Dank dafür nachher über dich hergezogen. Vieles hast du nicht mitbekommen. Vor vielem konnte ich dich noch so gerade schützen. Aber das, was du mitbekommen hast, reichte aus, dich zu zerstören.“ Melanie atmete schwer. “Wer trägt die Schuld daran? Es ist nicht eine Einzelperson, es ist das

System, es sind wir alle, die wir darin interagieren, uns in den Strom einfädeln und einfach mitschwimmen. Gegen den Strom – das ist heute nicht mehr opportun. Wir alle haben versagt: durch Wegsehen, Ignorieren oder schlimmstenfalls Mitmachen. Und da schließe ich auch den Lehrkörper ein. Frau Garcia, was haben sie unternommen, als Frau Fahrsen sie auf Annalisas Probleme hinwies? Die Vertrauenslehrer: wo waren sie, wenn sie mit rotgeheulten Augen an ihnen auf dem Schulhof vorbeilief? Wo war ich, als man von ihr auf der Schultoilette unbemerkt Fotos machte und sie ins Netz stellte? Wer hat sie vor Ken gewarnt, als er damit prahlte, er würde sich die kleine Fette bald mal vornehmen?“

Melanie straffte sich erneut und schien zum Ende ihrer Rede kommen zu wollen. „Wenn Ken demnächst vor Gericht steht, dann sollten viele hundert Plätze neben ihm frei sein. Frei für uns, denn wir gehören mit zu den Verantwortlichen. Wie sagte der Dichter Erich Kästner schon vor so vielen Jahren, als er gegen die Nazis opponierte? An allem Unfug, der passiert, sind nicht etwa nur die schuld, die ihn tun, sondern auch die, die ihn nicht verhindern. Wir hören jetzt ein letztes Lied. Ich weiß, dass Ali sich das so gewünscht hätte. Es ist „Vincent“ oder auch „Starry,starry Night“ von Don McLean. Ich werde hier auf der Bühne bleiben und für Ali beten. Wer will, kann mitmachen.“

Der Chor hatte sich schnell auf der Bühne versammelt. Frau Bach putzte sich geräuschvoll die Nase und hob die Hände als Zeichen zum Beginn. Der Chor begann den melodischen Refrain zu summen und die Solistin setzte dann ein. Während des Liedes erhoben sich immer mehr Menschen im Publikum, bis am Ende der gesamte Saal stand. Durch eine Lücke erfasste ich das Gesicht der Rektorin. Es war in einer Grimasse der Wut erstarrt.

Nach dem Ausklingen der letzten Töne gab es keine abschließenden Worte. Der Chor trat ab, alle mehr oder minder verheult, und der Hausmeister dimmte an seinem Pult das Licht. Ich wollte noch einmal das Gespräch mit Melanie suchen und fand sie neben der Bühne in einem heftigen Disput mit Frau Garcia. „So kommst du mir nicht davon, du kleines Miststück. Ich hab mich so für dich eingesetzt, mit deiner verdammten Geschlechtsumwandlung, du Biest. Meinst du, du wärst noch an dieser Schule, wenn ich nicht für dich Partei ergriffen hätte? Die Elternschaft wollte unbedingt, dass ich dich rausschmeiße. Und wie dankst du mir das? Indem du in Anwesenheit der Presse mir Unfähigkeit vorwirfst und mich für den Tod des Mädchens verantwortlich machst.“ Damit wies sie in Richtung des Blitzlichtgewitters der Fotografen und Journalisten, die diese Veranstaltung kommentieren würden „Aber eines kann ich dir versprechen: das Abitur bekommst du an dieser Schule nicht, und wenn es das Letzte ist, was ich tue!“ Jupp und Alex waren mittlerweile hinter mir angekommen. „Soweit muss es gar nicht kommen, Frau Garcia. Frau Forst hat nämlich drei Zeugen, dass sie von ihnen genötigt wurde. Frau Forst, wir stehen ihnen zur Verfügung. Übrigens auch in Sachen der Bezeichnung „Miststück“!“

Melanie ließ sich Zeit mit einer Erwiderung. Dankbar blickte sie von einem zum anderen und dann nickte sie. „Es ist gar nicht mehr nötig, dass ich mich mit ihren Machenschaften auseinander setzen muss. Das werden jetzt die Medien und das Schulministerium übernehmen. Ich habe am Wochenende einen Brief bekommen, der mich sehr erfreut. Ich wechsle sofort als Stipendiatin nach Salem, in das Eliteinternat. Volle Kostenübernahme, Frau Garcia. Und wissen sie was? Sie können mich mal.“ Damit ließ sie die Rektorin stehen und ging gemeinsam mit uns hinaus.

Sie hakte sich bei Alex unter und meinte dann: „Hast du Lust ein wenig tanzen zu gehen? Ich muss mich jetzt abreagieren und für die beiden

**Senioren hier wäre das sicher nix. Wir gehen in der Nachtresidenz feiern, einverstanden?“ Wir Senioren lachten und winkten den beiden zum Abschied. Was für ein bewegender Abend!**

# Kapitel 12

Die Ermittlungen im Falle Eckström waren aufwändig, aber es fanden sich immer mehr Puzzleteile, die das Bild des jungen Narzissten Ken Wolters vervollständigten. Auf dem sichergestellten PC fanden sich Spuren gelöschter Dateien, die unsere Techniker zu großen Teilen wieder herstellen konnten, darunter auch das gefälschte Video von Annalisa, das sie beim Analverkehr mit einem männlichen Pornostar zeigte. Wir besprachen uns mit Staatsanwalt Neumann, ob wir Beweismittel wie diese überhaupt in der Verhandlung bringen konnten oder sollten. Einerseits wollte ich den Eltern der Toten den Anblick ersparen, zweitens wollte ich vermeiden, dass die Sensationspresse die Erinnerung an das Mädchen noch mehr in den Schmutz ziehen würde. Den Zahn konnte uns der Jurist direkt ziehen. Die Familie Wolters hatte es wohl doch nicht unterlassen können, ihre Beziehungen spielen zu lassen und auf irgendeinem Umweg war es gelungen durchzudrücken, dass die Verhandlung unter dem Schutz des Jugendstrafrechtes ablaufen würde. Dies bedeutete keine Presse und keine Zuschauer, außer mit Sondergenehmigung. Seltsam nur, dass z. B. Larissa Zehner als nicht Beteiligte eine Genehmigung erhalten hatte. Dabei war sie im Gegensatz zu Torben Bäcker nicht mal als Zeugin vorgesehen.

Insofern wollte Neumann den Film als Beweismittel zur Untermauerung seiner Anklage als As im Ärmel behalten. Dann geschah etwas, was keiner von uns für möglich gehalten hatte. Einige Tage später erreichte uns ein Anruf des Gerichtes, dass der Verhandlungsbeginn in drei Tagen angesetzt wäre. „Knallgas geben“, war der flapsige Kommentar von Neumann. Der außergewöhnlich zeitnahe Termin hatte mehrere Gründe. Zum Einen war das Drängen der Eltern von Ken Wolters. Zum Anderen der Tod eines

Angeklagten, für dessen Prozess eine sehr lange Verhandlungszeit eingeplant gewesen war. Dadurch hatte sich ein Wechsel des Vorsitzes auf dem Richterstuhl ergeben. „Wir haben Glück, liebe Kollegen“, meinte Neumann. „Den Vorsitz hat jetzt Richterin Lemkendorf. Man hat mir unter der Hand erzählt, dass sie den Fall unbedingt haben wollte. Warum, weiß niemand. Lemkendorf gilt als unbestechlich und teilweise eschreckend hart. Wenn man sich ihre Verurteilungen ansieht, dann liegt sie weit über der Durchschnittsquote der verhängten Strafen. Und komischerweise hat sie dabei die wenigsten Revisionsfälle. Schon sehr seltsam, aber sie ist Mutter zweier Töchter. Vielleicht ist das der Grund für ihr Engagement.“ Er blätterte noch einmal in den Unterlagen und kam an eine Stelle, die er mit einem Textmarker markiert hatte. „Sagen sie mal, Herr Oberle, was mir gerade einfällt: beim Lesen habe ich eine Bemerkung der KTU gelesen, die mir nicht aus dem Kopf geht. Das steht – Moment, ich hab's gleich – ja, da, die Tote trug einen Slip, der mit einem roten Edding auf der Kehrseite beschriftet war. *NIE WIEDER!* Haben sie inzwischen eine Erklärung dafür?“ Ich verwies auf einen Befund in der Akte, der sich einige Seiten dahinter befand. „Anhand einer Schriftprobenanalyse konnte zweifelsfrei festgestellt werden, dass es die Handschrift der Annalisa Eckström gewesen ist. Für die Bedeutung haben wir allerdings keine Erklärung finden können.“

Der Tag der Verhandlung war gekommen. Die Nacht war für mich unerträglich gewesen. Ich bemühte mich, Sarah nicht zu wecken und stand gegen zwei Uhr morgens auf. Mein Bein fühlte sich wie in ätzende Säure getaucht an und ich konnte das Fußgelenk kaum beugen. Mir stand trotz der Nachtkühle der Schweiß auf der Stirn, so verkrampft war ich. Gegen halb vier dann sah ich keine andere Chance mehr als den Griff zu Medikamenten. Ich stand vor der Schublade mit den Tabletten und Tropfen. In meinen Ohren klang noch der Kommentar meines Schmerztherapeuten Dr. Schalis: „Sie haben so viele Jahre das Morphium im Körper gehabt, da werden sie nicht von heute auf morgen loskommen. Sie sind ein Junky, Herr Oberle, und sie können jederzeit rückfällig werden, wenn sie nicht aufpassen." Zitternd streichelte ich die Schachtel mit den Spritzen. Wenn es in den letzten acht Monaten einen Moment gegeben hatte, in dem ich das Teufelszeug nötig gehabt hätte, dann wäre es jetzt! Ich entnahm der Schachtel eine Spritze, staute mit einem Gummischlauch die Vene und setzte die Nadel in der Armbeuge an. Dann stach ich zu und – zog das Instrument wieder heraus, ohne mir die Dosis verabreicht zu haben. Scheiß auf eine durchwachte Nacht, Scheiß auf die Schmerzen – es war nur das Fleisch, hämmerte ich mir in den Schädel. Als „Belohnung" nahm ich stattdessen 40 Tropfen Novalgin ein, die zwar kaum Linderung verschafften, aber mich wenigstens einschlafen ließen. Oberle versus Morphium = 1 : 0 auf eigenem Platz!!!

Am frühen Morgen saß ich noch mit Sarah beim Frühstück, dieses Mal in meiner Küche. Mein schöner Plan, den Tisch auf dem Balkon zu decken, hatte einer der ersten Herbststürme zunichte gemacht. Ich hatte ein paar Brötchen von Ingensandt geholt, für Sarah Mohnhörnchen, die sie seit ihrem Studium in Wien liebte. „Ich habe den Termin für die Operation gestern Nachmittag festgemacht. Wir fahren am 14. November nach München und haben dann dort noch das Wochenende für Shopping und Ablenkung. Ins Krankenhaus gehe ich dann am Montag. Kennst du die Pinakotheken oder das Deutsche Museum?" Ich gestand ihr, dass ich noch nie in München gewesen war. Sie schwärmte mir vor, wie vielfältig die Stadt sei und wie charmant die Leute dort seien. Charmant war allerdings ein Adjektiv, das ich nicht unbedingt mit der Wesensart der Bayern in Verbindung brachte. Wie hatte mal mein Klassenlehrer gesagt? Kleines, zänkisches Völkchen am Fuße der Alpen, deren gutturale Urlaute erst Sprache werden wollen. Wenn wir dort wären, sollte ich diesen Satz besser schnell vergessen, meinte Sarah. „Kirsten freut sich schon auf uns – oder besser gesagt, sie ist neugierig auf dich. Wir werden es schön haben in Grünwald und du kommst mich dann jeden Tag im Krankenhaus besuchen." „Den ersten Tag nach der Operation nicht!" Sie erschrak. „Weshalb das denn nicht?" Ich schmunzelte. „Weil ich garantiert nicht in Grünwald schlafen werde, während ich nicht weiß, ob alles gut gegangen ist. Stell dich darauf ein, dass ich die ersten 24 Stunden an deinem Bett sitzen werde, sobald du wieder in deinem Zimmer bist. Ich hab nen breiten Arsch und kann lange sitzen. Mein Pad hat eine lange Akkulaufzeit und ich habe jede Menge Bücher noch nicht gelesen." Sie beugte sich vor und küsste mich sanft und innig.

„Nützt aber nix, ich muss los, mein Schatz. Heute ist Prozessbeginn im Fall Eckström." Sie wünschte mir Glück und ich fuhr los, um Jupp in seiner „Noch"-Wohnung in Eller abzuholen. Gemeinsam holten wir dann unsere Unterlagen aus dem Präsidium ab. Als wir es wieder verlassen wollten, kamen wir durch die Eingangshalle und liefen über das Adlermosaik am Boden. Ein junger Beamter, offensichtlich ein Vertreter des uns seit Jahren wohlbekannten und sehr geschätzten Kollegen am Empfang, rief uns nach: „Na, Jungs, heute ohne eure kleine Monica Lewinsky?" Wie oft schon hatten wir in den letzten Wochen diese blöde Anspielung auf das sexuelle Abenteuer des ehemaligen US-Präsidenten mit seiner Praktikantin ertragen müssen? DIESER Kollege hatte jedoch einen fatalen Fehler begangen. Er hatte sich vor dem Spruch nicht umgesehen und wurde daher durch den mächtigen Arschtritt von Klaus Stickelbroeck, dem Vater unserer Praktikantin, völlig überrascht. Der ansonsten so ausgeglichene Polizist straffte sich in seiner Lederjacke und beugte sich vor dem am Boden sitzenden Mann herab. „Vorsicht, Männeken, SO nicht mit meiner Tochter!" Dann wandte er sich zu uns, grinste uns mit erhobenem Daumen an und verschwand hinter der Glastür in der Wachstube.

Eine halbe Stunde vor Verhandlungsbeginn trafen wir an der Werdener Straße ein und meldeten uns bei den Justizbeamten an. Da wir als Zeugen geladen waren, durften wir nicht direkt zu Beginn der Verhandlung teilnehmen. Alexandra hatte heute einen Projekttag an ihrer Schule, bei dem sie über ihre Erfahrungen im Praktikum referieren musste. Sie hatte sich gut vorbereitet und eine Powerpoint-Präsentation angefertigt, die sie uns gezeigt hatte. Ein paar Seiten mussten zwar aus Datenschutzgründen geändert werden, aber sonst war das Ding klasse, fast ein Fallbeispiel für die Polizeiausbildung.

Sämtliche Zeugen, darunter eben auch Torben Bäcker, Melanie Forst, Schmitz und ich wurden in den Sitzungssaal gerufen. Dort wurden wir kollektiv über unsere Zeugenpflichten informiert und dann bis zu unserer Aussage entlassen. Wir nahmen wieder vor dem Saal Platz, wobei Bäcker es tunlichst vermied, in unserer Nähe zu sitzen. Melanie hingegen hockte sich direkt zu uns und begann zu sabbeln. „Sagen sie mal, ihre Praktikantin, die Alex, die ist echt eine Nette, nicht wahr?“ Jupp zögerte etwas und antwortete dann mit einem fragenden „Ja? Und?“ „Nichts und, ich frag nur so nach IHREM Eindruck. Ach so, ich verstehe! Sie befürchten, dass ich die Kleine anmachen will. Nee, keine Sorge, die ist hetero! Die hat schon einen Freund – von dem der Vater aber nichts wissen darf. Ist auch ein Polizist, in der Ausbildung.“ Jupp schüttelte den Kopf. Er kam da nicht mehr ganz mit. Ein junger Mann, umgewandelt zu einer Frau, fühlt sich als Frau doch wieder nur zu Frauen hingezogen – und bezeichnet eine biologische Frau dann als hetero, weil sie einen biologischen Mann liebe?! Er schüttelte den Kopf. War ja auch egal, wenn sie sich liebten! Anfangs hatte er seine Vorbehalte gegen diese dunkel gekleidete junge Frau gehabt, aber mit der Zeit war ihm klar geworden, dass er einfach etwas verunsichert war. So viel Selbstbewusstsein, Intelligenz und Herzlichkeit waren in Kombi mit der Transsexualität einfach eine so ungewohnte Kombination, dass man sich erst mal an den Menschen hinter all den Besonderheiten herantasten musste. Ähnlich war es ihr auch wohl mit uns ergangen. Schlechte Erfahrungen mit Ordnungshütern gehörten für Gothics oder Tattooträger zum Alltag, insofern hatte auch sie ihre Vorurteile uns gegenüber. Diese schwanden mit der Zeit und sie erwies sich fast als ein wenig zu anhänglich. Warum, das sollten wir jetzt erfahren. „Wenn ich das Baccalaureate fertig habe, würde ich gerne mal bei der Kriminaltechnik hospitieren. Deshalb hab ich auch Kontakt zu Alex gesucht. Sie hat mir erzählt, wie sie an den Praktikumsplatz gekommen ist. Vitamin B ist also gar nicht so schlecht. Würden sie mir, wenn es soweit ist, dabei helfen? Sie sehen also, keine sexuellen Hintergedanken in Sachen Alex!“ Wir grinsten sie an und reichten ihr zum Versprechen die Hand, was von Bäcker argwöhnisch beäugt wurde.

Die Verhandlung hatte ihren klassischen Verlauf genommen: die Verlesung der persönlichen Daten der Angeklagten und der Anklageschrift sowie erste Statements der Anklage sowie der Verteidigung. Dr. Waltz als Chefverteidiger der Gruppe von drei Anwälten konnte es sich dabei nicht verkneifen, nochmals gegen die Untersuchungshaft zu protestieren. Außerdem verkündete er, dass sein Mandant sich nicht äußern werde. Neumann überlegte angestrengt. Hatte sein Gegner andere Informationen über die Richterin als er, dass er nochmals seinen abgeschmetterten Protest wiederholte? Der Staatsanwalt konnte jedoch direkt aufatmen. Richterin Lemkendorf erwiderte die Stellungnahme der Verteidigung äußerst scharfzüngig: „Mein lieber Herr Dr. Waltz, wir hatten bisher ja noch nicht das Vergnügen miteinander, aber lassen sie sich eines gesagt sein. Ich werde keine künstliche Verlängerung des Verfahrens durch Eröffnung irgendwelcher Nebenkriegsschauplätze zulassen. Dies gilt natürlich auch für die Staatsanwaltschaft. Haben wir uns verstanden, meine Herren?“ Beide nickten und Neumann rief die ersten Zeugen auf.

Jupp ging als Erster in den Gerichtssaal und wurde zu den Fakten rund um die Auffindung der Leiche befragt. Dr. Waltz stellte Gegenfragen, die Jupp entsprechend beantwortete. Alles lief konfliktfrei ab. Dann wurde ich in den Saal gerufen. Ich nahm auf dem Zeugenstuhl Platz, machte die Angaben zu meiner Person und wiederholte die Ermittlungsergebnisse aus meiner Sicht. Dr. Waltz war der Ansicht, dass wir uns bei unseren Ermittlungen zu früh auf seinen Mandanten eingeschossen und es dabei versäumt hätten, in andere Richtungen zu ermitteln. „Weder im privaten Umfeld der Toten noch in deren schulischen Umfeld haben die Ermittlungen weitere Anhaltspunkte für die Täterschaft eines Anderen ergeben. Sämtliche Funde weisen auf Ken Wolters als Täter hin“, erwiderte ich. „So, und was ist mit diesem Schlüsselbund? Der gehört doch einer gewissen Larissa Zehner. Käme die denn nicht auch als Täterin in Frage?“ Ich war verwirrt wegen dieser Frage. Kannte der Kerl denn nicht die Akten? Da stand doch drin, dass ...

„Ist der eigentlich total malle im Kopf? ICH habe doch nichts mit der Bitch zu tun, wie oft soll ich das denn noch sagen?“ Larissa Zehner war von ihrem Stuhl im Zuhörerbereich aufgesprungen und zeigte mit hochrotem Kopf auf Ken. „Fragen sie den Honk da drüben doch mal! DER hat die Fette doch immer wieder gedisst.“ Die Richterin rief das Mädchen zur Ordnung und verwarnte sie. „Noch einmal so ein Ausbruch und ich belege sie mit einer Ordnungsstrafe und verweise sie des Saales. Ist das klar, Chica?“ Mit diesem Jugendslangausdruck machte Lemkendorf klar, dass sie sehr wohl verstand, was die Schülerin gemeint hatte. Mutter zweier Töchter eben! Sie wandte sich an mich: „Herr Oberle, erhellen sie mich. Was haben sie dazu zu sagen?“ Ich räusperte mich. „Wie der werte Herr Verteidiger es zweifelsfrei aus den Ermittlungsakten entnehmen kann, gibt es drei Zeuginnen zugunsten von Frau Zehner für den Tatzeitpunkt. Frau Zehner befand sich zur Tatzeit zu Hause, in der Sauna mit drei Freundinnen. Auch ihre Eltern bestätigten dies. Insofern gab es keinen Ansatz, in dieser

Richtung weiter zu ermitteln. Für den Fund des Schlüssels der Frau Zehner haben wir zum jetzigen Zeitpunkt keine Erklärung. Denkbar ist, dass der Täter diesen entwendet hat, um den Verdacht auf Frau Zehner zu lenken.“ Der Fundort unter Wasser machte diese Theorie jedoch mehr als unwahrscheinlich. Diesen Einwand ersparte ich mir aber.

Ich wurde als Zeuge entlassen und nahm neben Jupp im Zuschauerbereich Platz. Dann erschienen Ruprecht Vollmer und Dr. Birte Gehr als medizinische Sachverständige vor der Richterbank. Sie führten genauestens aus, was sie ermittelt hatten: Größe der Waffe, Stichkanal, Besonderheiten an den Wundmerkmalen, etc.. Dr. Waltz warf wieder ein: „Und eine Beteiligung Dritter, also auch anderer Täter halten sie für ausgeschlossen? Ich meine, jemand oder mehrere hätten sie doch festhalten können!“ Dr. Gehr schüttelte den Kopf. „Meine langjährige Erfahrung hat mich gelehrt, dass es bei der von ihnen dargestellten Konstellation immer zu Kampfspuren an Opfer und Täter kommt. Klassischerweise wäre das Opfer an den Armen festgehalten worden. Dies wäre nicht ohne Gegenwehr geschehen und wir hätten prämortale Hämatome an den Armen feststellen müssen. Nichts davon war der Fall.“ „Und wenn sie vorher betäubt wurde? Ich lese in den Laborergebnissen etwas von 1,2 Promille.“ „Sicher“, warf Ruprecht ein, „sie war betrunken, aber nicht so betäubt, dass sie sich ohne Gegenwehr hätte töten lassen. Sie ist in jedem Falle überrascht worden. Von jemandem, der genau wusste, was er tat und wohin er stechen musste. Und noch etwas: ich vermute, dass sie den Täter gekannt hat und sie von seiner Handlung total überrascht wurde. Nur das erklärt für mich diese geradezu klinisch exakte Einstichstelle!“ „Einspruch! Mutmaßung!“ Lemkendorf mischte sich ein. „Stattgegeben! Bitte beschränken sie sich auf die Fakten, Herr Dr. Vollmer. Wenn keine weiteren Fragen bestehen, entlasse ich die Sachverständigen und bitte den Herrn Staatsanwalt den nächsten Zeugen aufzurufen.“

Torben Bäcker wurde aufgerufen. Unsicher betrat er den Saal und nahm auf dem Zeugenstuhl Platz. Scheu sah er zu Staatsanwalt Neumann hin, als dieser ihn ansprach. Stammelnd beantwortete er die Fragen. Dabei vermied er es, den Blick auch nur einmal in Richtung des Angeklagten zu wenden. Neumann fragte: „Sie bestätigen also die ursprüngliche Aussage: sie waren in der fraglichen Zeit NICHT mit dem Angeklagten zusammen waren?“ Bäcker nickte. „Für das Protokoll. Der Zeuge hat genickt und die Aussage bestätigt.“ Richterin Lemkendorf mischte sich ein. „Herr Bäcker, auch wenn sie noch jung sind und etwas eingeschüchtert, sollte es ihnen doch klar sein, dass eine Tonaufzeichnung kein Kopfnicken dokumentieren kann. Also ab sofort laut, klar und deutlich antworten, wenn ich bitten darf!“ Bäcker nickte erneut, besann sich dann und sagte: „Ja, Frau Richterin.“

Ich hatte Ken Wolters während der Aussage Bäckers beobachtet. Sein Gesicht war kreidebleich geworden und er krampfte sich mit beiden Händen in die Lehnen seines Stuhles. Die Fixierung seiner Schulter war nicht mehr nötig, da seine Schulter ausgeheilt war. Lediglich auf seiner Stirn prangte die sechseckige Narbe, umgeben von einem dunklen Bluterguss. Der Junge war kurz vor dem Platzen und beugte sich zu seinen Anwälten rüber. Sie tuschelten ein paar Minuten, sodass Richterin Lemkendorf sich genötigt sah einzugreifen. „Wenn es ihnen nicht zu viel ausmacht, lassen sie uns doch bitte an ihrer Besprechung teilhaben. Wir sind sicher alle sehr interessiert an dem, was Herr Wolters zu sagen hat, nachdem er bislang zur Sache geschwiegen hat.“ Dr. Waltz erhob sich. „Mein Mandant weist darauf hin, dass er sich bei der ersten Befragung durch die Polizei in einer psychischen Ausnahmesituation befunden hat. Daher hat er Zeiträume durcheinander gebracht. Dies ist sicher zu entschuldigen, zumal Herr Wolters nie zuvor mit dem Gesetz in Konflikt geraten ist.“ Die Richterin stützte ihr Kinn nachdenklich in eine Hand. „Sie meinen, er ist noch nicht verurteilt worden, Herr Anwalt. Aus meinen Unterlagen geht hervor, dass Ken Wolters schon einmal angezeigt wurde, wegen Tierquälerei. Die Anzeige wurde dann aber fallengelassen.“ Dr. Waltz‘ Kopf fuhr mit einem Ruck herum und wanderte zwischen Ken und seinen Eltern, die im Zuschauerraum saßen, hin und her. Wütend flüsterte er auf ihn ein und gestikulierte dabei wild mit den Armen, dass die Ärmel seiner Robe nur so flogen. Nach kurzem Austausch antwortete der Jurist: „Es handelte sich um eine Angelegenheit nach dem Jugendstrafrecht. Der Fall liegt zwei Jahre zurück und es kam, wie sie sagen, nie zur Verhandlung. Deshalb frage ich, warum das jetzt zur Sprache kommt?“ „Weil es ein ergänzendes Bild auf den Charakter ihres Mandanten abgibt. Ich finde es mehr als bemerkenswert, dass sie als Verteidiger nicht darüber informiert worden sind. Aber lassen sie uns bitte fortfahren.“ Dr. Waltz ließ sich stöhnend in den Stuhl fallen. „Keine Fragen mehr!“ Der Staatsanwalt verneinte ebenfalls und Bäcker wurde entlassen. Er wollte der Verhandlung nicht folgen und verließ den Saal. Dabei wandte er doch noch einmal ängstlich den Blick zur Anklagebank. Die Miene von Ken ließ keinen Zweifel aufkommen. Wenn Blicke töten könnten, läge Torben Bäcker jetzt zusammengesunken auf dem Boden des Sitzungssaales.

Richterin Lemkendorf schloss die Verhandlung für heute und setzte übermorgen als nächsten Verhandlungstag an. Bevor ich den Saal verließ, sah ich, wie alle drei Wolters in einer angeregten Diskussion mit ihren Anwälten steckten. Ken sah dabei zum ersten Mal total verzweifelt aus.

Der nächste Verhandlungstag fiel jedoch aus. Ken Wolters hatte am Abend nach dem ersten Verhandlungstag in seiner Zelle einen Suizidversuch unternommen. Kurz vor der Verteilung des Abendessens hatte er ein Handtuch in Streifen gerissen und zu einem Seil gedreht. Damit hatte er versucht, sich an seinem aufgestellten Bettgestell zu erhängen. Der ganze Versuch war jedoch so stümperhaft ausgeführt, dass das Bett umstürzte und den Jungen unter sich begrub. Wenige Minuten später wurde er bei der

Essensausgabe gefunden. Außer einer weiteren Beule am Hinterkopf war ihm jedoch nichts geschehen. Der Anstaltsarzt hielt jedoch eine dreitägige Verhandlungspause zur Erholung für nötig.

Die Vollzugsbeamten, die uns bei einem Besuch der JVA über den Vorfall informierten, wiesen darauf hin, dass sie die Selbsttötungsabsicht sehr in Zweifel zögen. Die Wahl des Zeitpunktes und die Art des Versuchs ließen keine ernsthafte Absicht erkennen, so ihre Erfahrung. Ebenso sahen es der Anstaltsarzt und der hinzugezogene Psychologe: ein extremer Versuch, Zeit zu gewinnen. Als die Verhandlung wieder aufgenommen wurde, versuchte die Verteidigung zwar, diese Tat als einen Ausdruck der Ohnmacht vor den überwältigenden Indizien auszulegen, Staatsanwalt Neumann hielt dem jedoch entgegen, dass es ebenso als Schuldeingeständnis gewertet werden konnte.

Die folgenden Prozesstage waren erfüllt mit den Aussagen der weiteren Zeugen, Stellungnahmen und Gegenreden der beiden Parteien und den Gutachten verschiedener Sachverständiger. Doch mit jedem Tag zog sich die Schlinge um den Hals von Ken Wolters immer enger. Es konnte sich nur noch um höchstens zwei Verhandlungstage handeln, bis Richterin Lemkendorf die Plädoyers der Verteidigung und Staatsanwaltschaft verlangen würde. Die Eltern von Annalisa hatten den Prozess mit versteinerter Miene und ohne jede Gefühlsregung verfolgt. Jeden Tag waren sie im Gericht und jeden Tag ertrugen sie schweigend den Spießrutenlauf durch die Kameras und Mikrofone der Medien, die sie vor dem Gerichtsgebäude bestürmten. Selbst vor ihrem Haus lauerten ihnen zwei Paparazzi auf, die versuchten, Bilder vom Inneren des Gebäudes zu machen. Die Nachbarschaft erwies sich jedoch als solidarisch und verweigerte jede Zusammenarbeit mit der Skandalpresse. Ein Fotograf eines holländischen Magazins war sogar unter Einsatz eines Besens vom Nachbargrundstück vertrieben worden. Selbst Sandra und Udo, unsere Wirtsleute, waren von Journalisten befragt worden, ob sie die Familie kennen würden. Jupp und ich erfuhren davon bei einem abendlichen Essen, gemeinsam mit unseren Damen. Danach fuhren wir kurz bei Eckströms vorbei und boten ihnen an, dass regelmäßig ein Streifenwagen an ihrem Haus patrouillieren würde. Sie lehnten dankend ab, ihnen würde die Aufmerksamkeit, die sie jetzt genössen, schon völlig ausreichen. Polizeieinsatz würde das Ganze nur noch verschlimmern.

Das mediale Interesse an dem Fall war überwältigend. Obwohl unter Ausschluss der Öffentlichkeit verhandelt, drangen mehr Informationen nach draußen, als es wünschenswert wäre. Die lokale Presse thematisierte den Fall sowohl spektakulär als auch reißerisch. Da war von unhaltbaren Zuständen im Bildungswesen die Rede, von eklatanten Versäumnissen im Ministerium. Es wurde der Rücktritt der Ministerin gefordert und zum wiederholten Male forderten die üblichen Quellen eine Verschärfung des Strafechtes. Ich fragte mich, wie die Eltern des Mädchens darauf reagieren würden. Ich sah weder im Vater noch der Mutter einen potentiellen Rachetäter, aber man sah den Menschen immer nur vor den Kopf – eine simple Weisheit, die mir Sarah als Psychologin einmal mit auf den Weg gegeben hatte. „Sei dir deiner Sache nie zu sicher. Die menschliche Seele hat Abgründe, in die niemand unbeschadet schauen kann.“ Ich war lange genug Polizist, um diese Erfahrung bestätigen zu können.

Am nächsten Morgen erreichte uns ein Anruf aus dem Büro der Staatsanwaltschaft. Neumann bat uns um ein Gespräch. Verwunderlich nur, dass er so geheimnisvoll tat und um ein Treffen an einem neutralen Ort bat. Da das Wetter noch mitspielte, verabredeten wir uns in der Altstadt. Wir wollten uns im Biergarten „Im goldenen Ring“ treffen. Wir fanden Neumann an einem Tisch unmittelbar neben dem Radschlägerbrunnen vor. Er blickte in Richtung Schlossturm und war so in Gedanken, dass er unser Erscheinen gar nicht bemerkte. „Hallo, Herr Neumann, auch ein lecker Alt?“ Der Köbes mit dem silbernen Tablett schien den Juristen zu kennen. Dieser schreckte auf, sah uns und nahm wortlos drei Gläser vom Tablett. Der Köbes machte seine drei Bleistiftstriche und zog von dannen.

Wir prosteten einander zu und Neumann sah uns beide an, nachdem wir unsere Gläser wieder abgesetzt hatten. Neumanns Glas war leer. Und als er zu sprechen begann, merkte ich, dass es nicht sein erstes gewesen war. „Meine Herren, ich lehne mich jetzt mal ganz weit aus dem Fenster. Wir haben doch bislang sehr gut bei unserem ersten gemeinsamen Fall zusammen gearbeitet, oder?“ Er heischte mit ernstem Gesicht nach unserer Zustimmung und wir nickten höflich. Was war mit dem Mann los?

„Ich habe heute einen Besuch von einem parlamentarischen Staatssekretär erhalten – gaaaaanz geheim natürlich – pssschhhhttt“, er hielt sich den Finger vor den Mund, als wolle er ein Kleinkind zum Schweigen auffordern. „Er fragte nach meinem Befinden und wie es denn so laufe in der Staatsanwaltschaft. Dann wollte er wissen, wie ich mir so meine weitere Karriere vorstelle. Er sagte, er stehe in Verbindung mit einflussreichen Persönlichkeiten in der Stadt und dem Land. Und da herrsche im Moment ein wenig Unruhe. Hicks! ‘Tschuldigung!“ Er schluckte schwer und schien gegen ein Kichern anzukämpfen. „Es gibt im Netz bereits Online-Petitionen gegen die Ministerin und die Opposition schießt sich immer mehr auf sie ein. Tja, sie hat da eine Novellierung schon in der Schublade, aber das braucht noch etwas durch die Gremien. Was sie bräuchte, wäre jetzt ein wenig Ruhe in der Bevölkerung und im Landtag. Und ich soll dafür sorgen, mit ner schnellen und harten Verurteilung. Es solle auch nicht mein Schaden sein. So, und jetzt sie, meine Herren!“ Wir blickten ihn fragend an. „Was, und wir?“ „Na, was meinen sie, soll ich tun? Sollen SIE tun? Sollen wir ein paar Beweise manipulieren, dass der Wolters ganz sicher nicht davonkommt? Sollen wir entlastendes Material – HICKS – dass es ja gar nicht gibt, verschwinden lassen? Was sagen sie? VERDAMMT NOCH MAL!" Er hatte gebrüllt und hieb mit der Faust auf den Tisch, dass die Gläser hüpften. „Sind wir hier in einer Bananenrepublik? Dafür bin ich nich Jurist gwordn." Seine Stimme wurde immer undeutlicher. Ich nickte Jupp zu und wir setzten und ganz eng neben ihn. Dann packte ich ihn an den Schultern und drehte ihn zu mir um. Aus glasigen Augen starrte er mich an. Ich kam seinem Gesicht ganz nahe. „Pass jetzt mal auf, Neumann, und ich hoffe, du behältst das in deinem Kopf, egal wie blau du jetzt bist. Ich hab das erste Mal das Gefühl, dass ein Staatsanwalt mit uns zusammenarbeitet und UNSEREN Job versteht. Die anderen hatten meist nichts Besseres zu tun als uns in den Rücken zu fallen, sobald der Wind von vorne wehte. Wehe, du fängst jetzt damit auch an und raubst mir die Illusion von einem integren Juristen! WEHE! So, und jetzt bringen wir dich nach Hause." Wir hakten ihn unter und schafften den singenden Juristen zu unserem Wagen, der auf der Mühlenstraße stand, nachdem wir den Deckel bezahlt hatten.

Neumann wohnte in Lörick. Vor der Doppelhaushälfte auf dem Glehner Weg angekommen, bugsierten wir den mittlerweile schnarchenden Mann aus dem Wagen. Auf der ganzen Fahrt hatte er uns vollgeschwallt, was für tolle Polizisten wir wären und wie stolz er auf so ein Ermittlungsteam wäre. Man sagt ja, dass Kinder und Besoffene die Wahrheit sagen, aber ich hatte schon Erstklässler so lügen hören, dass sich die Balken bogen. Insofern gab ich nichts auf das Geschwätz. Er fummelte mit Mühe einen Hausschlüssel aus der Tasche, den wir ihm sofort abnahmen. Er hätte nie das Schlüsselloch getroffen. Wir betraten die Diele und gingen sofort durch in den offenen Wohnbereich. Dort legten wir Neumann auf einer Couch ab, entkleideten ihn bis auf die Unterwäsche und deckten ihn mit einer der herumliegenden Decken zu. Wir wollten das Haus schon verlassen, da eilte Jupp noch einmal zurück. Er öffnete mehrere Türen, bis er das Bad fand. Dort kramte er ein paar Minuten herum und kam dann mit einem Eimer und einem Handtuch wieder heraus- „Wenn er nur halbwegs so ist wie wir, wird er die Sachen brauchen.“ Ich nickte schmunzelnd, ging in die Küche, holte eine Flasche Wasser aus dem Kühlschrank und stellte sie zum Eimer neben der Couch. Neumann war wieder schnarchend entschlummert. Wir schlichen uns raus und zogen die Haustür zu.

„Ob der sich morgen noch an ein einziges Wort erinnert?“, fragte Jupp auf der Rückfahrt ins Präsidium. „Nicht ein einziges“, meinte ich lachend, „und das ist auch gut so!“

Wie sehr ich mich täuschte! Neumann war am nächsten Tag wieder im Dienst. Er kam wie aus dem Ei gepellt in unser Büro, sah uns mit Alex an den Tischen sitzen und zögerte. Wir blickten ihn erwartungsvoll an. „Entschuldigen sie, Frau – Eckström – ach nee, entschuldigen sie bitte vielmals, Frau Stickelbroeck, ich mache so was sonst ja nicht, aber würden sie für mich unten in der Kantine mal nachsehen, ob die einen Rollmops oder Salzhering haben?“ Unsere Praktikantin grinste. „Haben sie nicht. Ich weiß das, weil ich schon mal am Rosenmontag meinen Vater abgeholt habe und er auch so ein Ekelszeug wollte. Aber sagen sie doch einfach, dass sie mit Micha und Jupp alleine reden wollen. Ich geh kurz raus und frage meinen Pa, wann wir heute nach Hause fahren.“ Damit verschwand sie grinsend.

Neumann nahm bei uns Platz. Er hielt sich stöhnend den Kopf und meinte: „Strafe muss sein! Ich hab’s ja nicht anders verdient. Hab ich gestern viel Unsinn erzählt?“ Ich wollte patzig sein und „nicht mehr als sonst“ erwidern, aber es erschien mir unpassend. „Nicht so viel, wie sie jetzt vielleicht meinen. Woran erinnern sie sich denn noch?“ „Leider an viel zu viel. Oh

Gott, mein Kopf!“ Mit beiden Händen rieb er sich die Schläfen. Schmitz stand auf und sagte: „Ich frag mal nebenan im Schreibbüro nach, ob da jemand ein Aspirin hat. Die Kolleginnen dort sind unglaublich hilfsbereit!“ Damit verschwand auch mein Freund aus dem Raum.

Neumann beugte sich vor. „Alles, was ich gestern erzählt habe, stimmt, Oberle. Alles wahr! Ich habe ein wenig mit mir gehadert, wie ich mich verhalten soll. Dann habe ich den Mann aus dem Ministerium mal recherchiert. Unglaublich, über welches Netzwerk der verfügt. Der hat nicht übertrieben. Wenn wir also nicht mitspielen, haben wir mächtige Gegner. Und das nicht nur auf DIESEN Fall bezogen. Ich denke, solche Leute haben ein sehr langes Gedächtnis! Wie machen wir weiter, Oberle?“

Ich schwieg und betrachtete mein Gegenüber nachdenklich. Eine verdammt heiße Kiste war das, auch wenn das Schulministerium mir keine Anweisungen geben konnte. Die kannten sich doch alle untereinander und selbst über Fraktionsgrenzen hinaus gab es unausgesprochene Bündnisse, die von außen kaum zu durchschauen waren. War diese Rektorin, diese Garcia, vielleicht auch Teil dieses Bündnisses? Sie wirkte so selbstsicher in ihrer gutsherrlichen Art der Schulleitung. Quatsch, was verirrte ich mich hier in Verschwörungstheorien? Das waren einfach Seilschaften, die ihre Interessen wahren wollten – keine Illuminati, sondern nur Wirtschafts- und Politikbonzen.

Also sagte ich zu Neumann: „Wir werden keinen Millimeter von der bisherigen Linie abgehen, Herr Staatsanwalt. Wir ziehen das Ding ordnungsgemäß durch. Dieser Wolters ist ganz sicher kein Unschuldslamm und er hätte sicher verdient, mal so richtig vom Schicksal eine aufs Maul zu bekommen. Aber ich werde ihm nichts unterjubeln oder Beweise verfälschen, nur damit ein schnelles hartes Urteil gefällt wird und der Mob

Frieden gibt. Stimmt, die Wahlen stehen ja vor der Tür. Ist mir aber egal. Sind wir uns darin einig?“ Jupp war während meines Vortrags reingekommen und blieb wartend an der Tür stehen, die Tabletten in der Hand.

Neumann wandte sich um, blickte Schmitz fragend an und sagte: „Ist das auch ihre Meinung, Herr Schmitz?“ Jupp nickte lediglich und reichte ihm das Medikament. Der Jurist nahm es dankbar entgegen und drückte sich gleich drei Tabletten aus dem Blister. Mit einem Schluck Cola aus der von mir gereichten Flasche schluckte er alle auf einmal. Dankend reichte er die Flasche zurück und erhob sich ächzend.

Dann trat er zu uns beiden, reichte uns die Hand und sagte: „Für den Fall, dass wir mal wieder so privat sind wie jetzt oder gestern: ich heiße Jérôme, für meine Freunde Jo. Ich weiß, ein schräger Name, aber meine Eltern meinten, bei Neumann müsse es etwas Außergewöhnliches sein.“ Wir lächelten ebenfalls und nannten unsere Vornamen. Dann zog Neumann ab, mit den Worten: „Macht euch auf was gefasst. Mein Plädoyer wird ein Paukenschlag, der noch manchem in den Ohren klingen wird. Ach ja, noch was: ich weiß jetzt, warum die Lemkendorf so scharf auf den Fall war. Eine ihrer Töchter ist auch ein kleines Moppelchen, richtig süß, und ist jahrelang gemobbt worden. Aber psssssstt!“ Damit schloss er die Bürotür hinter sich.

## Kapitel 13

*Aus den Erinnerungen von Melanie an Annalisa:*

*Das Gustaf-Gründgens-Gymnasium hatte im Gegensatz zu den meisten anderen allgemeinbildenden Schulen Zusatzangebote im Programm, die eher klassisch wirkten. Dazu gehörten auch eine Art Werkunterricht, der den vernünftigen Umgang mit Werkzeug schulte, und ein Kochkurs, der sehr schnell voller Teilnehmer war. Als Annalisa sich vor einem Jahr im Unterricht per Handzeichen für das Kochen meldete, erklang ein Tuscheln aus den Reihen hinter ihr: „Klar, dass die fette Kuh da rein will!“ Sie warf den Kopf herum und erblickte nur feist grinsende Gesichter.*

*Mittlerweile hatte sie sich einige Fertigkeiten angeeignet und kam gut mit den gestellten Aufgaben zurecht. Es war eben ein Kurs, in dem sie sich ganz ihrer Kreativität hingeben konnte und nicht extra pauken musste. Leider waren auch einige der Quälgeister aus ihrer Klasse dabei, darunter auch Ken Wolters. Er hatte mit zu den heftigsten Mobbern gehört, nachdem ihr Rauswurf aus der Casting-Show übertragen worden war. Das blieb auch so in den folgenden Wochen. Gleichzeitig aber bemerkte sie auch, dass Ken, wenn er sich unbeobachtet fühlte, sie betrachtete, als hätte er Interesse an ihr. Was sollte der Scheiß? Erst wurde sie von ihm fertig gemacht, möglichst vor allen anderen, und insgeheim – ja, was eigentlich? Mochte er sie etwa und traute sich nicht, es zuzugeben? Das konnte doch unmöglich wahr sein. Oder vielleicht doch? Naja, er sah wirklich gut aus und – mitten in ihrem Gedanken erhielt sie einen Stoß gegen den Rücken. „Mach mal Platz, du Plantschkuh!“ Ein Mädchen aus einer Parallelklasse stand ihr mit hochrotem Gesicht gegenüber, einen großen Topf mit heißem Nudelwasser in beiden Händen. Annalisa wich aus, hätte ihr aber am liebsten ein Bein gestellt für die Frechheit. Von wegen Plantschkuh, die hatte doch selbst mindestens 15 kg zu viel auf den Hüften. Es wäre wohl am besten, wenn sie die Schule wechseln würde, ging es ihr durch den Sinn, als die Lehrerin die Gruppe aufforderte, jetzt zu Tisch zu kommen und die heutigen Versuche der Kochkunst zu probieren. Langsam leerte sich die Übungsküche, nur Ken und sie waren noch in dem Raum. Da hörte sie, wie der Junge zischend den Atem einsog und „Scheiße" sagte. Sie sah ihn an und bemerkte, dass er sich geschnitten hatte. Fürsorglich befeuchtete sie ein Handtuch und reichte es ihm, um die Wunde zu reinigen. Er sah sie verwundert an, rieb sich mit dem Tuch die Wunde trocken und presste es solange darauf, bis die Blutung gestillt war.*

*Annalisa räumte noch einige Besteckteile weg, als er plötzlich hinter ihr stand. Sie spürte es mehr als dass die es hörte. Sie machte auf dem Absatz kehrt und sah, wie ihr Mitschüler sie von oben bis unten taxierte. „Die Titten sind ja eigentlich nicht ganz so schlecht. Aber der Rest? Naja, zur Not, im Dunklen! Wenn du also am Wochenende nichts vorhast ..." Damit zog er spielerisch hinter seinem Rücken ein großes Kochmesser hervor und hielt es ihr vor die Brust. Annalisa wich angsterfüllt zurück, stand aber unmittelbar an der Arbeitsplatte der Küchenzeile. Ken fuhr mit der Messerspitze langsam die Rundung ihrer Brust nach und schien ihre Panik zu genießen. In diesem Augenblick kam die Lehrerin in den Kochraum. „Braucht ihr Beiden eine Extra-Einladung?" Mit seinem gewinnenden Lächeln, mit dem er fast immer ungestraft davon kam, antwortete Ken: „Keineswegs, Frau Sauer, wenn sie so nett nachfragen! Ich hoffe doch sehr, dass sie nicht von unserer Leistung enttäuscht sein werden!" Kopfschüttelnd verließ die Lehrkraft den Raum und Ken folgte ihr, ein Lied pfeifend. Annalisa hielt sich zitternd an der Kante der Arbeitsplatte fest und versuchte, nicht in Ohnmacht zu fallen. Dieses Schwein! Wenn er sie doch nur einmal wie einen Menschen behandelt hätte! Er hätte doch alles von ihr kriegen können – nur ein einziges liebes Wort, eine zärtliche Berührung!*

*Aber er sah sie nicht, sah sie nie, blickte quasi durch sie hindurch. Was war sie nur für eine blöde Kuh, dachte sie bei sich. Hatte er vielleicht doch Recht? War sie nichts wert? Einen Augenblick ließ sie den Kopf hängen, Dann dehnte sie ihren Rücken durch, richtete sich auf und rief in die Stille der außer ihr menschenleeren Küche: NIE WIEDER!*

*Ihr Blick fiel auf das Küchenmesser, das Ken achtlos auf der Arbeitsplatte zurückgelassen hatte. Sie sah sich um. Allein! In ihr reifte eine Idee, eine schrecklich, monströse, endgültige Idee. Sie kramte aus einer Schublade zwei wieder verschließbare Gefrierbeutel hervor und nahm einen Silikonhandschuh. Diese Dinger nutzten sie sonst nur zum Formen von Frikadellen oder bei der Arbeit mit flüssiger Schokolade. Vorsichtig ergriff sie das Messer und danach das blutige, feuchte Handtuch und verfrachtete die Gegenstände in je einen Beutel. Übervorsichtig, um Spuren nicht zu zerstören, packte sie die Beutel in ihren großen Schulrucksack und folgte nun den anderen Schülern zum nächsten Kurs. Melanie erwartete sie und hakte sich unter, ohne zu fragen. Der Gesichtsausdruck ihrer Freundin machte ihr allerdings Sorgen.*

---

Pinkas Reinardy kam um neun Uhr in sein Büro im Gebäude der Rheinischen Post an der Zülpicher Straße in Heerdt. Er grüßte kurz im Vorbeigehen seine Kollegen und Kolleginnen und nahm dann hinter seinem Schreibtisch Platz. Eine junge Volontärin klopfte kurz nach seinem Eintreffen an und brachte ihm Post und eine Kanne Kaffee. Er bedankte sich und wollte mit dem Studium der Briefe beginnen, da bemerkte er, dass die junge Frau unentschlossen im Rahmen der Tür stehengeblieben war. „Ist sonst noch was, Frau Beukelaer?“ Niedlich, dieser Name, machte irgendwie Appetit auf Kekse. „Ja, wissen sie, ich habe heute die Mails an die Chefredaktion gesichtet. An sich nur das Übliche. Ich hab sie ausgedruckt und in den Vorsortierer gelegt. Aber da ist was – wie soll ich sagen? Ich hab so was noch nie gelesen und denke, das wäre ein echter Knüller, wenn das stimmen sollte.“ Damit kam sie nochmals an seinen Tisch und zog einen Ausdruck hervor, den sie bislang hinter ihrem Rücken verborgen hatte.

Reinardy war gut gelaunt und die Mitarbeiterin hatte sich bisher gut ins Team eingefügt, wenn auch mit etwas blauäugigen Vorstellungen vom Alltag ihres möglichen zukünftigen Berufes. „Na, dann mal her damit, vielleicht sind wir ja einer Pulitzer-verdächtigen Story auf der Spur. Danke! Und jetzt bitte die nächste halbe Stunde kein Anrufe durchstellen!“ Mit einem Lächeln schloss die junge Frau die Tür und kehrte an ihren Arbeitsplatz zurück. Zufrieden damit, dass ihre Gedanken nicht direkt abgebügelt worden waren, begann sie die Agenturmeldungen zu sichten.

Reinardy wandte seine Aufmerksamkeit der Briefpost zu und war schnell mit ihr fertig. Ein paar kurze Notizen auf einem Post-it und seine Mitarbeiter wüssten, was damit zu tun sei. Jetzt wären also die Emails dran. Na gut, zuerst der Ausdruck von Frau Beukelaer. Genussvoll trank er einen Schluck Kaffee und begann an einem Keks zu knabbern, da erstarrte er mitten im Lesen der Nachricht. Das restliche Gebäck fiel aus seiner Hand. Er sprang auf und eilte zum Tisch der Mitarbeiterin. „Wann ist das reingekommen? Haben sie es noch auf dem Server?“ Die Volontärin sah nach und bestätigte: „Eingang heute Morgen um 4.30 Uhr. Die Mail kommt von einem neutralen Account: annalisa-neveragain@web.de. Das Ding ist der Hammer, nicht wahr?“ „DAS, liebe Kollegin, ist kein HAMMER, das ist eine Tragödie! Verbinden sie mich bitte sofort mit der Polizei, Morddezernat. In unserem

Mailprogramm muss ein Kontakt stehen. Falls nicht, fragen sie bei den Leuten vom Lokalen nach. Aber fix, bitte!“ Dann kehrte er in sein Büro zurück und las die Nachricht nochmals langsam und konzentriert durch.

*Die Email von Annalisa Eckström:*

*Betreff: Mord am Elbsee*

*Sehr geehrter Herr Reinardy,*

*ich bitte sie herzlich, sich diese Mail genau durchzulesen – denn sie stammt von einer Toten. Mein Name ist Annalisa Eckström und ich bin das Opfer des Mordes auf dem Segelboot auf dem Elbsee.*

*Bevor sie jetzt diese Mail löschen, weil sie von einer Wahnsinnigen zu stammen scheint, gebe ich ihnen Informationen, die sie sicher nicht von der Polizei erhalten haben. Prüfen sie deren Wahrheitsgehalt einfach durch Nachfrage!*

*Ich habe an meinem Todestag einen weißen Slip getragen. Auf der Gesäßseite stehen mit einem Edding geschrieben die Worte: NIE WIEDER! Bitte prüfen sie das nach, damit sie mir glauben.*

*Warum schreibe ich ihnen das alles? Weil ich das Leben, so wie ich es in den letzten beiden Jahren geführt habe, nicht mehr ertrage, und dafür sorgen will, dass meine Peiniger EIN MAL in der Rolle des unschuldigen Opfers stecken. Aber ich will nicht, dass sie für eine Tat bestraft werden, die sie nicht begangen haben – dann wäre ich nicht besser als sie!*

*Ich bin sicher, dass ihre Reporter Fotos von meiner Leiche gemacht haben. Ich beschreibe mich daher nur kurz: ich bin 17 Jahre alt, 1,69 m groß,*

*Kleidungsgröße 44, lange blonde gelockte Haare, grüne Augen. Ich war Schülerin am Gustaf-Gründgens-Gymnasium in Düsseldorf Itter, Am Steinebrück.*

*Ich war lange, viel zu lange Zeit das Opfer meiner Mitschüler. Sie werden auf den Fotos sehen, wie ich ausgesehen habe. Als junge Frau ohne Size-Zero-Maße war ich prädestiniert für den Spott. Hinzu kamen noch meine guten schulischen Leistungen und meine offensichtliche Harmoniesucht sowie Opferhaltung. Ja, Opferhaltung, so etwas gibt es, sagen die Psychologen. Über zwei Jahre habe ich es ausgehalten, aber als nach einer erfolglosen Teilnahme bei einer Casting-Show auch noch fingierte pornografische Fotos und Filme mit meinem Gesicht ins Netz gestellt worden waren, ist irgendetwas in mir zerbrochen. Sie wissen als Medienfachmann, dass es kaum möglich ist, das Internet völlig von diesen Aufnahmen zu bereinigen. Und was geschieht mit den Tätern? Ein paar Sozialstunden, in denen sie sich schlapplachen und zur Not ein ärztliches Attest beibringen. Ich habe mal eine Abhandlung über vermeintlichen Opferschutz in Deutschland gelesen und ich glaube nicht, dass Tätern so beizukommen ist. Ich habe am eigenen Leibe erlebt, wie sehr Schmerz einen lehren kann. Dies hat auch zu meiner Tat geführt.*

*Da sie diese Mail lesen, muss mein Suizid erfolgreich gewesen sein. Ja, SUIZID, denn das war es! Die Fingerabdrücke von Ken Wolters auf dem Messer in meiner Brust? Er hat mich in der Schule damit bedroht und ich habe es sorgsam entwendet und als Teil meines Planes genutzt. Ich habe peinlich genau darauf geachtet, dass die Fingerabdrücke nicht verwischt wurden. Außerdem habe ich zwischen den Polstern an Deck einen Schlüsselbund von Larissa deponiert, so als wäre er dort versehentlich reingerutscht. Ich habe ihn ihr in einer Pause aus der Handtasche gestohlen. Ich hoffe, die Polizei hat die beiden gehörig in die Mangel genommen. SIE waren die Anführer, die Schlimmsten. Ich bin sicher, dass von Ken und seinen Freunden auch die widerlichen Fotos und Filme stammen.*

*Sie fragen sich, warum ich nicht die Polizei eingeschaltet habe? Das habe ich doch eben geschrieben. Ich glaube nicht an die Strafen, die in unserem Land für solche Taten verhängt werden. Sie stellen keine Bedrohung dar, sie schrecken nicht ab. Und aufgrund der Vielzahl von Verbrechen dieser Art fallen einfach manche Fälle mengenmäßig durch das Raster. Und warum habe ich mein Leben beendet? Ich kenne die Argumente zur Genüge, man liest und hört sie oft genug: du hast dein Leben noch vor dir, das Glas ist immer halbvoll, das geht vorbei, halt durch, lass dich nicht unterkriegen, gib nicht auf sonst haben die anderen gewonnen ---jaja, alles blabla!*

*Es gab einen Zeitpunkt in meinem Leben, da ist etwas in mir zerbrochen. Unrettbar verloren, ohne Hoffnung, jemals wieder zu heilen. Mir wurde meine Würde, der Rest meiner Selbstachtung genommen. Was sind da Erfolge, Fähigkeiten, Können noch wert, wenn man sich selbst nur noch für wertlos hält? Sie nennen mich schwach? Vielleicht haben sie Recht, aber auch solche Menschen gibt es und sie haben ein Recht auf Existenz. Dieses Recht wurde mir genommen.*

*Ich habe lange überlegt, wie ich es am besten anstelle. Glauben sie mir, ich hatte wahnsinnige Angst vor der Tat an sich, aber noch größere vor einem Weiterleben! Ich habe diesen Weg bewusst gewählt, es war meine freie Entscheidung- vermutlich die mutigste und stärkste meine Lebens.*

*Darf ich sie um einen Gefallen bitten, Herr Reinardy? Würden sie bitte diese Mail nach Erhalt sofort dem zuständigen Polizeikommissariat zukommen lassen? Es soll der Entlastung meiner Peiniger dienen. Wenn meine Tat diese beiden Menschen zur Einsicht gebracht haben sollte, dann war mein*

*Leben nicht ganz sinnlos – und vielleicht machen sie meine Tat ja auch zum Thema eines Artikels in ihrer Zeitung und andere ziehen eine Lehre daraus.*

*Sie sind erst seit kurzem Chefredakteur der Rheinischen Post. Tut mir leid, dass ich sie am Anfang ihrer Tätigkeit mit so einer Geschichte nerve, aber ich hoffe auf ihr Verständnis.*

*Ich danke ihnen aus einer anderen, hoffentlich für mich schöneren Welt! Oh Gott, ich habe solche Angst!*

*Annalisa Eckström*

Da klingelte sein Telefon. „Reinardy, Rheinische Post. Herr Oberle? Ja, guten Tag, Herr Oberle. Wir kennen uns noch nicht. Ich bin der neue Chefredakteur der RP und ich würde – nein, damit möchte ich NICHT zur Pressestelle – NEIN, Herr Oberle, bitte hören sie mir einen Augenblick zu. Bearbeiten Sie den Mordfall vom Elbsee? Ja? Dann passt das perfekt. Ich habe heute ein Schreiben bekommen, ein Geständnis des Mörders. Daran haben sie sicher Interesse, oder? In einer Stunde, in meinem Büro? Gerne, melden sie sich am Empfang, sie werden abgeholt.“

---

Ziemlich genau eine Stunde später fuhren Jupp und ich vor der Zentrale des Düsseldorfer Medienkonzerns vor. Wir waren zum ersten Mal in dem

Gebäude, an dessen Lichtreklame man sich meistens nur erinnerte, wenn man vom Einkaufen aus Venlo oder Roermond über die A52 zurückkam. Wir hatten kein Glück und mussten einen langen Fußweg von einem Stellplatz zurück zu dem imposanten Bau in Kauf nehmen. Am Empfang gaben wir unsere Namen an, erhielten Besucherausweise und wurden unmittelbar von einer jungen Frau abgeholt, die sich mit Beukelaer vorstellte. „Und bevor sie Witze machen: ich kenne alle und ich weiß, ich bin knusprig wie der Butterkeks.“ Jupp und ich sahen uns verständnislos an. Auf die Gebäckfirma war keiner von uns ad-hoc gekommen. Auf der Etage mit den Redaktionsräumen angekommen, schritten wir durch Großraumbüros, deren Böden mit grauem Teppichboden ausgelegt waren, den hellgraue, schwarze und gelbe grafische Ornamente zierten. Symbole in den Unternehmensfarben, so was nennt man wohl Corporate Design. Wir wurden direkt in das Büro des Chefredakteurs geführt. Dieser bot uns Platz an und orderte bei der Dame Kaffee. Als sie den Raum mit dem Gewünschten betrat, hatten wir uns gerade vorgestellt und ein wenig beschnuppert. Reinardy hub direkt an: „Dieser jungen Kollegin haben sie es vermutlich zu verdanken, dass die besagte Email nicht einfach so durchgeflutscht ist.“ Beukelaer wurde leicht rot vor Stolz ob der Erwähnung und verließ mit einem Lächeln den Raum.

„So, die Herren Kommissare, bevor ich ihnen das Schriftstück übergebe, würde ich ihnen gerne zwei Fragen stellen, die ich in jedem Falle vertraulich behandeln werde und die nicht in unsere Berichterstattung einfließen werden. Können wir uns darauf verständigen?“ Ich blickte Schmitz fragend an. Dieser antwortete: „Das kommt auf die Fragen an, Herr Reinardy. Sie wissen ja, quid pro quo und man trifft sich ja auch immer zwei Mal im Leben.“ „Also dann: bei der Toten im Elbsee handelt es sich doch um eine gewisse Annalisa Eckström?“ „War das die erste Frage? Nun, das ist kein Geheimnis, ja!“ „Nein, meine Fragen kommen jetzt: haben sie an Bord des

Bootes einen blutigen Slip gefunden? Mit dem Blut des Mädchens? Und mit einer Aufschrift? NIE WIEDER!“ Wir blickten uns verblüfft an. Diese Information hatten wir wohlweislich vor den Medien zurückgehalten, um etwaige Trittbrettfahrer und Psychos aussortieren zu können. „Ja, das entspricht den Tatsachen.“ Damit überreichte uns der Redakteur jeweils einen Ausdruck einer Mail, die wir sofort zu lesen begannen. Unser Erstaunen steigerte sich mit jeder Zeile. Wir mussten wohl ziemlich blöd aus der Wäsche geschaut haben, denn der Zeitungsmann nickte. „Genau so ging es mir auch beim ersten Lesen. Welch eine Wahnsinnstat! Was müssen diese verzogenen Gören dem Mädchen alles nur angetan haben? Ich habe mit unseren Justitiaren gesprochen und kann ihnen folgenden Handel anbieten …“ Da unterbrach ich ihn direkt. „Handeln ist nicht drin, Herr Reinardy. Dieses Schreiben ist ein Beweismittel und ich beschlagnahme es hiermit. Allerdings bin ich ihnen dankbar, dass sie uns vorab informieren und wir davon nicht erst aus ihren verschiedenen Medien erfahren müssen.“ Reinardy kratzte sich hinter dem Ohr und meinte mit einem nicht unsympathischen Grinsen: „Dann eben kein Handel, sondern ein Gentlemens Agreement! Ich gebe ihnen Zeit, diese Fakten zu bewerten und mit der Staatsanwaltschaft abzusprechen. Dafür bekomme ich die Zusicherung, dass wir das Erstveröffentlichungsrecht haben und sie oder ihre Pressestelle keine andere Agentur etc. vorab informieren. Haben wir einen Deal?“ Er bot uns die Hand an und ich schlug nach einem kurzen Blickwechsel mit Jupp ein. Dann baten wir noch um die Weiterleitung der Email an unsere Dienststelle, damit unsere Techniker sie überprüfen konnten.

Es war kein Problem, beim diensthabenden Staatsanwalt einen Termin zu bekommen. Am Nachmittag fanden wir uns bei ihm ein, nachdem wir unseren Chef, Kriminaloberrat Richter, informiert und die Kriminaltechnik mit den Fakten versorgt hatten. Nach kurzer Schilderung wurde der verhandelnde Staatsanwalt hinzugezogen und gemeinsam wurde für den nächsten Verhandlungstag, also schon morgen, die Strategie besprochen. Staatsanwalt Neumann würde noch in dieser Stunde die Anwälte von Ken Wolters und Richterin Lemkendorf über die neuen Erkenntnisse informieren.

Gegen 15 Uhr des Folgetages fand ich mich zusammen mit Jupp im Gebäude des Land- und Amtsgerichtes Düsseldorf an der Werdener Straße ein. Immer wieder beeindruckte mich der imposante Bau mit seinem lichten Foyer und den großzügigen Räumen und Gängen. Wer hier das erste Mal hereinkam, musste einfach beeindruckt, wenn nicht gar eingeschüchtert sein. Möglicherweise auch Absicht des Auftraggebers? Wir näherten uns nach der Kontrollschleuse, in der wir uns ausweisen und unsere Dienstwaffen deponieren mussten, dem Empfangstresen, der sich vor einem riesigen Kunstwerk befand, das eher das Logo einer Kindertagesstätte als einer Justizbehörde gelten konnte. Kunterbunte Farbkleckse zierten die Wand bis zu den gläsernen Oberlichtern. Fröhlich, ganz sicher, aber die Botschaft dahinter blieb mir unklar.

Wir betraten den auf der Infowand bezeichneten Sitzungssaal unserer Strafsache und wiesen uns erneut als Zeugen aus. Wir gingen hinein, suchten kurz noch Staatsanwalt Neumann zu einem Briefing auf und gingen dann zum Wartebereich für die Zeugen.

Als ich aufgerufen wurde, betrat ich den Sitzungssaal durch einen Seiteneingang. Zunächst war ich durch das durch die breite Fensterfront einfallende Licht geblendet, konnte dann aber den Tisch und Stuhl für die Zeugen in der Mitte des Raumes erkennen. Nachdem Staatsanwalt Neumann den neuen Sachverhalt erläutert und eine Einstellung des Verfahrens beantragt hatte, konnten sich die beiden Anwälte der Familie Wolters es nicht verkneifen, die ermittelnden Beamten mit Spott und Häme zu überziehen. Man sprach von Inkompetenz und Ermittlungsfehlern, von grober Fahrlässigkeit und Dienstaufsichtsbeschwerde. Ich selbst nahm diese Kommentare nur wie durch Watte wahr. Die ganze Zeit war mein Blick auf Ken Wolters gerichtet, der sich zufrieden grinsend in seinem Stuhl zurücklehnte und mir provozierend zuzwinkerte. Nicht zum ersten Mal schoss es mir durch den Kopf, was der betrunkene Kerl im „Extratour“ vor einigen Tagen abgesondert hatte. Wie hatte er noch bei seinem Abgang an der Tür gelallt: „Viel zu lasch, das Ganze. Einfach mal ordentlich paar in die Fresse, damit die auch mal spüren, wie es ist, am Boden zu liegen!“ Nur dachte ich dabei weniger an Wolters, den ich für einen maßlosen Egozentriker hielt, ein jämmerliches, leistungsschwaches Würstchen, das ohne die Protektion seiner Eltern nicht überleben konnte. Die Handlungsempfehlung des Krakeelers schien mir ein angemessener Umgang mit bestimmten Juristen. Anwälten, die in dem Wissen, das Recht zugunsten eines Verbrechers oder Unmenschen zu beugen, die Schwächen des Systems ausnutzten, über das sich ihre Mandanten mit ihrer Tat gestellt hatten. Oder wie hatte Jupp mal so schön gesagt? „Am liebsten mal ‘ne Axt in den Kopf, damit das Hirn belüftet wird!“

Zumindest ansatzweise schien Richterin Lemkendorf der gleichen Ansicht zu sein, denn sie fuhr dem Anwalt in die Parade und ließ sich über mangelnde Ethik in ihrem eigenen Berufsstand aus. Sie drohte den Anwälten bei nochmaligem vergleichbarem Verhalten mit standesrechtlichen Konsequenzen. Auch da fiel mir wieder ein Faust-Zitat ein: die Worte hör ich wohl, allein mir fehlt der Glaube. Die vorsitzende Richterin stellte das Verfahren gegen Ken Wolters ein, regte aber eine psychosoziale Beratung auf freiwilliger Basis an. Mir war klar, dass dieser Junge diesem Rat nie Folge leisten würde. Demonstrativ, quasi als Merkmal seiner wiedergewonnenen Freiheit, überreichte sein Anwalt Dr. Waltz dem Jungen ein Handy und ließ sich dabei vor dem Gerichtssaal von der Presse ablichten. Ken erdreistete sich sogar, im Stile eines Ackermann von der Deutschen Bank die Hand mit einem Victory-Zeichen in die Luft zu recken. Daher erlaubte ich mir vor dem Verlassen des Sitzungssaales eine kleine Geste: Zeige- und Mittelfinger der rechten Hand ebenfalls zu einem V geformt, wies ich auf meine Augen und dann nur mit dem Zeigefinger auf Ken Wolters, der diese Geste scheinbar als Einziger gesehen hatte. Aufgeregt forderte er seine Anwälte auf, in meine Richtung zu sehen, aber da hatte ich mich schon abgewandt und mich auf den Weg zu Jupp gemacht, der unverrichteter Dinge noch im Wartebereich saß. Ich informierte ihn: „Wie wir erwartet haben: Verfahren eingestellt. Aber ich vermute, von dem Bengel haben wir nicht das letzte Mal gehört!“ Neumann ging an uns vorbei, nickte und kommentierte: „Nicht unterkriegen lassen, meine Herren, solche kleinen Ratten überschätzen sich irgendwann und machen Fehler. Und dann werden WIR da sein!“ Mochte sein, dass der Jurist Recht hatte, aber: wie viele Menschen mussten noch leiden, BIS er diesen verhängnisvollen Fehler machen würde?

Dann schlichen die Eckströms an uns vorbei. Sie grüßten uns mit einem Nicken. Wir hatten sie vor der Verhandlung nicht erreichen können. Unsere Anrufe blieben unbeantwortet, es gab keinen Anrufbeantworter, man öffnete uns nicht, als wir Sturm klingelten. Vielleicht waren sie vor der Urteilsverkündung geflohen, um von der Presse Ruhe zu bekommen. Vielleicht brauchten sie auch einfach nur einmal ein paar Tage Abstand. Wie es auch sei, sie hatten von dem Suizid ihrer Tochter erst im Gerichtssaal erfahren. Was das in ihnen ausgelöst hatte, konnten wir nur ahnen. Aber ihre Gesichter sprachen Bände. Darin lag so viel Schmerz, Trauer und Unverständnis! Und vielleicht auch ein wenig Reue. Reue für eigenes Versagen, nicht Zuhören, Wegschauen. Um des lieben Friedens willen, um den Erhalt der kleinen dörflichen Idylle, um den Anschein einer heilen Familie zu bewahren hatten sie die Augen vor den Ängsten ihres Kindes verschlossen. Wenn man überhaupt von Schuld sprechen konnte, und ich wagte nicht dieses Urteil zu fällen, dann war es ihre Schuld, Annalisa vielleicht zu sehr geliebt und idealisiert zu haben. Und Annalisas Schuld war es gewesen, ihre Eltern von ihrem Seelenleben auszuschließen, sei es auch nur, um ihnen weiteren Kummer zu ersparen. Es war müßig, weiter darüber nachzudenken. Diese Menschen mussten nun sehen, wie sie ihr Leben weiter gestalteten. Mir kam wieder ein Kommentar einer Kolumnistin in den Sinn, die wöchentlich ihre Meinung zu tagesaktuellen Themen in einem Wochenblatt kundtat. „Sind wir ein Land des Täterschutzes geworden? Auch wir von den Medien kümmern uns meist nur um den Täter und dessen Beweggründe. Aber was ist mit den Opfern? Oder, nicht minder schlimm, mit den Hinterbliebenen? Ja, es gibt den Weißen Ring, der ist jedoch nur ein Tropfen auf den heißen Stein. Und es gibt viel zu viele Fälle, in denen eine Unterstützung oder Intervention nötig wäre. Die Lösung für dieses Problem? Ich wäre froh, wenn ich sie wüsste!“ Wie Recht diese Yvonne Hofer doch hatte!

Leider hatten wir keine Genehmigung erhalten, mit der auch Alexandra an dem Prozess als Beobachterin hätte teilnehmen können. Es wäre ein würdiger Abschluss unserer Zusammenarbeit gewesen und vor allem auch eine Würdigung ihres nicht unerheblichen Beitrages bei der Aufklärung dieses Falles. Daher hatten wir sie gebeten, nachdem sie sich von den anderen Kollegen und Kolleginnen im Präsidium verabschiedet hatte, uns im Foyer des Gerichtes zu erwarten, damit wir sie unmittelbar über das Verhandlungsergebnis informieren konnten. Wie wir sie vorfanden, erschütterte jedoch sowohl Jupp als auch mich. Sie hatte rot geränderte Augen, offensichtlich vom Weinen, umarmte uns beide lange und klappte dann ihren Tablet-PC auf. „Auch wenn dieser kleine Wichser davon gekommen ist, bin ich sicher, der wird irgendwann nochmal auf die Fresse fallen. Ich habe noch einmal das Notebook von Annalisa durchsucht und bin, obwohl ich vorher so gründlich gewesen bin, doch noch auf eine versteckte Datei gestoßen. Sie verändert nichts am Ergebnis eurer Untersuchungen, aber sie ist irgendwie ein Vermächtnis. Es ist ein Gedicht, das sie am Abend vor ihrem Selbstmord geschrieben hat. Deshalb bin ich auch so verheult. Ich habe dieses Mädchen im Verlauf der Ermittlungen so gut kennengelernt, dass es mir fast vorkommt, als wären wir enge Freundinnen gewesen. Ihr solltet das lesen, es ist wirklich bewegend!“

Sie reichte uns den flachen mobilen PC und gemeinsam lasen wir ein Gedicht:

*Das fremde Kind*

*Das fremde Kind, das vor mir steht,*
*und seine Hand nach mir ausstreckt,*
*hat einen Blick, voll Neugier und Schmerz,*
*dass es Erinnerungen bei mir weckt.*

*Das Kind ist still, es sagt kein Wort,*
*es tänzelt auf den Zehen,*
*es lebt an einem anderen Ort,*
*und ich soll mit ihm dorthin gehen.*

*Es zeigt mir sein Leben, seine Welt,*
*so wie es vor seinen Augen steht,*
*es zeigt mir Liebe, zeigt mir Schmerz,*
*es zeigt, was in seinem Herzen vor sich geht.*

*Wer ist das Kind, was will es hier,*
*warum nimmt es ausgerechnet mich?*

*Es ist halt so, es kann nichts dafür,*
*denn dieses Kind … das bin ich!*

*Das bin ich, vor langer Zeit,*
*ich weiß schon nicht mehr, wann …*
*Die Dinge liegen schon so weit,*
*dass ich mich kaum erinnern kann.*

*Doch das Kind nimmt mich an der Hand,*
*es führt mich an jeden Ort.*
*Und jeden habe ich erkannt,*
*von vielen ging ich gerne fort.*

*Das Kind zeigt mir meine Seele,*
*den Grund meiner Melancholie.*
*Doch führt es mich auch aus den Schatten,*
*und doch frage ich mich … WIE?*

*Wie kann es sein, dass ich mir selbst begegne,*
*stecke ich tief in einem Wahn?*
*Oder ist es, dass ich mich danach sehne,*
*dass ich mich an diese Dinge erinnern kann?*

*Fremdes Kind, bleib doch bei mir,*
*und werde mit mir vertraut,*
*sei der Führer zu meinem Selbst,*
*und dem, was sich in mir aufstaut.*

*Hilf mir weiter, lös die Fragen,*
*keiner kann es besser doch als du.*

*Keiner kann es mir besser sagen,*
*und schenke mir endlich meine Ruh'.*

*Die Ruhe, zu mir selbst zu finden,*
*seit allem, was mit mir geschah –*
*such ich noch immer den rechten Weg,*
*und dieser ist nur selten klar.*

*Führe mich zurück durch Schatten,*
*führe mich durch das Labyrinth.*
*Lass mich nicht los in diesem Grauen,*
*und sei willkommen …vertrautes, fremdes Kind!*

Kaum vorstellbar, dass so etwas von einer so jungen Frau geschrieben worden war und das dies die letzten Zeilen, ihr letztes Statement an die Welt gewesen waren. Seltsam berührt nahmen wir unsere nun ehemalige Praktikantin in den Arm, luden sie für das folgende Wochenende ins EXTRATOUR zu einem Essen und Umtrunk ein und brachten sie noch zum Bahnhof, von wo aus sie in ihre Heimat Kerken aufbrach.

Ich fuhr Jupp noch zu seiner Wohnung in Eller, wo seine Schwester, deren Tochter und Jupps Freundin, Jutta Schäfer vom KK12, dabei waren, das Mobiliar für den anstehenden Umzug auszuräumen und in Kartons zu verpacken. Bald, in drei Wochen, würden uns alten Säcken alle Knochen wehtun, wenn der Umzug geschafft wäre. Schmitz lud mich noch auf ein Feierabendbier ein, aber ich lehnte dankend ab. „Wenn ich jetzt noch zum Biertrinken mit reinkomme, werden dir deine drei Weibsen den Krieg erklären. Nee, lass mal, wir holen das nach. Ich fahr jetzt zu meinem Schatz, ich brauche etwas Normalität nach all dem Wahnsinn."

Sarah erwartete mich in ihrer Wohnung. Ich hatte Jupp nichts von der bevorstehenden Operation erzählt, er hatte so auch genug um die Ohren. In zwei Wochen war der Termin für ihre letzte GAOP (geschlechtsangleichende Operation), ein Eingriff, vor dem ich bald mehr Angst hatte als sie. Er war für sie Befreiung, für mich war er Bedrohung: Bedrohung meines Ankers in dieser verrückten Welt, die ich lange Zeit nur mit Drogen zu ertragen glauben konnte. Ich wüsste nicht, was geschehen würde, wenn Sarah durch diese OP zu Schaden kommen würde. Würden alle Dämme brechen und würde ich ausrasten, zum Berserker werden wie in meinen Koma-Alpträumen? Oder würde ich wieder mein Heil in der Flucht in die Droge suchen? Sie schien meine Sorgen zu bemerken, küsste mich sanft auf den Mund und zog mich auf die Couch. Den Kopf in ihren Schoß geborgen, erzählte ich ihr von der Verhandlung und meinen Vermutungen.

„Geh davon aus, dass dieser Junge weiter verhaltensauffällig bleiben wird. Erschwerend kommt hinzu, dass er über 18 ist und damit hat auch das Jugendamt keine Handhabe mehr, sofern sie sich überhaupt des Falles annehmen. Dass der Fall überhaupt nach Jugendstrafrecht verhandelt wurde, ist wohl eher auf die Einflussnahme seines Vaters zurückzuführen. Ich befürchte, die Einstellung des Verfahrens wird ihn in seinen Handlungen eher noch bestätigen als abschrecken!“ Sie rieb sich nachdenklich mit Daumen und Zeigefinger am Kinn. Ich erwiderte: „Was hätte die Richterin denn sonst machen sollen? Nach dem Geständnis der Toten, das zweifelsfrei echt ist, konnte sie doch gar nicht anders.“ „Sicher, das ist eben das Zweischneidige an solchen Situationen. Einerseits wünscht man sich, dass solche Leute leichter an die Kandare zu nehmen wären. Andererseits: wenn man persönlich in eine schwierige Situation kommt, würde man sich sofort über die staatliche Reglementierung aufregen. Nicht einfach, aber so ist das wohl in einer Gesellschaft wie der unseren.“

Völlig aus dem Zusammenhang gerissen, machte Sarah plötzlich einen Vorschlag: „Du hast mir doch von der Freundin des toten Mädchens erzählt, Melanie. Als sie noch meine Patientin war, konnte ich es ihr noch nicht anbieten, aber wenn du meinst, dass es ihr helfen würde, sag ihr, sie soll zu unserem Stammtisch ins Café Sündenfall kommen. Da kann sie sich austauschen und direkt mit anderen Transgendern reden. Ich meine nur, falls du noch mal mit ihr in Kontakt kommst.“ Ich sah hoch und schüttelte den Kopf. „Du und dein Helfersyndrom. Meinst du nicht, dass du dich jetzt erst mal um dich selbst kümmern solltest? Dir steht die vielleicht gefährlichste Operation deines Lebens bevor und ehrlich gesagt, ich habe eine Scheißangst um dich. Das kannst du doch noch machen, wenn du überm Berg bist und es dir besser geht.“ Sie widersprach mir energisch. „Du täuschst dich, mein Lieber, wenn du glaubst, dass solche Gespräche für mich eine Belastung sind. Sie geben mir eine Aufgabe, machen mich stark, geben meinem Leben einen Sinn. Ich glaube, für einen guten Psychologen ist es unabdingbar, auch ein Helfersyndrom zu haben – man muss nur WISSEN, dass man es hat, damit man damit umgehen kann. Und jetzt löst du gefälligst dein Versprechen ein!“ Ich grübelte. „Welches? Habe ich tatsächlich so viele noch nicht eingelöst?“ „Nicht viele, aber ein Wichtiges fehlt mir jetzt im Moment ganz besonders! Du kochst mir jetzt was Leckeres und dann bekomme ich endlich das lang versprochene Verwöhnprogramm: Peeling, Duschen, Eincremen und danach Sex bis zum Abwinken!“ Ächzend erhob ich mich und stöhnte übertrieben: „Jaja, wie hat schon Hape Kerkeling mal gesagt: Liebe ist Arbeit, Arbeit, Arbeit! Dann entspann dich mal. Ich mach dir noch schnell einen Espresso und dann verschwinde ich in der Küche. Lachsfilet mit Blattspinat im Bätterteigmantel?“ Sie warf mir eine Kusshand zu und ich verschwand in meinem Zauberreich Küche. Über alle dunklen Gedanken, die mich seit Wochen quälten, merkte ich in diesem Moment doch, was für ein Glückspilz ich war. Wir würden auch diese Situation meistern und ich würde es

**irgendwie schaffen, sie nicht spüren zu lassen, dass ich vor Sorge um sie fast durchdrehte. Ich hatte sicherlich genügend Erfahrungen mit dem Handling privater Katastrophen gemacht, aber ich hatte große Zweifel, ob ich den Verlust Sarahs ertragen könnte.**

# Epilog

Ken Wolters saß auf dem Rücksitz des BMW 5 Touring und surfte mit seinem Handy im Internet. Seinem Fan- und Freundeskreis hatte er bereits per Twitter, Facebook und WhatsApp die freudige Botschaft mitgeteilt, dass er frei sei. In der letzten Viertelstunde waren so viele Kommentare eingetroffen, dass der Vater ihn ärgerlich gebeten hatte, zumindest den Lausprecher des Smartphones auszustellen, damit nicht andauernd das nervige Pfeifen ertönte. Mürrisch war Ken der Bitte seines Vaters gefolgt und surfte weiter durchs Netz. Seine Mutter hatte seit der Abfahrt vom Gericht nahezu ununterbrochen geredet, aber er hatte schon nach wenigen Augenblicken auf Durchzug gestellt und sich die Ohrhörer eingestöpselt. Sollte sie doch labern, so viel sie wollte. Das letzte, was er noch bewusst von ihren Worten wahrgenommen hatte, war ihre Tirade gegen die Medien: „Unglaublich, sowas, diese Indiskretion! Da waren doch mindestens fünf Kamerateams oder Fotografen im Foyer. Da hat doch ganz sicher einer bei der Polizei die Hand aufgehalten, bestimmt der Oberle, dieses widerliche fette Schwein! Der hatte dich sowieso auf dem Kieker, das hab ich gleich gemerkt. Aber Papa wird denen schon noch einheizen, nicht wahr, Rudi? Und danach wirst du …“ Ken hatte sich ausgeklinkt und kurz über die Worte seiner Mutter nachgedacht. Irgendwie geil war es doch, so im Mittelpunkt zu stehen, im Rampenlicht. Als armer, zu Unrecht angeklagter Junge. Er hatte sein komplettes Mimik-Repertoire aufgefahren: vom traurig-sehnsüchtigen Dackelblick, der bei den Mädchen seiner Altersgruppe so gut ankam, über das fröhliche entspannte Siegerlächeln bis zum sachlich-ernsten Jungen, der sich seiner Tat wohl bewusst sei. Bewusst, was für ein Quatsch! Seine Anwälte hatten während der Verhandlung prächtig über diese blöde Kuh hergezogen, diese Eckström. Ein Glück, dass sie diese Email geschrieben hatte, sonst hätte es echt eng werden können. Dass Torben nicht für ihn ausgesagt hatte, war eine Riesensauerei gewesen. Dafür würde der noch bezahlen, das war sicher.

Zuhause angekommen, verschwand der Junge direkt in seiner abgeteilten Wohnung unter dem Dach. Die Bitte seiner Mutter, doch pünktlich zum Abendessen um 19 Uhr runterzukommen, überhörte er geflissentlich. Frau Wolters ging zu ihrem Mann ins Wohnzimmer und setzte sich zum ihm auf die Couch. Gedankenverloren griff dieser nach ihrer Hand und streichelte sie. Dann, ganz unverwandt, stellte er ihr eine Frage, die sie zusammenzucken ließ: „Und was, wenn an der Sache doch was dran war? Dass er diese Belästigungen des Mädchens begangen hat, steht ja außer Zweifel. Aber was wäre passiert, wenn sie NICHT Selbstmord begangen hätte? Hätte er ihr was angetan?“ Sie setzte sich kerzengerade auf. „Wie kannst du sowas sagen, Rudi? Ken ist doch unser Sohn!“ Er erwiderte mit traurigem Blick: „Na und? Macht ihn das zu einem Heiligen? Wir hätten ihm doch an sich erst gar nicht diese Widerlichkeiten zugetraut, die er mit dem Mädchen angestellt hat!“ „Das wird schon so eine gewesen sein. Wer weiß? Vielleicht hat sie es ja provoziert! Ken ist doch so sensibel und leicht aus der Bahn zu werfen. Möglicherweise hat sie ihn angemacht und dann abblitzen lassen und das ließ er sich nicht gefallen. Aber egal, ich muss mich sehr wundern, wie illoyal du gegenüber unserm Kind bist. ICH jedenfalls glaube ihm!“ Lange Zeit schwieg der Vater. Dann, nach einem langen Stöhnen, kam die Antwort. „Vielleicht ist genau DAS das Problem – wir haben ihm ZU VIEL geglaubt!“

Ken saß mittlerweile vor seinem Zweit-PC, den er aus dem Versteck im Fahrradschuppen geholt hatte. DEN hatten die Bullen bei der Durchsuchung zum Glück nicht entdeckt. Er trank einen großen Schluck eiskalte Cola und scrollte sich durch seine Nachrichten in den verschiedenen Portalen, in denen er angemeldet war. Mittlerweile waren allein auf Facebook vier Anfragen von Schnepfen aus seiner Schule eingetrudelt, die ihm zu seiner Freilassung gratulierten und ihn zu einer Party am Wochenende einluden. Eine war sogar so weit gegangen, ihn mit einem Nackt-Selfie anlocken zu wollen. Naja, von der war bekannt, dass sie auf Sexting stand und gerne Fotos von sich versandte. Mal sehen, ob er eine dieser Einladungen annehmen würde. Dann rief er eine versteckte Datei auf seinem PC auf. Er hatte lange recherchiert, wie er diese Datei so sicher wie möglich verschlüsseln konnte. Seine Mutter hatte er im Griff, die war konditioniert auf seine Methoden wie ein Pawlowscher Hund. Aber sein Vater war nicht so kalkulierbar UND er hatte Ahnung von Computern. Das letzte, was er hätte lesen dürfen, war die Datei, die Ken nun aufgerufen hatte. Er gehörte zu den wenigen Jungen seines Alters, die ein Tagebuch führten – auch wenn es neudeutsch „Blog“ genannt wurde. Nur: er tat dies eben nicht öffentlich, denn das Bekanntwerden der Inhalte des Buches wäre für ihn fatal gewesen. So auch der Eintrag, den er jetzt vornahm: „Die Bitch hat Glück gehabt. Ist mir zuvor gekommen. ICH hätte es ihr nicht so leicht gemacht. ICH habe die Macht, niemand sonst. Und ich werde diesen Weg weiter gehen. NIEMAND hält mich auf!“ Zufrieden speicherte er die Datei ab. Dies war SEIN Manifest, die Dokumentation seiner Entwicklung. Er war sicher, eines Tages würde man ein Buch über ihn schreiben und dann würde so etwas sehr nützlich sein. Dann machte er sich an seinem Schreibtisch zu schaffen. Die Anweisungen, die er als kleiner Junge von dem wesentlich älteren Nachbarn in Sachen Heimwerken bekommen hatte, waren haften geblieben und er war recht geschickt im Umgang mit Holz. So hatte er es geschafft, in den alten Schreibtisch, den er von seinem Großvater geerbt hatte, eine Art Geheimfach einzubauen. Dies hatte er nun geöffnet. Er dachte in diesem Augenblick auch an den alten Nachbarn aus Unterrath zurück, der mit seinen Eltern so gut befreundet gewesen war, als sie noch Haus an Haus wohnten. Der Kontakt war von dessen Seite seit einem halben Jahr eingeschlafen, sehr zur Verwunderung seiner Eltern. Ken wunderte das nicht, denn als er sich vor einem Jahr wieder einmal ein paar Werkzeuge bei dem Alten hatte ausleihen wollen, war dieser wieder so ekelerregend nahe gekommen und hatte versucht, ihn zu streicheln – so wie damals in seinem Hobbyraum. Ken hatte sich anfangs sehr geekelt, sich dann aber wegen der Geschenke des Alten gefügt. Es war nie mehr passiert als Anfassen und Streicheln, er bei ihm und umgekehrt, aber das hatte natürlich schon gereicht, Ken Wolters mit glühendem Haß zu erfüllen. Vor einem Jahr also war er wieder dort gewesen und als der Mann kurz weg war, um etwas zu trinken zu holen, hatte Ken sein Handy auf einem Schrank platziert und die Cam auf Aufnahme gestellt. Dann hatte er die Zudringlichkeiten ertragen und danach, fast im Weggehen, dem Alten gesagt: „Das war das letzte Mal, dass sie mich angefasst haben. Ich habe das jetzt auf Video und wenn sie sich noch EINMAL bei uns blicken lassen, dann zeige ich meinen Eltern den Film und verbreite ihn im Internet.“ Der Senior blieb in einer Art Schockstarre zurück und zufrieden hatte Ken den Heimweg angetreten.

Jetzt hatte Ken endlich das aus dem Geheimfach hervorgeholt, was er dringend in der Hand haben wollte: eine Makarov PM 9mm Pistole, mattschwarz mit braunen Griffschalen. Er hatte sich diese Waffe illegal über einen russischen Mitschüler besorgt. Welch eine Ironie! Er hatte sie mit dem Geld gekauft, dass ihm der alte Nachbar für sein Stillhalten zugesteckt hatte. Vielleicht sollte er ihn in Unterrath besuchen - mit der Waffe. Aber erst – ja, erst wollte er sich einem anderen Opfer zuwenden. Liebevoll strich er über das kalte Metall der Waffe und hob sie an seine Wange. Wie es wohl wäre, wenn er damit diese Transenschlampe Melanie bearbeiten würde???

ENDE?

# Nachwort

Ich weiß, dass viele meine Leser dazu neigen, Passagen meiner Bücher auf ihre örtliche Korrektheit hin zu überprüfen.

Diesen sei gesagt, dass sie NATÜRLICH vergeblich nach dem Gustaf-Grundgens-Gymnasium in Itter suchen. Es entstammt meiner Fantasie – aber nicht völlig. In ihm finden sich viele Mosaiksteine meine eigenen Schulzeit wieder, aber auch tatsächliche Fakten aus Schulen, deren Lehrer und Schüler mir anonym Rede und Antwort standen. So ist das Triple-G ebenso fiktional wie die Schule des fliegenden Klassenzimmers oder der Feuerzangenbowle.

Eines jedoch haben diese Schulen gemein: den kleinen Funken Wahrheit, den sie in sich tragen, genährt aus dem Lachen, den Tränen und den Träumen der Menschen, die diese Lehranstalten mit Leben erfüllten. Bei mir ist es nur ein Krimi und ich habe ihn in dem sicheren Gefühl geschrieben, dass es, vielleicht oder hoffentlich nicht in Düsseldorf, irgendwo mehr als nur einen Doppelgänger dieser Schule gibt.

Ansonsten ist die Story fiktional – da ich gerne meine weiteren Bücher in Freiheit und nicht aus der im Buch beschriebenen JVA entwickeln möchte.

Und mein Wunsch für sie, liebe Leser und Leserinnen? Erhalten sie sich ihr reines Herz! ☺

Herzlichst!

Jörg Marenski

| ***Personen*** | ***In alphabetischer Reihenfolge*** |
| --- | --- |
| Bäcker, Torben | Schüler |
| Eckström, Annalisa | Mordopfer |
| Eckström, Jonathan | Vater der Toten |
| Eckström, Sabine | Mutter der Toten |
| Forst, Melanie | Schülerin |
| Garcia, Carmen | Rektorin am Gustaf-Gründgens-Gymnasium |
| Gehr, Dr. Birte | Leiterin Rechtmedizin Düsseldorf |
| Halcon, Dieter | Musikproduzent, Jurymitglied Castingshow |
| Hismann, Sönke | Koordinator der Polizeifliegerstaffel NRW |
| Lemkendorf, Anna | Richterin am Amtsgericht Düsseldorf |
| Neumann, Jérôme | Staatsanwalt Düsseldorf |
| Oberle, Michael „Obelix“ | Kriminalhauptkommissar, KK 11 |
| Reinardy, Pinkas | Chefredakteur der Rheinischen Post |
| Rose, Sarah | Transsexuelle, Psychologin, Gastronomin |
| Schmitz, Josef „Jupp“ | Kriminalhauptkommissar, KK 11 |
| Stickelbroeck, Alexandra | Praktikantin KK11 |
| Vollmer, Ruprecht | Rechtsmediziner |
| Wolters, Ken | Schüler am Gustav-Gründgens-Gymnasium |
| Zehner, Larissa | Schülerin |

## Veröffentlichungen von Jörg Marenski

- *Rheinblut* – erschienen als Print, eBook und Hörbuch
- *Rheinschnee* – erschienen als Print und eBook
- *Rheinfeuer* – erschienen als Print, eBook und Hörbuch
- *Rheinliebe* – erschienen als Print, eBook und bald als Hörbuch
- *Rheinpänz* – erschienen als Print und eBook
- *Rheinherz* – erschienen als Print und eBook
- **Online ins Jenseits** – Verbrechen rund ums Internet – erschienen als Print, eBook und demnächst als Hörbuch bei audible